TERRA NULLIUS

Du même auteur :
Douve (Hugo Thriller 2021, J'ai Lu 2022)

34-36, rue La Pérouse
75116 Paris

Collection Hugo Thriller et ouvrage dirigés par Bertrand Pirel
Conception graphique Hugo Thriller et mise en page : Emmanuel Pinchon
Couverture : © Rémi Pépin
Visuels de couverture : © Getty Images/Mansoreh Motamedi & Getty Images/
Mint Images

ISBN : 9782755693959
Dépôt légal : mars 2022
Imprimé en France

VICTOR GUILBERT

TERRA NULLIUS

Hugo Thriller

À ma famille nucléaire, qui est centrale.

« Terra nullius : "territoire sans maître",
espace terrestre qui n'a jamais eu de statut territorial
ou qui a été délaissé après avoir été approprié. »

Raphaële Rivier
Droit International Public, PUF

« Et seul, son geste fier domina la cité
Où l'on voyait briller, agrandi de mystère,
Son front large, puissant, tranquille et comme austère
D'être à la fois d'un temps et de l'éternité. »

Émile Verhaeren
Les villes tentaculaires

Prologue

Perché sur son sommet, Jim contemple bien haut l'étendue multicolore qu'il appelle son *jardin*. Des collines de déchets accumulés dans une anarchie devenue presque esthétique au fil des ans. Avec l'aide du vent et de l'attraction terrestre, les tas de détritus se sont mués en de multiples pyramides colorées faites de ferrailles, de plastiques et de divers rebuts de matériaux agglomérés. La plus grande décharge sauvage à ciel ouvert de France, les hectares de la honte comme on le murmure dans la région et jusque derrière la frontière belge qui la jouxte de trop près.

Mais pour Jim qui scrute l'étendue vallonnée depuis son point culminant, c'est le plus bel endroit de la terre. D'aussi loin qu'il se souvienne, c'est l'unique jardin qu'il ait connu. Les enfants aiment les jardins, il l'a entendu quelque part. Et la vieille Sara, qui sait tout, lui a dit qu'il était un enfant, qu'il devait avoir entre dix et douze ans, sûrement. Et quand on lui demande son âge, c'est ce qu'il répond. « Je suis un enfant, j'ai entre dix et douze ans, sûrement. »

C'est la vieille Sara qui veille sur lui. Et d'autres dans le camp. Tous ceux qui l'aiment bien et qui lui demandent « comment va le petit Jim aujourd'hui ? » quand il galope à pleine vitesse sur les chemins de terre entre les tentes et les cabanes plantées çà et là. Il adore courir, filer à vive allure jusqu'à ce qu'il s'envole presque.

Maman Jeanne, celle qui vient parfois au camp pour lui lire des histoires et distribuer de la nourriture, lui a raconté les aventures d'un héros qui vole, avec sa cape et son armure, et qui sauve les gens. Sur son sommet brinquebalant de ferraille rouillée et de plastique, Jim aussi porte sa cape et son armure.

Il a découpé le grand carré de tissu dans une vieille couverture et son armure patiemment modelée étincelle sous le soleil flamboyant au milieu d'un ciel sans nuage. Ses brassards et jambières se composent de boîtes de conserve ficelées et sa cuirasse argentée est faite de tôle ondulée martelée qui épouse maladroitement son buste et son dos. Il a ajusté tous les éléments pièce après pièce pour devenir à son tour un héros puissant et masqué. Même ses baskets usées sont plongées dans des chaussettes à l'armature composée de centaines de petits écrous. Et sur sa tête, une vieille marmite à confiture, transformée en un casque de cuivre orné de grosses vis à métaux, lui donne une allure à la fois majestueuse et inquiétante.

Jim savoure l'instant. Dans quelques secondes, il s'élancera sur la pente bancale de sa colline de débris, bondissant de carcasses en carcasses, s'envolant dans un bruit de ferraille, le vacarme rassurant du héros qui rapplique. Avant le grand saut, il jette un coup d'œil derrière lui, vers le camp aussi terne et plat que sa belle décharge est bariolée et vallonnée. À la vue de ces centaines de tentes et constructions bancales qui scintillent sous le soleil trop chaud, ces abris incertains qui ne les protègent qu'à peine, il ne ressent pas cette fois l'étrange tristesse qui le saisit certains jours. Parce qu'il va les sauver, tous.

Grâce à la décharge, sa grande famille sera bientôt à l'abri. Demain, il dévoilera son secret et avec l'argent qu'on lui offrira, il transformera ces refuges branlants en maisons et on n'entendra plus le soir le murmure insupportable des sanglots qui bourdonnent dans la nuit. Il sera le héros. On criera « Jimcaale ! Jimcaale ! » en soulevant son corps de métal dans les airs pour célébrer ses exploits.

Il s'élance. Au bout de quelques enjambées maladroites, alourdi par son armure, la vitesse régule sa course et il se met à bondir sur la pente irrégulière. Sa cape vole derrière lui et sous son casque de cuivre résonne son rire enfantin. Rien ne peut l'atteindre, il est invincible, il est Jim, le super-héros que le monde attendait. Ses pieds n'effleurent plus qu'à peine les débris qu'il survole et l'air siffle dans son casque. Il gonfle parfois sa cape pour mieux se propulser et sentir le vent se dérober sous lui. Il rit de plus en plus fort, transporté par un bonheur qui voit loin : demain tout ira mieux.

Parvenu en bas de la colline, son élan le fait courir encore quelques mètres avant que le poids de son attirail ne le ralentisse jusqu'à l'arrêter complètement. Jim reprend son souffle, satisfait de sa descente fulgurante. Les mains sur les cuisses, il courbe le dos en contemplant ses pieds couverts d'écrous. Dans la petite télévision du camp, il a vu des coureurs de marathon qui se reposent dans cette posture.

Un bruit attire son attention. Ce n'est pas le grincement du métal et du plastique qui plient sous la chaleur, cette plainte lancinante qui envahit la décharge les jours de canicule quand les objets imbriqués s'écrasent les uns contre les autres dans un geignement qu'on dirait douloureux. Ce n'est pas non plus un rat ni un corbeau qu'il a l'habitude de côtoyer dans la décharge, c'est un bruit de pas, une démarche hésitante. Il contourne la colline qu'il vient de dévaler et découvre une silhouette dressée devant lui, sous le soleil. L'ombre à contrejour semble l'attendre, immobile. Jim plaque une main sur son front pour protéger ses yeux éblouis, mais son casque l'empêche de voir. Il se demande qui a eu l'idée de s'aventurer si profondément dans la décharge.

L'ombre lève alors un bras et le soleil disparaît un bref instant derrière la main tendue vers le ciel, laissant juste le temps à Jim d'identifier ce visage qu'il connaît. Puis la main s'abat et le garçon s'effondre. Un liquide tiède se répand sous son casque en même temps qu'un voile opaque embrume ses rétines.

Il sombre dans une torpeur profonde, le cœur heureux parce qu'il est un héros et qu'il sauvera tout le monde, y compris l'ombre qui ne voulait pas lui faire de mal. Elle s'est trompée, elle l'a pris pour un autre, il en est certain. Jim laisse le lourd sommeil s'emparer de son petit corps d'enfant entre dix et douze ans, sûrement. Un sommeil, il ne le sait pas encore, qui ne durera que six jours. C'est tout le temps qui lui reste pour sauver le monde. Car au matin du sixième jour, Jim sera mort.

Jour 1

Je contemple le petit étui métallique qui voltige entre mes doigts. Je suis devenu assez doué pour faire la toupie entre l'index et le majeur. Vais-je reprendre un carré de chocolat ou me décider à réduire ma consommation ? Je soupire. C'est un leurre de croire qu'on se libère du tabac. Ces carrés de chocolats noirs millésimés, je peux me convaincre que je les savoure, que je les suçote... La vérité, c'est que je les fume. J'apprécie bien plus le manque vaguement comblé que le goût amer du cacao d'exception.

— C'est vous ?

Je lève la tête. C'est une curieuse entrée en matière. Elle a le sourire engageant de celle qui veut bien faire. Nous avons rendez-vous.

Elle s'assoit à côté de moi sur le banc sans rien ajouter et pendant un long moment, nous observons ensemble l'étui à cigarettes rempli de chocolats que je continue de faire tourner entre mes doigts. Regarder dans la même direction, c'est le début d'un lien.

Elle détourne finalement les yeux et s'intéresse aux alentours. Je ne peux pas lui en vouloir, le Jardin des Plantes par un jour de soleil est plus agréable à contempler que ma démonstration acrobatique bas de gamme.

Solange Kernadec est jolie, même du coin de l'œil. Elle paraît quarante ans mais doit avoir un peu plus parce que les belles femmes ont toujours un peu plus que leur âge. Elle a le charme des flegmatiques, les yeux rieurs rassurants et le sourire en coin serein. Je suis content que ce soit elle. Si je dois en arriver là, je préfère autant que ce soit elle.

— Je peux vous appeler Solange?

Elle hoche la tête en souriant. Elle allait parler, je l'ai devancée de peu.

— Le commissaire Grosset dit que vous êtes surtout paléontologue.

— C'est une question?

— Je comprends qu'on s'intéresse aux dinosaures, ce sont des monstres rassurants, réels mais bien morts. Alors que les bêtes légendaires, on ne s'en débarrasse jamais complètement. Le monstre du Loch Ness, la bête du Gévaudan, le yéti… ils refont surface à l'occasion. Mais personne n'a jamais juré avoir aperçu un ptérodactyle survoler le plateau ardéchois.

Un couple passe tout près et la femme éclate de rire. L'hilarité facile des parcs ensoleillés.

— Je comprends qu'on s'intéresse aux dinosaures mais…

— Vous n'en êtes pas un.

Pas dans le sens paléontologique du terme, en tout cas. Je m'abstiens de le penser à haute voix.

— Ce qui n'a pas empêché le commissaire Grosset de me conseiller de vous rencontrer.

— Et vous avez accepté.

— Je suis curieux.

Je sens que je ne l'ai pas dit comme il faut. Solange me regarde en biais en se demandant si je fais référence à mon appétence pour l'inconnu ou à mon étrangeté. Je me remémore les mots du commissaire Grosset, avec sa façon qu'il a de prendre soin des gens sans cesser de les engueuler.

— Douve vous a mis un coup, Hugo. Je sais pourquoi vous ne voulez pas voir de psy. Fouiller dans le subconscient d'un flic, ça revient à creuser un trou dans le sable à marée haute. Mais vous ne pouvez pas rester comme ça, neurasthénique comme un ocelot en captivité. Vous devez parler à quelqu'un. Tenez, c'est la carte de Solange Kernadec, appelez-la de ma part, elle est paléontologue.

Je l'avais appelée pour ne pas décevoir le commissaire qui avait la mine inquiète, et puis parce que j'étais certain que Solange refuserait poliment. Mais le commissaire Grosset n'est pas du genre à se fier au hasard. Il avait tout prévu.

Solange Kernadec avait eu une brève liaison avec un cousin du commissaire, écourtée par la mort inattendue de celui-ci au cours d'un accident de chiens de traîneau en Finlande. Une façon inédite de quitter le monde qui en faisait un sujet de discussion fréquent au cours des dîners chez les Grosset. Et comme Solange Kernadec n'était pas restée unie au cousin suffisamment longtemps pour gagner le titre de veuve, mais qu'elle avait la sympathie de tout le monde, on lui avait attribué le grade honorifique d'« amie de la famille ».

C'était le commissaire qui m'avait raconté en détail toute l'histoire sans que je comprenne bien où ça nous mènerait.

— Le commissaire Grosset dit que vous pouvez m'aider.

— Je m'intéresse à l'éthologie. J'étudie le comportement des dinosaures. Je cherche à savoir si on peut imputer leur disparition en partie à une certaine forme d'autodestruction. Mes notions de psychologie sont restreintes, et concernent surtout le domaine de la psychologie évolutionniste.

Je me demande si mon problème pourra se régler à travers le spectre du darwinisme.

— Un paléontologue étudie des os vieux de plusieurs millions d'années et en tire des conclusions. C'est à la fois frustrant et rassurant que les dinosaures ne puissent pas y trouver à redire. Je n'aurai pas besoin de manipuler votre tibia, Hugo, pour savoir de quoi vous êtes fait, il suffira que vous m'expliquiez. C'est la raison pour laquelle j'ai accepté. Vous avez besoin d'abstraction pour sortir de votre quotidien de policier, j'ai besoin de concret pour ne pas me laisser dévorer par mes fantômes de dinosaures.

Voilà donc le deal qu'avait imaginé Grosset. Au fond, le commissaire est un visionnaire, un homme capable de comprendre qu'à ce moment du cycle de l'humanité, un flic en perdition et une paléontologue pragmatique peuvent se sauver mutuellement. Alors je raconte Douve à mon éthologiste, dans les grandes lignes, ce que j'ai vu là-bas, mes parents, mon histoire, et surtout, la bille.

— La bille ?

— Oui. Elle vient se poser au sommet de mon crâne en même temps qu'une pensée qui refuse de se dévoiler. Puis elle entame sa descente sur une rampe. Jamais la même. Elle s'élance parfois à pleine vitesse, parfois très lentement, et elle passe par toutes sortes d'obstacles qui la ralentissent et la nourrissent à la fois. Elle va par exemple cogner un pan de bois qui va renverser une tasse d'eau qui va elle-même propulser la bille plus loin. Je la laisse poursuivre sa course le temps qu'il faut, quelques minutes ou quelques jours, je l'oublie dans un coin de mon cerveau, jusqu'à ce qu'elle réapparaisse et frappe la cloche.

— Quelle cloche ?

— Celle qui fait « ding » en même temps que la pensée se dévoile. Avec le temps, ma bille s'est renforcée. Elle est plus fiable, même si elle n'est pas rapide. Elle ne le sera jamais. Ce n'est pas son objectif. La bille, ce sont mes pensées qui s'ordonnent pour m'en livrer une autre plus grande, plus essentielle.

J'ouvre la boîte en métal et j'en sors un carré de chocolat que je glisse dans ma bouche. Je le laisse fondre lentement en contemplant le sol sablonneux à mes pieds. Solange vient de réaliser que mon étui à cigarettes est à chocolat.

— Depuis Douve, la bille a disparu.

Nous nous levons en même temps, comme si l'inflexion de ma voix était une invitation à quitter notre banc. Nous marchons dans les allées du jardin sans prononcer un mot, profitant de la bonne humeur environnante pour nourrir le silence. La promenade nous mène jusque devant les serres tropicales à travers lesquelles on devine des feuilles géantes qui semblent vouloir traverser le plafond pour s'enfuir dans la ville. Solange salue le gardien qui nous laisse entrer en affichant un sourire complice.

— Je vais vous montrer quelque chose.

Je suis la paléontologue dans la jungle humide. Nous avançons entre les plantes immenses, dépassant parfois un couple de touristes immortalisant des lianes ou une feuille particulièrement impressionnante. C'est un étrange souvenir de Paris qu'une photo de plante de la forêt amazonienne.

Solange s'arrête brusquement sur le petit chemin. Elle scrute les alentours, l'air subitement soucieux, et elle s'engouffre entre les fougères géantes en me tirant par la main. Nous marchons quelques mètres dans la terre boueuse avant de parvenir à un petit espace dégagé entre les lianes. Deux fauteuils nous attendent ainsi qu'une petite table sur laquelle sont empilés des livres.

— C'est mon jardin secret. Au sens propre comme au figuré.

Je souris, satisfait. Je tourne sur moi-même, nous sommes encerclés par ces arbres étranges, à l'abri des touristes, totalement enfoncés dans la forêt tropicale du cinquième arrondissement de Paris. Solange m'invite à m'asseoir et j'obéis avec délectation, attrapant un livre au hasard que je feuillette machinalement, surtout pour avoir la sensation de profiter.

— On s'échange des services avec les botanistes… Le chef fait collection de fossiles. Je viens quelquefois me ressourcer ici. Quand je sens que les dinosaures m'échappent.

Je pense à ma mère, elle adorerait travailler dans ce coin de paradis. Je l'imagine avec son stylo plume, écrivant sur la petite table, puis je reprends un carré de chocolat. Ma consommation est trop importante, je n'aurais pas dû penser à ma mère. D'autant que je vais en avoir souvent l'occasion dans les jours à venir.

Le commissaire Grosset, qui pratique une ingérence invasive mais bienvenue dans mon quotidien, lui a dégoté un rendez-vous avec un grand spécialiste de la maladie d'Alzheimer. Son cabinet est à Lille. Il affirme que de nouveaux traitements prometteurs sont en passe de ralentir le processus dégénératif.

— Pourquoi la bille ne vient plus, d'après vous ?

Je chasse ma mère de mes pensées pour retrouver l'agréable compagnie de Solange. Je me sens bien auprès d'elle, encore plus depuis que nous sommes dans sa jungle.

— Je n'ai jamais su pourquoi cette bille était là, alors c'est difficile de comprendre ce qui l'a fait partir. Il faut qu'elle revienne, je ne vaux pas grand-chose comme flic quand elle n'est pas là. Je pars à Lille demain. On peut se revoir à mon retour dans une semaine ?

Elle sourit.

— En paléontologie, une semaine, ce n'est rien.

— Dans la police, c'est une éternité.

*

* *

Personne n'entend les hurlements de Gao Cheng. Ses plaintes déchirantes ponctuées de sanglots se perdent dans la vaste décharge, couvertes par le sempiternel grincement des monticules brinquebalants chauffés par le soleil. Il ne peut se résoudre à laisser Jim tout seul, à l'abandonner au milieu de tout ce sang.

Il doit réfléchir à ce que son ami ferait à sa place. Son meilleur ami, la seule personne qui ne lui dit jamais combien il est bête, le seul qui ne l'a jamais appelé « cet imbécile de Gao Cheng ». Et aujourd'hui il maudit le ciel qui l'a rendu trop idiot, incapable de savoir comment sauver son ami Jimcaale.

Il n'a pas le choix, il doit le laisser tout seul et courir jusqu'au camp pour demander de l'aide. Il traîne le corps inanimé, l'assoit contre un reste d'armoire vermoulue et place quelques emballages plastiques sous sa tête toujours casquée.

Il court ensuite aussi vite que possible, comme Jim le lui a appris, en sautant par-dessus les obstacles jusqu'à avoir la sensation de voler. Il aperçoit bientôt la vieille Sara en bordure du camp.

Elle observe, méfiante, la ligne impeccable des CRS protégeant la poignée de policiers en civil. Derrière eux, encore, quelques journalistes espèrent un scoop. La vieille Sara écoute les hommes s'insurger dans un brouhaha d'insultes et de supplications qui adressent un même message : comme si on avait besoin de ça. Elle est venue aussitôt qu'elle a entendu les premières protestations. D'expérience, elle sait que les coups pleuvent moins quand une femme, âgée de surcroît, se place entre les combattants.

On raconte autour d'elle que la réserve alimentaire du Secours populaire a été pillée. Leur seule réelle source de nourriture qui ne tarit presque jamais et qui est installée à l'orée du camp, au bord de la route. Avec une petite cuisine pour ceux qui n'ont pas de réchaud dans leur abri.

Des voix énervées accusent la police de ne pas être intéressée par ce vol, le ton monte entre des habitants du camp et les forces de l'ordre. Les CRS sont déjà sur place, les inspecteurs de Lille ayant anticipé les risques.

L'un de ces hommes en armure attire l'attention de la vieille Sara. Il tremble. Il a peur, songe-t-elle. Sous sa visière elle ne voit pas son visage, mais elle l'imagine jeune. Elle lève les yeux au ciel. Voilà plusieurs jours qu'il fait beaucoup trop chaud, la sueur coule sur les visages, les figures transpirantes ne sont pas rougies seulement par la colère. Le soleil ne caresse pas toujours de ses rayons dorés, il attise, il agresse. Elle aurait voulu calmer la fureur des hommes autour d'elle, des garçons gentils mais que la colère a embrasés. Elle prie pour qu'il se passe quelque chose, n'importe quoi qui les empêcherait de faire une bêtise.

Elle entend à cet instant des cris désespérés qui viennent de la décharge. Elle tourne la tête et découvre Gao Cheng courant dans sa direction. La foule cesse ses suppliques, saisie par la voix déchirante du gamin. Même les impeccables

CRS inclinent la tête à la recherche de l'origine de ces hurlements, tout comme les policiers en civil derrière eux et les journalistes en bout de ligne.

— Aidez-le, il faut l'aider ! Il y a du sang partout !

Gao Cheng se jette dans les bras de la vieille Sara en sanglotant. Elle lui tapote le dos en l'encourageant à s'expliquer. Elle connaît le jeune Chinois depuis longtemps et sait qu'il est inutile de le bousculer. Son esprit n'est pas vif et il ne parvient pas toujours à s'exprimer correctement. Gao Cheng regarde la vieille Sara les yeux emplis de larmes.

— Jimcaale...

La petite femme devient blême et s'accroche à l'adolescent pour ne pas tomber. Gao Cheng remarque alors l'alignement des CRS et l'espoir lui redonne le sourire. Il quitte les bras de la vieille Sara pour courir vers les policiers qui sont certainement venus sauver son ami. Il hurle à s'en brûler les cordes vocales.

— Il est dans la décharge !

La vieille Sara sort de sa torpeur trop tard pour retenir l'adolescent. Il s'est déjà élancé vers les CRS en les suppliant. Dès qu'il est tout près de la ligne de défense, le jeune soldat tremblant dans son armure de plastique avance d'un pas et frappe, un coup net et puissant. Gao Cheng s'effondre sans un cri.

Plus personne n'ose bouger. La violence du geste aussi soudain que précis a figé la foule. Le jeune CRS qui a porté le coup tombe à genoux, incapable de supporter les tremblements de son corps. Le plastique noir et poli de son armure étincelle au soleil. Il enlève son casque et plonge la tête dans ses mains.

*

*   *

Grosset me fait signe de les rejoindre quand je passe devant la salle de repos. En franchissant la porte, je découvre un amas de flics hilares serrés derrière un écran de téléphone. Chloé Vidal agite la main pour que je vienne agrandir le cercle à leurs côtés. Elle a intégré l'équipe il y a trois mois et j'ai parfois l'impression qu'elle était déjà là quand je suis arrivé. Certains ont le don pour faire plus que se fondre, pour se rendre indispensables en un temps record.

Même le commissaire Grosset qui répète souvent « je ne sais pas comment on ferait sans Vidal » semble avoir oublié qu'on a fait sans elle pendant de nombreuses années. Je dois reconnaître qu'elle est impressionnante. Un mètre cinquante d'énergie débordante. Elle a réussi à mettre une âme dans un bâtiment terne qui sent le linoléum et la transpiration.

Je me joins au groupe pour tenter de camoufler mon indélébile penchant pour la solitude. Bergeron m'intègre.

— C'est la finale, ils doivent préparer un repas complet sans gaz ni électricité. Le type de gauche, il a tenté d'utiliser un batteur à piles en cachette, les jurés débattent pour savoir s'ils le disqualifient.

Mon père répétait souvent qu'il ne comprenait pas le succès du sport à la télé ni des films pornographiques, que dans les deux cas, c'était surtout amusant pour ceux qui sont sur le terrain. Je me demande ce qu'il aurait pensé de ces émissions culinaires. Regarder des gens s'extasier sur des plats qu'on ne peut ni goûter ni sentir.

Je pense déjà comme mon père et je ne suis qu'à moitié vieux. Je soupire. Ma bille me manque, surtout ses rebonds intérieurs qui me donnent la sensation de vivre. Je m'éteins sans elle. Je ne sais pas si la forêt amazonienne du cinquième arrondissement et ma paléontologue vont réussir à me redonner la bille.

Le commissaire Grosset continue de m'expliquer les derniers rebondissements culinaires pour que je saisisse bien l'enjeu. Il résume comme il décrirait un crime en cours avant de nous envoyer sur le terrain, pour s'assurer de capter mon attention. Il n'a pas oublié que demain j'emmène ma mère à Lille, il veut me changer les idées avec du dérisoire. Je prétexte une paperasse urgente pour m'éclipser et rejoindre mon bureau que je partage désormais avec Bergeron.

Je m'enfonce dans le siège à roulettes en contemplant l'horizon qui s'étend jusque derrière le bureau métallique de l'inspecteur, à environ quatre mètres. Je sursaute quand une tête pointe au-dessus de son ordinateur.

— Désolée inspecteur, je voulais pas vous filer un infarctus. Votre collègue m'a autorisée à utiliser son ordinateur le temps de la finale de *Toque toc*.

Tout le monde à la brigade l'appelle Lulu la stagiaire. Peut-être pour Lucie. Ou Ludivine. Elle est étudiante en droit et reste au commissariat quelques mois, le temps de finir son projet. Elle m'a expliqué le premier jour de quoi il s'agissait mais j'ai oublié.

— Vous êtes toujours sur votre projet ?

— Plus que jamais.

Elle pianote, concentrée. Je regarde par la fenêtre en me massant la main gauche entre le majeur et l'annulaire. Je fais rouler la petite bille de plomb qui est logée là, souvenir d'une partie de chasse dont j'étais le gibier. J'ai envie d'une bière alors j'allume la radio pour penser à autre chose.

Je passe en revue la liste des prétextes pour ne pas partir dans le Nord demain avec ma mère, jusqu'à ce que la voix du présentateur me tire de ma mauvaise foi. Il est justement question de Lille. Le journaliste évoque une émeute près de la frontière belge dans ce que certains appellent ironiquement, dans la région, la *Terra nullius*. De sa voix neutre, il explique que cette locution latine désigne une zone de territoire qui n'appartient à aucun État. Dans les faits, cette terre indésirable composée d'une gigantesque décharge accolée à un bidonville serait plutôt en France, même si la Belgique en aurait discrètement déplacé les limites au fil des ans. Le journaliste conclut son explication de géopolitique minimaliste en donnant le véritable nom de la ville où s'est développé ce no man's land avec des gens, mais la voix de Lulu vient couvrir celle du présentateur.

— Si ce que je pense avoir découvert est vraiment ce que je crois…

Lulu la stagiaire rayonne. Je ne sais pas quoi répondre alors je me contente d'un sourire encourageant pour ne pas saper son enthousiasme. Et puis j'aimerais savoir ce qui se trame à la frontière franco-belge.

— Bingo !

Il existe donc des jeunes filles de vingt-quatre ans qui disent encore bingo pour célébrer une découverte.

— Je suis contente que vous soyez là, inspecteur, parce que j'avais prévu de vous en parler en premier… Pardon, il faut que je reprenne mon souffle, je crois que je viens de faire une découverte… Comme je sais que vous aimez bien les trucs bizarres…

J'ai cru voir un éclair d'admiration dans ses yeux, je ne suis pas certain pourtant que cette réputation soit tellement une bonne chose.

— Vous vous souvenez de ce que je vous avais dit à propos de mon projet ?

J'aimerais répondre que oui, évidemment, mais je n'ai aucun talent pour le mensonge et quand je tente, j'empire. Je me contente d'appuyer mon sourire crispé.

— Eh bien en récoltant les infos nécessaires à ma base de données sur l'ensemble des meurtres commis dans le pays… j'ai mis le doigt sur un détail étrange. Au cours des enquêtes sur trois meurtres sans aucun lien entre eux et ayant été commis à des époques différentes et dans des régions différentes…

Le journaliste est revenu sur l'émeute près de Lille. Il explique qu'elle s'est ponctuée par une bavure policière sur un adolescent assommé d'un coup de matraque, doublée de la découverte du corps inanimé d'un enfant dans la décharge jouxtant le camp. Sale temps pour les mineurs, commente-t-il de sa voix toujours neutre.

— Antoine Dupuis est cité les trois fois comme témoin direct des meurtres. Après vérification, il ne s'agit pas d'un homonyme mais bien de la même personne. Même adresse, même pièce d'identité. Quelle est la probabilité d'assister à trois meurtres qui n'ont rien à voir et sans qu'on ne soit suspect pour aucun des trois ?

Le bulletin d'information conclut le fait divers en expliquant que l'enfant, un certain Jimcaale, aurait reçu un coup violent sur la tête alors qu'il portait une marmite à confiture cloutée en guise de déguisement de chevalier.

Quelque chose craque dans mon cerveau. Comme une braise qui explose dans un feu de cheminée. Je ferme les yeux et respire lentement. Il y a de l'agitation sous ma boîte crânienne. On est loin de la bille, c'est plutôt une friction, un déclencheur sans rien derrière. Un coup de kick sur une moto en panne ou une allumette qui se casse au moment où on la frotte. Qu'est-ce qui a provoqué ce démarrage souffreteux ? Lulu la stagiaire ou le journaliste ?

— Antoine Dupuis s'est retrouvé sur les lieux des trois crimes au moment où ils étaient commis. Et aucun juge d'instruction ne l'a remarqué. Inspecteur ? Tout va bien ?

J'attrape mon petit carnet au fond de ma poche et je griffonne quelques notes. *Jimcaale, marmite cloutée, chevalier, Antoine Dupuis, trois meurtres, témoin.* Je contemple mon résumé en espérant une réaction.

— Vous voulez un verre d'eau ? Vous êtes tout pâle…

J'ouvre mon étui à chocolat sans quitter des yeux la page du carnet. Lulu la stagiaire s'est précipitée dans le couloir. Je l'entends crier au loin.

— Commissaire, venez vite, l'inspecteur Boloren a l'air bizarre.

La réponse de Chloé Vidal fuse, naïve, franche.

— Plus que d'habitude ?

Il y a des rires et le commissaire Grosset engueule tout le monde. Il parle d'esprit de famille ou quelque chose d'approchant. Je n'écoute qu'à moitié, je relis mon griffonnage en boucle pour refaire craquer l'allumette. C'est ma paléontologue qui m'a conseillé de me munir d'un carnet, pour noter mes pensées en attendant la bille. J'étais sceptique parce que j'ai déjà une poche pleine avec mon étui à chocolat. J'aimais bien l'idée de garder l'autre disponible au cas où. On trouve parfois des trucs intéressants en déambulant, il vaut toujours mieux avoir une poche prête à accueillir un trésor.

— Tout va bien, Hugo ?

Le commissaire Grosset se tient dans l'embrasure de la porte.

— Je me suis pris un coup d'hyper réalité sur le crâne. Il y a eu Antoine Dupuis trois fois témoin et Jimcaale l'assommé alors qu'il avait une marmite cloutée sur la tête. Mon attention a été aspirée par ces deux éléments. On dirait que mon instinct me souffle que c'est important. C'est peut-être une chance unique de redevenir moi-même, commissaire.

— Demain, vous partez à Lille, Hugo. Vous verrez tout ça en rentrant.

— Vous connaissez le commissaire de la PJ de Lille ?

— Qu'est-ce que vous mijotez, Boloren ?

Quand j'emmène ma mère se faire soigner, je suis Hugo et quand je mijote, c'est Boloren. J'ai envie de le lui faire remarquer mais je ne suis pas en train de le mettre d'humeur. La finale de *Toque toc* se poursuit sans lui à cause de moi.

— Jimcaale, c'est sûrement la PJ de Lille qui va être dessus. Un gamin dans un no man's land avec des gens dedans, à la frontière belge…

— Et votre mère ?

Grosset connaît donc le commissaire lillois. Il connaît tout le monde.

— Je veux juste jeter un œil.

Il bouge son menton de gauche à droite. C'est sa façon de jauger les problèmes. Une mastication latérale avant digestion des sujets contrariants.

*

* *

L'inspecteur Raphaël Desreumaux écrase en vain sa rotule à deux mains, rien n'y fait. Son genou rebondit dans une oscillation de stress ingérable. C'est une journée qu'il aurait préféré éviter. Passer directement d'hier à demain et se débarrasser d'aujourd'hui. Le CRS qui craque, le jeune Chinois assommé avant d'avoir pu dire ce qu'il avait vu, le petit Jimcaale entre la vie et la mort…

Le docteur Huc est en train de l'ausculter, il évalue l'étendue des dégâts. Tout le monde a vu le visage du médecin quand il a jeté un œil au gamin en armure, alors qu'on le faisait rouler dans son brancard. À la radio, les journalistes se sont contentés de ce regard pour évoquer un « pronostic vital engagé ». Parce que c'était exactement la tête que faisait le médecin, une tête de pronostic vital qui ne vaut pas tripette.

Mais une impression ce n'est pas une auscultation. Alors Raphaël attend dans le couloir qui sent la Javel, sur sa chaise en plastique usée, la jambe en marteau piqueur.

Il devine le jeune CRS plus loin, sur sa gauche. Il est dévasté, il sanglote sans s'arrêter. Bientôt il n'aura plus un gramme de flotte dans le corps, songe l'inspecteur. Le CRS campe devant la chambre du Chinois, rongé par le remords. Il lui a mis une bonne trempe. Il réclame de ses nouvelles, mais le médecin attend les parents. C'est logique de leur donner la primeur plutôt qu'à celui qui l'a mis dans cet état. Raphaël l'observe avec compassion. La presse, les associations, l'IGPN… Le CRS va sacrément tendre la joue gauche dans les semaines à venir. En voilà un qui n'aura sûrement pas demain la nostalgie d'hier. Il y a des jours qui n'en valent pas la peine. C'est ce que répète Loraine, sa femme, durant les périodes où la dépression la ronge d'un appétit particulièrement féroce.

Il n'aime pas l'idée que certains jours mériteraient de ne pas être vécus, la vie est trop courte pour en jeter des morceaux. Même s'il comprend, surtout au cours de ces épisodes où il observe, impuissant, tout le poids de la douleur qu'elle trimballe sans pouvoir s'en défaire. Quand même, il préfère croire que chaque jour est bon à prendre, qu'il y aura toujours du positif à en tirer.

Raphaël Desreumaux s'abstient de tourner la tête à droite. Il sent le regard de la vieille Sara, inquiète, en colère. Elle a dit aux ambulanciers qu'elle était la mère du petit Jimcaale, personne n'a osé la contredire, même si elle devait avoir déjà plus de soixante ans quand Jim est né.

On n'avait pas le cœur à conduire le gamin à l'hôpital sans une main familière dans la sienne. Et elle est probablement ce que le petit connaît qui ressemble le plus à une mère. Il faudra qu'il l'interroge, la vieille Sara. Pas maintenant, pas avant que le médecin ne se soit prononcé.

Son portable vibre au fond de sa poche. Il l'attrape tant bien que mal avec son genou qui le fait trembler de partout. Il décroche sans attendre quand il voit apparaître le nom de Côme Lasselin sur l'écran. Collègues quand ils sont au charbon, amis en dehors des heures de boulot.

— Salut Raph, a priori, la barre de métal ramassée à côté du gamin est bien l'arme qui a servi à l'assommer. On a trouvé du sang. La Scientifique est déjà dessus, on attend la confirmation. D'après un gars du labo qui s'y connaît en moto, ce serait une béquille. Genre grosse cylindrée. Des nouvelles du môme ?

— Pas encore. Je te rappelle, le médecin arrive.

L'inspecteur se lève en rajustant son costume trop grand. Il est persuadé que les costumes le vieillissent, qu'ils lui donnent ses vingt-huit ans que sa tête de blondinet lui refuse. Alors qu'en flottant dans son costard, il empire l'effet. On dirait qu'il l'a emprunté à son père.

Raphaël et la vieille Sara jaugent la mine du docteur Huc. Elle n'est pas moins sombre que la leur. Ils retiennent tous les deux leur respiration en attendant le verdict.

— Jimcaale a une vilaine blessure à la tête. Le sang s'est largement répandu dans la boîte crânienne. Pour l'instant, il est en vie, mais il y a peu de chances qu'il le reste longtemps.

— Peu de chances ?

La vieille Sara a posé la question du bout des lèvres. Il y a des subtilités de la langue française qu'elle ne maîtrise pas encore. Comme la litote cynique.

— Je suis désolé, Madame. Il ne se réveillera pas.

Elle secoue la tête pour signifier qu'elle a compris. Elle ne pleure pas. Elle encaisse. Elle en a vu d'autres, même si, quand même, un môme massacré dans une décharge sauvage, elle a beau chercher dans ses souvenirs les plus noirs, il a sa place sur le podium.

— Je vais avoir besoin de son casque, Docteur. Et de toute son armure. Je dois les faire parvenir à la police scientifique.

— J'ai réparti les différents éléments dans des sachets de stérilisation.

L'inspecteur hésite quelques secondes puis il se tourne vers la vieille Sara.

— Je dois vous poser quelques questions. Nous serons mieux au commissariat.

— Je veux d'abord savoir comment va Gao Cheng. Ensuite, je vous accompagne.

Un couple de Chinois d'une quarantaine d'années déboule au bout du couloir en gémissant des phrases en mandarin à l'infirmière qui les accompagne. Elle s'excuse de ne pas comprendre ce qu'ils racontent et tente de leur expliquer que le médecin qui s'occupe de leur fils va les recevoir. Ils doivent attendre dans le couloir. Leurs téléphones sonnent sans discontinuer, ils répondent à peine, distraits par la douleur, expédiant leurs interlocuteurs à l'aide de quelques mots qu'on devine douloureux.

La vieille Sara vient à leur rencontre d'un pas lent. Le couple cesse de s'agiter et observe cette toute petite femme voilée qui se dirige vers eux. Elle a un regard doux, un visage qui console.

— Je connais bien Gao Cheng, il est très ami avec mon Jimcaale. C'est un gentil garçon, votre fils.

Le couple en pleurs secoue la tête. Ils ne comprennent rien de ce que leur raconte cette dame au petit visage ridé et rond qui dépasse d'un voile sombre. La vieille Sara sort un téléphone de la poche de sa grande robe ample et leur montre une photo de Jimcaale souriant dans son costume de super-héros.

Le flottement de l'incompréhension disparaît quand un médecin sort de la chambre de Gao Cheng. Il rassure les parents d'un geste d'apaisement. Leur fils est en vie, il va s'en sortir. Ils l'ont plongé dans un coma artificiel le temps de soigner son traumatisme crânien. Le CRS recommence à pleurer de plus belle, soulagé et honteux. Les parents remarquent alors sa présence. La mère comprend qui il est et se jette sur lui en le frappant et en l'insultant en mandarin. Raphaël Desreumaux se précipite pour la retenir. Le CRS a les yeux fermés, il tend son visage pour mieux recevoir les coups. Avec l'aide du mari, l'inspecteur parvient à calmer la femme. Le CRS se lève, tremblant, il regarde les parents et murmure « je suis désolé » d'une voix sans force.

La vieille Sara se tourne vers le docteur Huc.

— Jimcaale vit encore ?

— Ses organes fonctionnent, il est sous respiration artificielle, mais il ne se réveillera pas.

— Combien de temps vous pouvez le garder comme ça ?

— Dans cet état végétatif ? L'acharnement est inutile, Madame...

La vieille Sara prend le médecin par le bras et l'entraîne vers les parents de Gao Cheng. L'homme se laisse faire, mal à l'aise.

— Docteur, le petit Gao Cheng était le meilleur ami de Jim. Je veux que vous le gardiez dans le coma jusqu'à ce que Gao Cheng se réveille. Pour que leurs esprits communiquent, qu'ils passent du temps ensemble avant que Jim ne s'en aille pour de bon.

Le docteur Huc cherche l'inspecteur du regard pour qu'il l'aide à le sortir de cette situation. Raphaël prend sa voix la plus douce.

— Nous allons avoir besoin du corps de Jim, Madame. Pour pratiquer une autopsie et découvrir qui lui a fait du mal.

— Vous ne pouvez pas attendre un peu ?

Raphaël hésite. Le docteur Huc marmonne un son qui semble signifier qu'il ne voit pas d'inconvénient à garder l'enfant un ou deux jours de plus. Finalement, le jeune inspecteur déclare, dans un soupir :

— Je vais demander à mes supérieurs. On devrait pouvoir négocier vingt-quatre heures. Le temps que la Scientifique examine l'arme et l'armure.

La vieille Sara approuve. Elle prend les mains de la mère de Gao Cheng dans les siennes.

— Jim avait promis à votre fils de lui parler du trésor. Je suis sûr qu'il est en train de le faire en ce moment.

Les parents du jeune Chinois interrogent du regard les deux médecins, l'infirmière et l'inspecteur. On hausse les épaules, on retrousse les lèvres dans des moues d'ignorance… Il y a des phrases, en apparence limpides, qui n'ont aucun sens.

*

* *

— Je ne comprends pas. C'est quoi cette histoire de « trimoin » ?

Lulu la stagiaire me fait un clin d'œil avant d'expliquer fièrement sa découverte au commissaire Grosset.

— Le trimoin, c'est Antoine Dupuis. Je lui ai donné ce surnom parce qu'il a été trois fois témoin dans des affaires d'homicides qui n'ont rien d'autre en commun que lui-même. Un homme qui a battu sa femme à mort, un braquage qui a mal tourné et un chômeur qui a assassiné son ex-employeur. Le tout étalé sur dix ans. Quand l'inspecteur Boloren aura résolu ce mystère, j'espère faire entrer le terme de « trimoin » dans le dictionnaire.

Grosset me regarde pour vérifier. Mon visage incapable de mentir confirme que je n'en sais pas plus que lui sur cette affaire. Il parvient tout de même à percevoir que je n'ai rien contre y mettre mon nez. Je suis un livre ouvert et Grosset un lecteur habitué.

— Hugo part demain à Lille, il ne va rien résoudre du tout. D'autant qu'il est inutile de chercher une solution quand il n'y a pas de problème. Les trois affaires sont classées. Antoine Dupuis est statistiquement malchanceux, maintenant je voudrais que chacun revienne à la raison.

Le commissaire sort du bureau en me laissant avec Lulu la stagiaire qui me fusille du regard.

— Vous ne m'avez pas du tout soutenue, inspecteur. J'étais pourtant certaine que mon trimoin vous plairait.

— J'aurai beaucoup à faire à Lille. C'est vous qui allez enquêter sur Antoine Dupuis.

— Moi ? Je sais pas comment…

— Cherchez qui il est, où il habite, ce qu'il faisait sur les lieux du crime à l'époque… Vous découvrirez sans doute une explication aussi logique que décevante. Parce que c'est souvent le cas.

Des cris retentissent dans le couloir. La finale de *Toque toc* vient de se terminer. Le camp des déçus affronte celui des ravis dans un pugilat arbitré par Grosset. Un brouhaha qui se conclut par une proposition de réconciliation autour d'une bière en terrasse. Chloé Vidal déboule dans le bureau, un large sourire aux lèvres. La représentante du camp des vainqueurs nous invite à nous joindre à eux pour une pression dans le bar en face du commissariat. Lulu la stagiaire se lève et ramasse ses affaires tandis que Chloé repart en sifflotant.

— Vous ne venez pas, inspecteur.

Ce n'est pas une question, plutôt un constat.

— Je dois boucler ma valise et celle de ma mère. On ne peut pas remettre un train à plus tard.

Lulu s'attarde dans l'embrasure de la porte, elle remue sur elle-même comme quand on s'apprête à une confidence gênante, son téléphone portable à la main.

— Pourquoi vous me demandez jamais des nouvelles de Mathilde ?

Elle a réussi à me faire sursauter sans élever la voix. Mes lèvres s'ouvrent, elles cherchent des mots dans le vide, à tâtons. Je bafouille une justification absurde comme un suspect sans alibi. Puis je capitule.

— Comment va Mathilde ?

— C'est pas une façon de s'y prendre. Je vous dirai quand j'aurai l'impression que ça vous intéresse vraiment.

Mathilde m'a quitté pour Shanghai, c'est douloureux d'être remplacé par une ville. J'essaie d'oublier, c'est un domaine dans lequel j'excelle. J'avais par exemple totalement rayé de ma mémoire que Lulu et Mathilde étaient ensemble à l'université, et que c'est la raison pour laquelle elle avait postulé dans ce commissariat. On a le cerveau pas fiable dans la famille.

Les voix s'éloignent dans le couloir, attirées par la perspective des pintes du bar d'en face. Les lieux retrouvent le silence relatif des commissariats parisiens. J'attrape une bière dans le tiroir à classeur et je la décapsule sur le coin du bureau en métal. Il y a une trace rouillée qui me sert de repère, résultat d'une accumulation de bouteilles ouvertes à cet endroit. Je ferme les yeux à la première lampée pour m'imprégner du bonheur de l'amertume dorée. Je n'en profite qu'à moitié, les images d'un gamin assommé viennent brouiller le plaisir. Jimcaale, un nom étrange... D'où vient-on avec un prénom pareil ?

*

* *

— De Somalie.

Le visage de la vieille Sara se referme quand elle prononce le nom du pays. À l'aide de son stylet, Raphaël écrit consciencieusement dans le carnet de notes de son téléphone : *Jimcaale, Somalie.* Il préfère avoir une trace manuscrite, même digitale, de ses commentaires, le caractère d'imprimerie dissimule l'émotion du moment.

— Vous venez de là-bas aussi ?

Elle se lève d'un bond offensé, ralenti malgré tout par ses muscles septuagénaires. La petite dame aux traits tendres s'est raidie.

— Je suis Éthiopienne.

Le jeune inspecteur cherche dans ses souvenirs d'école. Pas d'illumination géopolitique qui pointe. Il n'est pas même certain de pouvoir situer ces deux pays sur une carte sans se tromper.

— Il va falloir m'aider, Madame.

Son corps s'affaisse. Sa verticalité outrée s'évapore. La vieille Sara essuie une larme qui jaillit sans prévenir, la première depuis longtemps. Elle a presque tout perdu au fil des ans et elle sent que ses réflexes patriotiques vont s'évaporer avec le reste. À quoi bon s'émouvoir pour des problèmes d'un passé si lointain ? Elle a fui la violence et la haine, qu'elles restent là-bas.

— Entre la Somalie et l'Éthiopie, il y a eu beaucoup de guerres.

— Vous n'êtes donc pas réellement la mère de Jimcaale.

— Vous l'avez cru ?

Raphaël pousse l'enregistreur vers la vieille dame fatiguée.

— Répondez à la question, s'il vous plaît.

Elle se lève et arpente la salle d'interrogatoire en regardant ses sandales. Il y a si longtemps qu'elle a enterré ce passé. Elle a besoin de marcher pour remettre ses idées en place. Qu'importe si l'inspecteur roule des yeux d'impatience. S'il veut entendre ce qu'elle a à dire, il faudra la laisser marcher. Elle ajuste le tissu qui entoure son visage puis commence à raconter.

— Jimcaale est arrivé dans le camp il y a huit ou dix ans, avec sa mère. Elle a été embarquée et renvoyée dans son pays en cachant volontairement qu'elle avait un fils. Elle pensait qu'il aurait un meilleur avenir ici.

Elle s'arrête pour essuyer la deuxième larme de la journée. Et des dix dernières années.

— Alors je me suis occupée de lui.

— Vous n'avez pas alerté les services sociaux ?

— Je ne savais même pas que ça existait à l'époque.

— Vous avez caché un bébé abandonné ?

— J'ai pas eu l'impression que ça dérangeait beaucoup.

La naïveté de la réponse met Raphaël mal à l'aise. Cette enquête commence à peine et il déterre déjà des manquements administratifs et humains.

— Si j'ai bien compris, entre la Somalie et l'Éthiopie, c'est pas le grand amour… Ça ne vous ennuyait pas de vous occuper d'un enfant somalien ?

Bien sûr que ça l'a travaillée au début. Elle a honte en y repensant. Ce pauvre gosse reniflant dans le camp en cherchant sa maman tout juste embarquée. À trois ans ou dans ces eaux-là, on n'a pas de nationalité, on prend celle qu'on vous donne. Elle se souvient de ce que lui avait dit Mani. Elle le répète au policier.

— Jimcaale était comme ces lions qui naissent dans des zoos et qui y passent leur vie sans jamais voir la savane. Est-ce que ce sont encore des lions ? C'est ce que disait Mani en voyant Jim courir dans le camp.

Raphaël note la remarque sur l'écran de son téléphone, toujours armé de son stylet. *Jim, lion, zoo.* L'image résonne en lui.

— Qui est Mani ?

— La cheffe du camp.

— Ça veut dire quoi « cheffe du camp » ?

— Tout doit passer par elle.

L'inspecteur envoie un message à Côme Lasselin. *Mani, cheffe du camp, à trouver pour interrogatoire.*

— Madame, où étiez-vous entre treize heures et quatorze heures, quand Jim s'est fait agresser ?

— Et vous, inspecteur ?

Le reproche fuse, froid, sans colère. Raphaël fait semblant de noter quelque chose en remuant son stylet sur l'écran. Il n'a pas encore l'expérience de son chef. Le commissaire Lepoutre l'observe derrière la vitre sans tain. Raphaël ne veut pas qu'il regrette d'avoir confié l'affaire à son plus jeune inspecteur. Il se reprend, il ne laissera pas l'agression de Jim lui filer entre les doigts. Il poursuit, d'une voix aussi froide que celle de la vieille dame.

— Répondez à la question.

— J'étais assise sur mon tabouret devant ma tente.

— Quelqu'un peut le confirmer ?

— Je ne sais pas.

— Personne n'est passé devant votre tente ?

— Chaque jour ressemble au précédent, ils se répètent, identiques à l'infini. Alors si vous demandez à quelqu'un s'il m'a vue devant ma tente, il vous répondra oui. Mais est-ce que c'était aujourd'hui ou hier ou il y a un mois… Le temps passe sans laisser de repères.

— Vous n'avez rien remarqué d'étrange, de suspect ?

— Il y avait de l'agitation, on venait de découvrir la cabane du Secours populaire vandalisée. Je suis partie voir ce qui se tramait quand la police est arrivée, et c'est là que Gao Cheng a déboulé.

Le téléphone de Raphaël vibre sur la table. Le nom de sa femme apparaît sur l'écran, *Loraine Desreumaux*. Il le retourne pour ne pas se laisser distraire.

— Comment Jim et Gao Cheng se sont connus ?

— Ses parents tiennent un restaurant à quelques rues du camp. Il traînait souvent à la décharge, à la recherche d'objets, de jouets… Il est un peu simplet et n'a pas trop d'amis dans son école. Mon petit Jim avait bon cœur et l'a pris sous son aile.

— Vous avez une idée de qui a frappé Jim ?

Elle hésite une brève seconde et secoue finalement la tête. Raphaël a remarqué son regard hésitant. Il trouvera un moyen de la rendre plus bavarde en temps voulu. Il lui montre l'enregistreur pour lui rappeler que les gestes ne suffisent pas.

— Non, c'était un gentil garçon, il n'avait aucun ennemi.

— C'était pour quoi, cette armure bricolée qu'il portait ?

— Il en était très fier, c'était son déguisement de superhéros. Il passait son temps à parcourir la décharge avec son armure sur le dos. Je lui disais que c'était dangereux, qu'il y avait des objets pointus, des trous, des risques d'affaissement… Il n'avait pas peur. À cet âge-là, on n'a peur de rien.

Raphaël remercie la vieille Sara et la confie à un policier dans le couloir pour qu'il la ramène au camp. Le commissaire Lepoutre lui fait signe de le rejoindre dans son bureau.

— Désolé, commissaire. Elle a un truc déstabilisant, cette dame.

— On est mal barrés, Raphaël. Un meurtre d'enfant dans un camp de laissés-pour-compte, c'est pas terrible.

On va nous accuser d'avoir été légers. Et on aura raison. Comment on a pu renvoyer une femme en Somalie sans son fils de trois ans ? Entre les ordres directs, les indirects, les pressions de toute part, on ne sait jamais ce qu'on doit faire avec ces bidonvilles. Fermer les yeux est parfois ce qui fait le moins de dégâts. Que cette dame ait pu s'occuper d'un gamin de trois ans sans que ça n'intéresse personne, sans jamais l'envoyer à l'école, j'en ai des frissons. Imaginez ce qui aurait pu lui arriver s'il avait été entre de mauvaises mains…

— Vous voulez dire… pire que d'être assassiné ?

— Vous voyez très bien ce que je veux dire, Raphaël, faites pas le spirituel. Vous m'avez parlé d'une histoire de trésor, tout à l'heure…

— Oui, la vieille Sara l'a évoqué à l'hôpital. J'ai voulu creuser, elle ne sait pas de quoi il s'agit. Jimcaale ne lui a rien dévoilé. Il disait qu'il avait trouvé un trésor dans la décharge et qu'il allait sauver le monde. C'était probablement un jeu.

— De toute façon, je refuse d'envoyer des hommes s'aventurer dans cet endroit à la recherche d'un hypothétique trésor. Les monticules instables peuvent s'effondrer à tout moment, surtout avec cette chaleur. C'est un coup à s'empaler sur un vieux séchoir. Dire qu'on a laissé Jimcaale jouer là-dedans toutes ces années…

— Ça me fait penser, la vieille Sara voudrait qu'on attende vingt-quatre heures avant de débrancher le gamin, pour qu'il puisse papoter avec Gao Cheng pendant leur coma commun.

L'inspecteur Desreumaux s'est donné du mal pour garder un ton neutre. Il attend, curieux, la réaction de son commissaire. Ce dernier acquiesce, sans montrer de signe de surprise, tout en réfléchissant aux implications de cette requête. Qu'elle louvoie aux frontières du réel ne semble pas particulièrement le décontenancer.

— C'est parfait, je lui en donne même quarante-huit si les médecins sont d'accord. Tant qu'il n'est pas officiellement mort, on nous foutra la paix. Et envoie quand même le légiste, il y a trop de flou. Faut qu'on débrume.

Raphaël pianote sur son téléphone un message à destination du médecin tout en se demandant si le verbe « débrumer » existe vraiment. Il lève les yeux par intermittence vers son chef qui prend des décisions le nez en l'air et toujours très concentré. Le souverain pensif.

— Et puis, on ne sait jamais…

— On ne sait jamais quoi, commissaire ?

— Des fois que la vieille ait raison et que Jim révèle à Gao Cheng le nom de son agresseur…

Raphaël n'a pas le temps d'évaluer si son chef parle sérieusement. Le commissaire Lepoutre fouille dans sa poche et en sort son portable qui bourdonne. Il lève des sourcils étonnés en voyant le nom s'afficher. Il décroche avec un sourire franc.

— Comment va Paris, commissaire Grosset ?

Raphaël en profite pour s'éclipser. Il salue son chef d'un geste de la main et rejoint le couloir où il croise l'inspecteur Côme Lasselin.

— Je te cherchais, Raphaël. Mani, la cheffe du camp, nous attend à la *Terra nullius*. Les collègues nous la gardent au chaud.

Tant pis, il rappellera sa femme plus tard.

*

* *

Ma mère s'est endormie sur son fauteuil, un livre à la main. Un roman policier à la mode. Elle n'en lisait jamais avant. Elle dit qu'elle a besoin d'action et de frissons pour se remettre les idées en place. Comme si l'adrénaline allait lui ramener ses souvenirs. Visiblement, même les histoires de meurtres la bercent. Son passé d'aventurière ne peut pas se contenter d'un si maigre substitut. Je rejoins mon ancienne chambre et je m'allonge sur mon lit d'enfant. Je vide mes deux poches latérales pour être plus à l'aise. L'étui à chocolat d'un côté, le petit carnet de l'autre. Les piliers bancals de mon bien-être approximatif.

Ma mère m'a regardé boucler sa valise sans oser me demander où on allait. Elle ne veut pas me montrer que son cerveau flanche, qu'elle oublie tout ce que je lui raconte. La vérité, c'est que je ne lui ai jamais dit que je l'emmenais à Lille. La lâcheté d'un fils se marie bien avec l'Alzheimer d'une mère. Je lui expliquerai dans le train demain. C'est l'avantage quand on ne retient pas : il n'y a pas d'urgence à raconter.

J'allume la petite radio sur ma table de nuit, cadeau de mon père à l'adolescence. Les transistors des années quatre-vingt-dix tiennent plus longtemps que les portables sortis il y a trois ans. J'ai le cerveau plein de réflexions de vieux depuis ma récente arrivée dans le club des quarantenaires. J'attrape un chocolat que je coince entre l'index et le majeur, parce que j'aimerais que ce soit une cigarette, et que je laisse fondre, parce que c'est du chocolat.

J'attends qu'un journaliste annonce un élément nouveau dans l'affaire du camp de laissés-pour-compte lillois. Les publicités pour des assurances automobiles et des banques en ligne se succèdent. Je me laisse bercer par les jingles et les voix exagérément enjouées à l'idée de souscrire. Dans un coin de ma tête, les noms de Jimcaale et Antoine Dupuis tournoient comme des satellites autour d'une grosse planète métallique qui ressemble furieusement à ma bille. Je les supplie à tour de rôle de me la ramener, j'ai besoin de son abstraction rafraîchissante pour empêcher mon cerveau de penser comme un vieillard.

La *Terra nullius* est vaguement évoquée dans un flash info évasif, la nouvelle est déjà presque froide, on est passé à autre chose. Je n'en saurai pas plus pour l'instant. Le commissaire a activé son réseau. La PJ de Lille m'attend. Ils ne sont pas contre un coup de main à ce qu'il paraît. Je vais faire du tourisme policier. En attendant, le mieux c'est que je m'assoupisse. Et on verra demain.

*

* *

Mani attend les policiers dans un fauteuil usé qui a dû avoir un certain lustre il y a un certain temps. Assise confortablement devant sa tente, la tête posée sur ses deux mains jointes, un bras accoudé sur chaque cuisse, elle se tient prête. Malgré l'ombre de la tente qui empêche le soleil de l'atteindre, elle sue à grosses gouttes. À ses pieds, un petit chien blanc est allongé comme un sphinx, le corps parfaitement droit, paré lui aussi à en découdre. D'habitude, ces bouledogues français dégagent une aura sympathique, mais celui-là a le museau méchant. Une petite dent poussée de travers pointe à l'extérieur de ses babines et sa collerette vétérinaire trop grande lui donne de surcroît un air parfaitement stupide. L'illustration réussie de l'idée qu'on peut se faire de bête et méchant, pense Raphaël.

Un homme se tient debout sans rien dire, légèrement en retrait de Mani et du chien, les mains croisées, le dos courbé. Raphaël et Côme échangent un regard. Il ne manque plus qu'une couronne et un sceptre pour parfaire l'impression d'audience royale. À condition de faire abstraction des alentours.

Mani doit avoir une cinquantaine d'années, peut-être moins. Sa corpulence rend l'estimation difficile. Ses cheveux blonds, ses taches de rousseur et son gabarit hors norme contrastent avec le corps svelte et la peau foncée de son chambellan. Raphaël lève la tête vers le soleil qui darde ses rayons sans retenue sur Lille, Côme et lui. Même si Mani a des auréoles sous les bras de la taille d'un trente-trois tours, il envie le bout d'ombre qui la protège ainsi que son sbire et son chien. Elle n'a certainement pas l'intention d'inviter deux flics à partager l'abri. Il s'interroge sur les origines géographiques de la cheffe du camp.

— Mani ?

— C'est moi.

— C'est votre vrai nom ?

— Narong vous donnera la copie de mes papiers d'identité après notre entretien.

Et le sieur à ses côtés s'incline doucement. Sans l'infanticide qui les a menés ici, il y aurait de quoi rire.

— En quoi puis-je vous être utile, Messieurs ?

— Vous n'êtes pas sans savoir qu'un crime ignoble a eu lieu dans la décharge qui jouxte le camp.

Raphaël regarde son collègue qu'il n'a jamais entendu parler avec cette déférence. Côme est un interrogateur hors pair, il sait s'insinuer dans les méandres adverses. Le commissaire Lepoutre l'appelle « le Messie » parce qu'il prétend qu'avec lui, les muets se mettent à parler et les aveugles racontent ce qu'ils ont vu. Raphaël laisse le Messie mener l'interrogatoire. Lui-même n'a que deux questions à poser. Il attend le bon moment. Il espère qu'il viendra vite, la sueur perle déjà abondamment sur son front.

— On dit que nulle chose ne se passe dans le camp sans votre approbation.

— On dit n'importe quoi. Je veille au bon déroulement. Un peu d'ordre est nécessaire pour que le camp ne bascule pas dans l'anarchie. Mon rôle est purement organisationnel.

— Vous avez une idée de qui a pu s'en prendre à Jimcaale ?

— C'est un bon garçon. Un peu turbulent malgré tout.

— C'est-à-dire ?

— Il mettait parfois des idées dans la tête des gens. Il leur montrait de l'espoir là où n'importe qui aurait bien vu que c'était foutu.

— En somme, il mettait le bazar dans votre camp.

— En somme.

Raphaël se décale légèrement, comme si sa jambe gauche avait besoin de se désengourdir. Il lorgne sur l'intérieur de la tente de la cheffe par l'entrebâillement des toiles. C'est plutôt une yourte. On peut largement tenir debout, contrairement à la plupart des abris alentour. Il devine un lit, un tapis, un buffet avec des bibelots et même un petit ventilateur qui lui fait envie. Du campement haut de gamme. Au milieu de cette étendue miséreuse, ce simili apparat fait d'elle une nantie. Mani la nantie. On n'est pas censé prospérer dans un bidonville.

Le chien regarde Raphaël droit dans les yeux. L'animal s'est redressé et l'inspecteur remarque qu'il a les pattes avant plus courtes. Avec sa collerette et ses fesses en l'air, il ressemble étrangement à un mégaphone.

— Où étiez-vous quand Jimcaale a été agressé ?

— J'ai été accaparée toute la matinée par le pillage de la réserve de nourriture. Je voulais calmer la colère de mes camarades et trouver les responsables.

— Vous n'avez quitté le camp à aucun moment ?

— Je n'ai pas quitté ce fauteuil.

Elle a lancé sa réponse à Côme avec un air gêné. Elle jette un œil à son chambellan qui reste impassible. Elle n'a pas envie de formuler à voix haute son alibi imparable : la plus longue distance parcourue chaque jour est la poignée de mètres entre sa tente confortable et son fauteuil molletonné. Mani n'aime pas ce silence qui la juge, c'est le moment de sortir son joker.

— Il y a une rumeur qui pourrait vous intéresser.

Raphaël s'impatiente et prend le relais du Messie.

— On préfère les faits.

— Parfois ça se rejoint. Depuis quelques jours, des gens dans le camp disent voir errer une ombre étrange dans la décharge.

— Une ombre ? Quel genre d'ombre ?

— Ils lui ont donné un nom : « Black Ghost », le fantôme noir. Une créature de forme humaine, sans visage, noire de la tête aux pieds.

— Et il fait quoi dans la décharge, votre fantôme ?

— Il flotte.

Côme a un peu envie de rire et un peu envie de faire chuter Mani de son fauteuil. Mégaphone observe toujours Raphaël, une intensité molle dans ses yeux vitreux.

— Et vous pensez que c'est le fantôme noir qui a tué Jimcaale ?

— J'en sais rien. Je dis juste qu'avant il était pas là, et que maintenant qu'il est là, y a un mort.

Côme fait un signe discret à Raphaël. De l'autre côté de la tente, à une dizaine de mètres, deux femmes font mine de regarder leur téléphone. Elles font assez mal semblant, d'autant qu'elles sont obligées de tendre l'oreille pour écouter la conversation. Côme leur trouve un air de famille. À moins que ce ne soient leurs origines communes. Pakistanaises, Indiennes, Bengalaises, Indonésiennes... Côme est incapable de définir précisément d'où elles viennent. Raphaël poursuit.

— Comment gagnez-vous votre vie, Mani ?

— Je ne suis que l'humble tributaire d'une pension d'invalidité. J'ai de l'hypertension et du diabète.

— Donc si on interroge tout le monde dans le camp, on ne va pas découvrir l'existence d'une dime ou d'une gabelle ?

Raphaël s'étonne lui-même de ses souvenirs d'impôts moyenâgeux alors que la Somalie et l'Éthiopie lui ont échappé. Mani s'attendait à la question, elle fait un geste de la main en direction de son sbire. Il se faufile dans la tente à travers l'embrasure minuscule en faisant à peine vibrer la toile et en ressort presque aussitôt, un grand classeur à la main. Raphaël remarque alors que le chambellan a un tatouage sur les deux poignets, un mot par avant-bras, avec des petits points et traits au-dessus de chacun.

— Je les aide. Je rédige leurs demandes de papiers, je fais de l'administratif... contre rétribution. Rien de malhonnête.

— Rien de déclaré.

— Me faites pas rigoler, inspecteur. Cet endroit n'existe même pas officiellement. Vous fermez les yeux quand ça vous arrange et tout d'un coup, on arrive à se faire trois sous et voilà que l'URSSAF s'offusque.

— J'ai une dernière question. Avez-vous entendu parler du trésor de Jimcaale ?

Elle secoue la tête un peu trop tard. Son œil droit cille et elle agite le col de son tee-shirt pour se donner une contenance et un peu de fraîcheur. Ils en ont entendu parler. Raphaël déploie son sourire le plus mauvais, un rictus qui ne cache pas ce qu'il pense de la profiteuse, de son grand échalas aux poignets tatoués et du chien à la dent qui prend l'air.

— Il s'appelle comment, votre chien ?

— J'en sais rien, il est pas vraiment à moi. Il traîne là, c'est tout. Il fait partie de ces choses que les gens viennent abandonner dans la décharge.

— Et la collerette ?

— Il l'a toujours eue. Si vous essayez de lui enlever, il vous bouffera un doigt.

— Et votre adjoint, on peut vous l'enlever ? On voudrait visiter le camp.

Le bonhomme acquiesce, ils s'attendaient également à cette requête. Ils sont décidément prévoyants. L'inspecteur Desreumaux a appris à se méfier de l'excès d'anticipation.

Il s'éloigne sur un chemin boueux dans les pas du chambellan en s'épongeant le front tandis que l'inspecteur Lasselin salue aimablement l'obèse sur son trône. Dès qu'il a rejoint son collègue, Raphaël lui chuchote à l'oreille.

— Je ne la sens pas, elle règne sur le camp comme une marraine de mafia.

— Ça se dit, « marraine de mafia » ? Ça sonne bizarre… On dit pas « parraine » ou « femme parrain » ? Elles sont trop rares pour avoir leur propre règle de grammaire.

— Ou plus discrètes. Cette femme, c'est un parasite accroché à la misère.

— Je l'imagine mal en train de fracasser le crâne d'un gamin de douze ans. Elle s'essouffle rien qu'en remuant les fesses sur son fauteuil.

Le chambellan entraîne les deux inspecteurs dans les méandres du camp. Derrière eux, Mégaphone traîne son corps penché en se dandinant de gauche à droite.

De petits chemins de terre se sont formés entre les tentes, les séchoirs à linge mal plantés, les tonneaux métalliques qui servent de réchaud… Le moteur d'un générateur à essence couvre presque les voix du poste de télévision qu'il alimente. Une petite foule assise observe l'écran sans émotion en agitant des éventails de fortune pour se donner des impressions de fraîcheur. Ils regardent des cuisiniers s'affronter dans un décor coloré qui apparaît particulièrement outrancier au milieu de ce bidonville noirâtre. L'un des cuistots est apparemment en train de se faire sermonner parce qu'il a voulu utiliser un batteur à piles.

Les deux inspecteurs s'appliquent à sourire poliment à tous les visages qu'ils croisent, sans exagération, pour ne pas faire comme si tout cela était normal. Le plus difficile à nier, c'est l'odeur insupportable. La décharge d'un côté, les habitations insalubres de l'autre, et le soleil qui tape fort au-dessus en prenant soin de développer les arômes. Les deux policiers s'efforcent de ne pas couvrir leur nez. Ils préfèrent respirer les effluves pestilentiels que de risquer de blesser les habitants. Des regards hagards, des mines sombres, des corps recroquevillés, des enfants aux visages crottés, des mères épuisées, des hommes à moitié endormis.

Rien ne laisse deviner toute cette détresse depuis l'extérieur de ce camp qui longe une route rarement empruntée. Une départementale qu'on évite à moins que le GPS nous y oblige et un décor qu'on prend soin de ne pas voir quand on le croise parce que c'est désagréable de se figurer ce qu'il y a derrière. De toute façon, ça dépasse l'imagination.

Les inspecteurs Lasselin et Desreumaux suivent leur guide en silence dans ce dédale misérable balayé par l'air chaud nauséabond. Raphaël murmure parfois des exclamations sous forme d'injures, pour évacuer le choc. Il a vu des taudis similaires au cours d'un voyage en Afrique. Il n'aurait jamais imaginé qu'il puisse en exister d'aussi grands à quelques kilomètres de chez lui. Les rares fois où il a eu à faire à ce camp, il est resté aux abords sans y entrer.

Côme ne parvient pas à détacher ses yeux de la longue tige ondulante qui les balade dans ce bidonville franco-belge. Il a remarqué, lui aussi, les tatouages sur les poignets. Il a déchiffré quelques lettres sans parvenir à identifier les mots.

— Comment vous vous appelez ?

— Narong Vacarme. C'est cambodgien. À la fin de notre visite, je vous remettrai le dossier contenant les documents relatifs à mon identité ainsi qu'à celle de Mani.

L'homme parle bien, d'une voix fluette et sans accent. Pendant que Côme note mentalement la taille et l'organisation du camp, Raphaël ne quitte pas Narong des yeux. Sauf parfois pour jurer contre Mégaphone qui lui flanque des coups de collerette dans les chevilles.

— Que faisiez-vous ce matin quand le gamin a été agressé ?

— Je gérais la situation délicate liée au vandalisme de la réserve de nourriture. Je n'ai pas quitté le camp.

Les trois hommes et le chien atteignent la bordure du bidonville qui jouxte l'immense décharge. D'impressionnantes collines de détritus s'étendent sur des centaines de mètres jusqu'à la frontière et sans doute au-delà. Un abandon total, un déni partagé par tous les politiques qui se sont succédé ces dernières années dans les deux pays, quel que soit le penchant politique du responsable en place. C'est facile de mettre tout le monde d'accord quand il s'agit de ne rien faire.

Raphaël fronce les sourcils et pose une main sur l'épaule de Côme.

— Tu n'entends pas un gémissement ?

Mégaphone grogne, un jappement informe, comme l'onomatopée maladroite d'un enfant imitant un aboiement. Narong Vacarme prend l'animal dans ses bras et s'approche des deux inspecteurs qui tendent l'oreille vers les montagnes de déchets.

— C'est la chaleur qui fait grincer la décharge. Les amas d'objets se rétractent sous l'effet du soleil, parfois des empilements fragiles s'effondrent. En hiver, le gel produit des claquements, en été la canicule fait grincer.

Raphaël frissonne. La lamentation de la décharge donne une impression singulière de champ de bataille infernal. Il imagine aisément qu'on puisse croire qu'une âme torturée erre parmi les monts de ferrailles d'où émane cette mélopée sans parole et pourtant parfaitement sinistre. L'inspecteur s'adresse au chambellan sans quitter des yeux les monticules étincelants et geignards.

— Vous l'avez déjà vu, ce fantôme noir ?

— Non. Au début je n'y croyais pas, les gens d'ici souffrent de malnutrition, de dépression, de fatigue physique et nerveuse… et même d'insolation depuis quelques jours. Alors les hallucinations sont compréhensibles. Mais Jimcaale n'est pas le seul à explorer la décharge, d'autres s'y aventurent à la recherche d'objets à revendre. Même s'ils vont moins loin. Plusieurs ont déclaré avoir croisé ce fantôme noir. L'un d'entre eux l'a même pris en photo.

Narong sort un téléphone de sa poche et montre la photo en question aux deux policiers. On y devine une silhouette floue en train de disparaître derrière une montagne de détritus. Raphaël se souvient de ces portraits de yétis des années cinquante. Il revoit ses camarades s'extasiant devant ces images en noir et blanc, preuves indiscutables qu'un abominable homme des neiges arpentait les montagnes de l'Himalaya. Les photos étaient tellement mauvaises qu'elles représentaient surtout ce qu'on voulait y voir.

— Et Jimcaale l'a vu aussi ?

— Bien sûr, il est même le premier à l'avoir vu. Il disait que le fantôme noir habitait la décharge et qu'il était inoffensif. Dans le camp, son évocation avait tendance à effrayer les enfants, mais Jimcaale leur répétait que les fantômes gentils existaient, que Maman Jeanne lui lisait des histoires avec des fantômes gentils.

— Maman Jeanne ?

— Vous devriez lui parler. Elle travaille pour le Secours populaire. Elle était très proche de Jimcaale. C'est lui qui a trouvé ce surnom.

L'inspecteur Lasselin récupère le dossier que lui tend Narong. Il sort un stylo de sa poche et griffonne *Maman Jeanne, Secours Pop* sur la couverture cartonnée. L'encre bave sur le papier ramolli. La vieille Sara les a aiguillés vers Mani qui les envoie à son tour vers Maman Jeanne… Ils se refilent la patate chaude, songe Côme.

— Une dernière chose : c'est quoi, votre tatouage ?

Narong tend les bras en serrant ses deux poignets comme s'ils allaient le menotter. Les deux mots collés n'évoquent pas grand-chose pour les inspecteurs.

— « Quiet Thane », cela veut dire « le baron silencieux » en vieil anglais. C'est une sorte d'antinomie de mon nom : Narong Vacarme.

Les deux mots ont été maladroitement écrits, probablement par un tatoueur amateur ou très mal équipé. Son devoir accompli, Narong repart à travers le camp vers son poste de Premier ministre, suivi par le chien qui roule des fesses.

— Raph, tu trouves pas qu'il a un truc bizarre, ce clébard ?

— Il ressemble à un mégaphone.

— Voilà.

Les policiers restent un moment à contempler la frontière entre les deux territoires, la misère humaine horizontale d'un côté et l'excès matériel vallonné et grinçant de l'autre.

Côme prend soin de pointer le doigt dans la direction opposée avant de murmurer à Raphaël que le couple d'Indiennes s'est caché derrière des cabanes un peu plus loin.

— Je me demande qui sont ces deux-là…

— Peut-être juste des curieuses qui s'ennuient.

Tandis que Côme cherche la copie de la pièce d'identité de Mani dans le dossier, Raphaël reçoit un message du commissaire Lepoutre. Il le charge d'aller accueillir un flic à la gare de Lille-Flandres le lendemain matin : l'inspecteur Hugo Boloren. Il montre le message à son collègue qui fronce les sourcils.

— Pourquoi on nous envoie un inspecteur de Paris ?

La réponse suit dans un nouveau message de leur chef. « *Fais-lui bon accueil, il vient avec sa mère malade pour consulter un spécialiste. Il aura du temps libre et il est intrigué par Jimcaale. De l'aide gratuite et sans contrepartie.* » Le texto se termine comme souvent par une tête jaune avec un monocle. Le commissaire est persuadé que c'est Sherlock Holmes.

Côme exhibe le document qui dévoile la véritable identité de la cheffe du camp.

— Mani s'appelle en réalité Jacqueline Broucke. Avec un nom pareil, elle vient pas de plus loin qu'Arras. Tu parles d'un bout du monde… Elle s'est trouvé une place confortable dans le camp.

Le téléphone de Raphaël vibre à nouveau entre ses doigts. C'est Loraine, sa femme, qui lui demande s'il rentre bientôt.

L'inspecteur Lasselin pose une main sur l'épaule de son collègue.

— La nuit va tomber, on ne va plus rien voir ici. Allons boire une bière. Après cette visite façon train fantôme dans un four avec Narong Vacarme le baron silencieux et Mégaphone le boiteux, on en a besoin. Et on fera le point sur ce qu'on a.

Raphaël approuve. Il envoie à sa femme « *J'ai encore du travail avec Côme* ». Il ajoute une image de chopes de bière qui s'entrechoquent et un visage jaune qui fait un clin d'œil. Elle lui répond aussitôt par une autre figure qui envoie un baiser.

— Tu as raison. On verra demain.

— On verra demain.

Jour 2

Paris-Lille, c'est plus un trajet qu'un voyage. C'est trop court pour l'introspection le front collé à la vitre avec le souffle froid de la petite bouche d'aération qui assèche les yeux. On a tout juste le temps de regarder par la fenêtre Paris qui s'éloigne qu'on aperçoit déjà Lille qui s'approche. Ma mère est contente de cette excursion dans le Nord. Je lui ai avoué que c'était pour voir un grand spécialiste, un médecin qui a la réputation de remettre les idées en place et elle a hoché la tête.

Ma mère est une humaniste, je l'ai mise côté couloir. Elle préfère observer les voyageurs immobiles que les paysages qui défilent. Il y a un homme quelques sièges devant nous qui éveille chez elle une attention particulière.

— Tu le connais ?

— C'est Dominique Lagarrigue, le présentateur de *Toque toc*. Un grand chef cuisinier étoilé. Il a un gimmick célèbre qu'il répète à chaque émission : « Faut que ce soit bien grilloché ».

Je jette un œil au vieux barbu qui regarde par la fenêtre et qui acquiesce à tout ce que dit la jeune femme blonde assise à côté de lui. Elle lui parle sans cesser d'écrire sur son téléphone, avec la nervosité pressée des gens qui pensent que rien ne peut attendre. Le vieux barbu n'a pas l'air d'un chef étoilé, ni d'une star de la télé. Je prends une photo discrètement et je l'envoie à Bergeron pour vérifier.

— Il possède un restaurant à Lille. J'imagine qu'il rentre chez lui.

J'aime ces bonds de ma mère dans les eaux claires du monde réel. Ils deviennent trop rares.

Les réactions ne tardent pas à fuser du côté de la PJ parisienne. Bergeron me répond que je voyage avec le meilleur cuisinier du monde. Chloé Vidal demande s'il trouve que les sandwichs SNCF sont bien « grillochés ». Et le commissaire Grosset me félicite parce que je suis plus observateur que ce qu'il croyait. Je ne suis pas doué pour le mensonge, en revanche, c'est à ma portée de m'abstenir de dire que c'est ma mère, atteinte d'Alzheimer, la physionomiste de la famille.

Le train entre en gare avec la même absence de grâce qu'un métro arrivant à son terminus. C'est un wagon d'habitués qui se vide, personne ne va à Lille un mardi matin pour le plaisir de flâner. J'attrape mon sac, celui de ma mère et je la suis sur le quai. Elle ne sait pas où on doit aller, ce qui ne l'empêche pas de s'y rendre d'un pas décidé.

Un blondinet qui flotte dans son costume nous accueille au bout du quai avec un sourire engageant.

— Hugo Boloren ? Je suis l'inspecteur Raphaël Desreumaux.

Il salue ensuite ma mère avec les égards qu'on réserve aux vieilles dames. Je ne m'y habituerai jamais.

Sa voiture nous attend devant la gare, le gyrophare en évidence sur le toit. Une vieille Citroën, un des premiers modèles à boîte de vitesses automatique, nous explique l'inspecteur lillois. Il raconte tout son amour pour cette voiture qui appartenait à son grand-père et dont il refuse de se séparer, j'acquiesce d'un hochement de tête parce que je n'ai rien de spécial à en dire. Ma mère s'empresse de s'assoir à l'arrière pour éviter d'avoir à faire la conversation. L'appétence pour le silence et la tranquillité est un de nos rares points communs. Et elle a été plus rapide que moi.

Puisque nous avons du temps avant le rendez-vous avec le grand spécialiste des esprits égarés, notre hôte me propose de faire une halte à la décharge publique où on a trouvé le petit Jimcaale.

Je sais reconnaître un cerveau préoccupé et celui de l'inspecteur Desreumaux en a toutes les caractéristiques. Les yeux plissés, les lèvres pincées, les épaules voûtées. J'envie l'illumination rapide qui vient dérider son front concentré à un feu rouge.

— Hugo Boloren… Est-ce que ça veut dire que votre maman, c'est Ingrid Boloren ? La journaliste ?

Il lit la réponse sur mon visage qui ne cache jamais rien. Le jeune inspecteur pouffe, rougit, bafouille et fait encore moins que les vingt-cinq ans que je peinais à lui accorder quand il tente d'expliquer à ma mère qu'il a lu toutes ses enquêtes et qu'elle est à l'origine, sûrement, de sa vocation de policier. Elle sourit sans rien dire en regardant par la fenêtre. Peut-être par modestie, peut-être parce que son esprit vagabonde.

Les quartiers résidentiels défilent par la vitre sale. Le soleil brille déjà haut en cette matinée à peine entamée. L'inspecteur poursuit son monologue en étalant fièrement sa connaissance rigoureuse de toute la bibliographie de ma mère. Il lui explique ensuite dans les grandes lignes l'agression de Jimcaale, sa mort cérébrale, Gao Cheng et le CRS, la vieille Sara, la mère expulsée sans révéler qu'elle a un fils, le petit Jim qui n'a rien connu d'autre que le camp et la décharge, Mani la nantie… Il guette les réactions de ma mère dans son rétroviseur, intimidé par son silence. Quand il se gare une quinzaine de minutes plus tard, tout sourire, il a oublié mon existence.

Ça m'évite de lui expliquer pourquoi l'affaire du petit Jimcaale m'intéresse. J'avais peur qu'il me pose la question et je n'avais pas envie de lui raconter le frisson qui m'a parcouru l'échine à l'évocation du trimoin Antoine Dupuis et du chevalier en armure Jimcaale. Il y a là tous les éléments pour me donner l'air parfaitement bizarre et je n'ai pas rencontré beaucoup de flics qui se fient aux égarements du subconscient pour mener leur enquête.

— Je compte sur vous, Madame Boloren, pour nous aider à y voir plus clair !

Il a conclu en parlant fort comme on s'adresse à une petite vieille. Il a compris que le mutisme de la grande journaliste n'était pas un signe de concentration. Il fait semblant de peaufiner son créneau en scrutant dans le rétroviseur pendant sa marche arrière, je vois bien qu'il mesure l'étendue des dégâts de la maladie sur le visage de ma mère.

Un policier en uniforme trottine dans notre direction.

— Inspecteur, j'allais vous appeler.

— Qu'est-ce qui se passe, Béranger ?

— Il y a un type que vous devriez voir, c'est à propos de l'agression du gamin. Serge Winckler, il s'appelle. Il tient une boutique dans la rue juste derrière et depuis l'étage du magasin, il a vue sur la décharge. Il vous attend.

Raphaël Desreumaux remercie le dévoué Béranger que nous suivons tous les trois. Je découvre alors seulement la présence de l'immense décharge de l'autre côté de la route. Je ne sais pas comment j'ai pu mettre autant de temps à la remarquer, elle semble s'étirer à l'infini. Derrière les petits amoncellements au bord du trottoir se dessinent des montagnes de détritus, des champs multicolores à perte de vue. Raphaël Desreumaux m'explique que la décharge s'étend jusqu'à la Belgique.

— C'est un sujet de discorde entre les deux pays. Certains élus prétendent qu'elle est née en Belgique et que les politiques de là-bas l'ont poussée discrètement derrière la frontière pour qu'elle progresse plutôt de notre côté. Selon eux, elle est entièrement en France alors qu'ici, certains disent qu'une bonne partie est en Wallonie. C'est pas souvent que deux pays cherchent à se refiler un bout de territoire. C'est pour ça que certains l'appellent la *Terra nullius*, la terre qui n'appartient à personne. Ce qui n'est pas complètement vrai, on en est la preuve : c'est la PJ de Lille qui a l'affaire, pas celle de Bruxelles. Et de toute façon, ce n'est pas le vrai nom de cette ville.

J'attends que le jeune inspecteur me donne ce fameux nom, mais il s'est perdu dans la contemplation désolée de cet endroit fascinant. Il se reprend dans un soupir en m'expliquant ses délimitations. Si les monceaux de déchets prospèrent au loin vers la Belgique voisine, ils sont retenus dans la largeur le long de la départementale. De gigantesques entrepôts à l'ouest et le campement à l'est forment les remparts qui bloquent les velléités de la décharge à déborder. Ce qui explique qu'elle ait progressé verticalement.

— Elle est alimentée par les gens de la région qui viennent y vider caves et greniers, mais aussi par des entreprises qui évitent ainsi de payer le traitement de leurs déchets. Ils jettent de vieilles machines industrielles, des stocks de chariots de supermarché défectueux, de l'électroménager… Les plus grosses montagnes que vous apercevez, elles doivent leur altitude à des patrons de la région qui se foutent bien de l'environnement et de la loi.

Tandis que nous avançons, je tente d'évaluer la distance entre les entrepôts à l'ouest et les habitations bricolées à l'est. Probablement pas loin de trois cents mètres de débarras sauvage, de poubelles empilées au fil des ans. Les détritus s'arrêtent net dès les premiers abris.

Contrairement aux occupations de fortune que j'ai aperçues quelques fois à Paris, ici tentes et cabanes n'ont pas été plantées dans l'urgence. Il est installé, ce camp, ancré dans le temps.

— Pour l'essentiel, ce sont des migrants qui ont renoncé à l'Angleterre, mais pas seulement. On retrouve quelques SDF bien de chez nous. C'est un endroit un peu à part. Les politiques ont hésité trop longtemps. Quand on a voulu les déloger, c'était trop tard. On n'avait nulle part où les envoyer tellement ils étaient nombreux. Et vous imaginez bien que les Belges n'en veulent pas plus que de la décharge.

Des ordures et des hommes. Je ne parviens pas à détacher mes yeux de ces deux mondes qui se touchent et qui ne devraient pas. Je me sens étrangement attiré par ces vallons de ferrailles et cette plaine inhumaine. J'ai envie de traverser la rue et de pénétrer dans cet univers bancal et je me demande bien pourquoi.

Le témoin nous attend, adossé contre un mur face à l'entrée du campement, une cigarette roulée à la bouche. Il a une tête de hippie repenti, le visage gris et ridé sur lequel on lit les abus arrêtés sur le tard, des yeux de sage enfoncés dans des orbites qui s'affaissent. Ses longs cheveux gris filasse tombent sur ses épaules chétives. Il a l'air d'avoir cinquante ans, il pourrait en avoir dix de plus ou de moins. Les sages calcinent plutôt qu'ils ne vieillissent.

— Serge Winckler ?

— Vous avez pas de chance, hier c'est quasiment le seul jour où j'ai pas pris de photo.

Le hippie repenti jette son mégot d'une pichenette du doigt, comme un cowboy. La gestuelle de la cigarette est nettement plus élégante que celle du chocolat millésimé. J'en goberais bien un, mais on est encore dans la période de la première impression avec l'inspecteur Desreumaux, et je voudrais mettre des chances de mon côté. Quelque chose dans cette affaire m'interpelle et je préfère me faufiler discrètement.

— Je tiens la boutique photo dans la rue d'à côté. Depuis l'étage, j'ai une vue imprenable sur un bout du camp, mais surtout sur la décharge. Je la prends en photo presque tous les jours depuis deux ans pendant ma pause déjeuner. C'est intéressant de voir comment elle évolue.

— Vous avez des photos de Jim ?

— J'en ai tout un classeur. Il s'appelle « Le super-héros en armure qui sprinte dans la forêt d'immondices ». Une galerie d'art du centre de Lille est intéressée.

— Pourquoi ne pas avoir pris de photos, hier ?

— C'est un peu ce qui me chiffonne, inspecteur. Je m'en souviens plus.

Béranger lève des yeux étonnés vers l'inspecteur Desreumaux qui fronce les sourcils en direction du hippie repenti qui lui-même m'adresse un sourire énigmatique tandis que je surveille ma mère qui s'en fout. Elle fixe l'entrée du camp, fascinée.

— Comment ça, vous ne vous en souvenez plus ?

— Comme chaque jour au moment de ma pause déjeuner, j'ai avalé une salade avec un grand bol de thé au lait... Puis, plus rien. Le trou noir. Je me suis réveillé une heure plus tard, recroquevillé au pied de la petite table de mon arrière-cuisine. J'avais la tête dans le brouillard. C'était l'heure de rouvrir le magasin... J'ai pas eu le temps de prendre ma photo.

— Vous vous endormez souvent en sursaut de cette façon ?

— Jamais. Le soir, j'ai besoin d'un peu d'aide...

Le hippie réalise qu'il s'adresse à un parterre de représentants de la loi et s'abstient d'expliquer en quoi consiste cette aide. Même si on a tous compris à sa gestuelle avortée que c'est un soutien qui se fume. L'inspecteur lillois lui fait signe de continuer d'un mouvement impatient.

— J'ai été drogué. Je ne vois pas d'autre explication. Quelqu'un a mis un narcotique dans ma salade ou mon thé.

— Vous les avez conservés ?

— Non... J'ai tout mangé et j'ai fait la vaisselle. Avant que j'apprenne que le petit s'était fait agresser, je me suis pas douté que c'était suspect...

— Je peux jeter un œil à vos classeurs de photos ?

Serge Winckler approuve d'un hochement de tête avant de se saisir de son téléphone qui hurle une sonnerie stridente au fond de sa poche. Il décroche, jure contre le vendeur de services téléphoniques qui le dérange en plein travail puis raccroche en secouant la tête.

— Je sais même pas pourquoi je garde encore ce fichu téléphone, à part des démarcheurs, personne n'appelle. Il n'y a pas des lois pour interdire ces gars-là ?

Devant nos visages impassibles, le hippie repenti hausse les épaules et se dirige vers son studio pour y récupérer les photos demandées. L'inspecteur Desreumaux lui emboite le pas et je me jette sur l'occasion pour m'éclipser.

— Je vais faire un tour dans le camp avec ma mère.

Je réalise alors qu'elle a déjà traversé la rue et qu'elle est en pleine conversation avec un policier en uniforme qui lui barre la route. Raphaël Desreumaux lui fait signe de nous laisser entrer avant de suivre Serge Winckler vers sa boutique de photo.

Ma mère avance à travers le camp comme si elle savait exactement où elle allait.

— Maman ? Tout va bien ?

Elle ne répond pas. Elle fonce, plus rien n'existe autour d'elle. Des habitants jettent un œil étonné à cette dame qui trottine, sûre d'elle, parmi eux. Ils ne doivent pas recevoir beaucoup de visites du genre. J'essaye de la retenir en douceur au milieu des hommes, des femmes et des enfants qui nous observent avec curiosité. Ils se demandent qui est cette petite femme aux cheveux gris qui marche au milieu d'eux sans les voir.

— Maman ?

Elle m'entraîne dans le dédale de tentes et je garde un œil sur la décharge pour ne pas perdre mes repères. Les montagnes de déchets restent sur notre gauche, ma mère nous enfonce toujours plus loin à l'intérieur de cette mini-ville dont je ne connais toujours pas le nom, coincée entre la France, la Belgique et les poubelles.

Elle bifurque et accélère le pas, une petite foule de curieux nous suit en chuchotant. Ils sont de plus en plus à venir grossir les rangs au fur et à mesure que nous avançons. Ils ne sont pas menaçants mais je me méfie toujours de l'humain en nombre.

— J'ai l'impression d'être déjà venue ici.

Ma mère s'est arrêtée devant une tente plus grande que les autres et qui ressemble à un petit chapiteau de cirque, mais de cirque triste. Une femme blonde et obèse en sort, attirée par le murmure de notre suite désormais conséquente. Dès qu'elle apparaît hors de sa yourte, hommes, femmes et enfants détalent dans toutes les directions. L'imposante dame ne réagit pas à la fuite effrayée qu'elle a provoquée. Elle nous détaille des pieds à la tête d'un regard mauvais.

— Vous cherchez quelqu'un ?

Un grand bonhomme dégingandé à la peau mate et aux yeux légèrement bridés apparaît dans son dos. Il la dépasse de deux bonnes têtes. À l'exception d'un air vaguement menaçant, ils n'ont rien en commun. Un petit chien blanc rejoint le duo en se collant aux pieds de la grosse dame. Elle secoue la jambe, agacée par la collerette autour du cou de l'animal qui lui chatouille le mollet.

Ma mère s'avance et le grand échalas, dans un élan protecteur, vient se poster devant la silhouette massive. Il en faut du courage, pour se mettre en travers de la route d'une petite femme de soixante-dix ans. Il croise les bras d'un air décidé et je remarque alors qu'un mot est tatoué sur chacun de ses poignets. Je m'approche de ma mère pour tenter de les déchiffrer. La grosse dame, qui commence à trouver que tout cela prend une tournure intéressante, s'affale dans un fauteuil confortable qui n'a rien à faire ici. Ma mère fait comme si le grand type n'était pas là et s'adresse sans détour à la dame obèse.

— Qu'est-ce que c'est que cet endroit ?

— Vous vous foutez de moi ?

Nous en sommes à la troisième question et toujours aucune réponse. En revanche, j'ai identifié les deux mots : « Quiet Thane ». Aucune idée du sens.

— Narong va se faire un plaisir de vous conduire à la sortie.

Son regard se perd dans le vague, signe que nous ne l'amusons plus, et elle soupire bruyamment au cas où nous n'aurions pas compris qu'on la lasse.

— Je n'irai nulle part tant que vous ne m'aurez pas dit où nous sommes.

Ma mère croise les bras, comme Narong. Sa décision est irrévocable et le chien s'assoit parce que c'est plus long que prévu. L'animal me rappelle quelque chose, la révélation ne vient pas. Narong interroge sa cheffe du regard, peu enclin à utiliser la force. Une sage décision qui lui évite que je ne lui pulvérise le genou à coup de talon. La dame se penche vers ma mère et l'interroge, suspicieuse.

— Vous êtes journaliste ?

Ma mère réfléchit à la question. La blonde obèse perd patience.

— Vous trouvez que c'est bien de vous moquer des pauvres gens comme nous ?

On entend nettement aux intonations de sa voix qu'elle s'apprête à nous livrer un discours souvent récité.

— La vie dans un bidonville, c'est…

— Nous sommes dans un bidonville ?

Cette fois, la grosse dame blonde a un doute. La question a surgi, naturelle, désarmante.

— Vous croyez que c'est quoi ? Une colonie de vacances ? C'est probablement le bidonville le plus vieux du pays. On n'est pas très nombreux, mais on s'accroche. Comme la France et la Belgique n'arrivent pas à se mettre d'accord sur notre sort, on a le temps de voir venir… Certains nous appellent « ceux de la *Terra nullius* », mais je vous préviens, on n'aime pas. On est un quartier à part entière de cette ville, on mérite plus d'égards.

Ma mère scrute autour d'elle avec son regard de journaliste assoiffée. J'en profite pour poser la question qui me brûle depuis un moment.

— Qui êtes-vous ?

— On m'appelle Mani. Je donne un coup de main pour gérer le camp. Je suis la maman de tout le monde ici.

— Ils avaient l'air plutôt effrayé quand ils vous ont vue.

— Il faut faire preuve d'autorité dans un endroit comme ça. Les enfants ont toujours un peu peur de leurs parents.

Encore un discours rodé. J'ai entendu parler des petites mafias qui font régner la terreur dans ces camps. Mani est plutôt mère maquerelle que maman gâteau. Elle a l'accent du coin, trop d'assurance, pas assez de peur dans le regard… Elle est Française. Au royaume des aveugles sans-papiers, la borgne avec une carte d'identité est devenue la reine.

Ma mère lève un doigt accusateur en direction de Narong et brise le silence d'une remarque détonnante.

— Qu'est-ce qu'il fait là, l'espion ?

Ce n'est pas du racisme, c'est de l'Alzheimer. Je pourrais leur dire, rassurer le chambellan, mais à quoi bon. Je parie que Narong en a connu des pires. L'improbable remarque de ma mère est un bon signal de départ. Nous laissons la reine, son chien et son homme de main méditer sur cette question pendant que je nous entraîne vers la sortie. J'éviterai de mentionner l'incident à l'inspecteur Desreumaux. Aucun flic n'aime qu'on vienne exaspérer ses témoins. En revanche, ça intéressera sûrement le grand spécialiste des cerveaux à la dérive.

Sur le chemin cahoteux qui nous ramène hors du camp, ma mère avance en me regardant en coin.

— Qu'est-ce qui te tracasse, Hugo ?

— C'est le chien, il ressemble à un truc, j'arrive pas à trouver...

— Il a une gueule de magnétophone.

J'essaie d'acquiescer mais ma tête part de travers. Mentir à ma mère, c'est encore plus difficile qu'au reste du monde. Ce chien est laid mais je ne vois pas le rapport avec un magnétophone. Par contre, je me souviens très bien du titre du bouquin sur Alzheimer que m'a donné Grosset : *Un mot pour un autre*. C'est un des signes imparables que la maladie est là. Quand on se met à appeler un chat un chou.

À la sortie du camp, nous retrouvons Raphaël Desreumaux les bras chargés de cartons des photos de Serge Winckler. Béranger en porte quelques-uns également, gêné par son arme de service qui vient frotter le scotch par en dessous. Les deux policiers se dirigent d'un pas lourd vers la voiture de l'inspecteur pour charger dans le coffre ces heures d'épluchage en perspective. Des années de passion du hippie repenti pour cet étrange no man's land franco-belge. Raphaël masse ses doigts endoloris par le poids des photos.

— Je vais jeter un œil à la tente de Jimcaale et de la vieille Sara. Vous venez avec moi ? Ensuite, je vous déposerai à la clinique Pierre-Dambricourt, c'est sur le chemin du commissariat. On m'attend pour interroger deux membres du Secours populaire qui connaissaient bien Jimcaale.

Nous repartons en sens inverse et pénétrons à nouveau dans le camp à travers le chemin de terre qui sert de grand-rue à ce village sinistre et sinistré. On ne s'habitue pas à la misère. En tout cas pas quand on y retourne cinq minutes après l'avoir quittée. Mon cœur se serre, mon estomac se comprime, mon dos se raidit.

— Hugo, qu'est-ce que c'est que cet endroit où tu m'emmènes ?

Et ma gorge se noue.

— C'est un camp de laissés-pour-compte, maman. On vient d'y aller. Tu as même parlé avec la cheffe et son bras droit…

L'inspecteur Raphaël Desreumaux me lance une œillade sans équivoque. Il a compris pourquoi ma mère, si pimpante en apparence, ne va pas perdre son temps à la clinique Pierre-Dambricourt.

Une toute petite dame entièrement voilée nous attend au milieu du chemin. Elle disparaît dans une contre-allée accidentée et nous la suivons en évitant de nous prendre les pieds dans les sardines de tentes plantées çà et là et les planches mal fixées qui jonchent le passage. Je tiens ma mère par le bras, en la soulevant presque.

— Voilà, inspecteur, c'est ici que j'habite avec Jimcaale. Vous pouvez emporter toutes ses affaires, elles sont sous son lit. Ça tient presque dans la poche.

Pas dans les miennes. Mon carnet et mon étui à chocolat déforment mon pantalon de chaque côté. Je sors un carré millésimé sans me faire voir. Au goût, je reconnais un 82 % de cacao. C'est exactement ce qu'il me fallait, quelque chose de fort.

Le visage de la petite bonne femme a les traits durs de ceux qui ont pris trop de gifles. Elle encaisse la tête haute mais l'épuisement de la douleur se lit entre les rides. C'est la vieille Sara, me souffle Raphaël.

Je confie ma mère à Sara et je pénètre dans la tente avec l'inspecteur Desreumaux. L'intérieur consiste en deux petits lits qui se touchent presque et un placard en formica entrouvert. On y devine des paquets de gâteaux, des pâtes, une gazinière miniature, des papiers en vrac… C'est à la fois le coin cuisine et le bureau. Je l'ouvre en grand et examine les aliments trop serrés. Quelques condiments servent de presse-papier à une petite pile de documents, courriers de l'administration française ou lettres plus personnelles.

Je me colle contre le placard pour laisser Raphaël se contorsionner sous les lits. Il cherche comment se mettre à genoux sans abimer son costume trop grand. Je lui tapote amicalement l'épaule et m'allonge entre les deux sommiers d'où j'ai une vue imprenable sur l'ensemble des biens du petit Jimcaale. Trois boîtes à chaussures et un sac de vêtements. Je suis en nage. Les trous parsemés dans la toile ne suffisent pas à aérer la tente et la chaleur prise au piège nous enveloppe de son voile lourd.

Je tends les affaires à Raphaël qui les dispose consciencieusement sur un des deux matelas, puis je plonge à nouveau sous le lit, au cas où. Un papier grisâtre chiffonné et pris dans les moutons attire mon attention. Je l'attrape et me redresse en époussetant mes habits. Il s'agit d'un récépissé de mandat cash à moitié effacé détaillant un transfert entre le Royaume-Uni et la France. Je le glisse dans ma poche parce que je ne vois pas d'autre endroit où le mettre et je me concentre sur les gestes précis de mon camarade.

L'inspecteur a sorti tous les habits du sac ; une odeur de lessive bon marché envahit la tente. Deux pantalons, trois tee-shirts, des caleçons, des chaussettes… tous soigneusement repassés. Il déplie chacun d'eux, fouille les poches puis les replace dans le sac sans rien découvrir de concluant.

Il s'attaque ensuite à la première boîte à chaussures. Il soulève le couvercle avec une infinie douceur. Sa concentration est totale alors que j'ai déjà dû rappeler plusieurs fois à l'ordre mon esprit divagant depuis que nous sommes entrés dans la tente.

Mon cerveau dissipé est allé notamment se promener du côté de chez Antoine Dupuis, le « trimoin » de Lulu la stagiaire. Voilà plusieurs minutes qu'il me chiffonne l'esprit. Je refais le cheminement de ma pensée à l'envers et je suis catégorique : c'est à cause de Magnétophone. Ce chien à la dent qui prend l'air, je l'associe au trimoin pour une raison inconnue et ma bille silencieuse n'est toujours pas revenue m'épauler. Elle s'en fout. Et le problème, c'est que je n'ai pas confiance en mon jugement quand ma bille ne vient pas me tournebouler.

J'envie le professionnalisme du jeune inspecteur. Il utilise un mouchoir pour fouiller méticuleusement parmi les jouets et les souvenirs rangés dans la première boîte. Des petites voitures, des soldats, des tickets de musée, de cinéma… Il observe chaque objet en quête d'une réponse à une question qu'il ignore encore. Il étale les différentes trouvailles, les photographie à l'aide de son téléphone. Il fronce soudainement les sourcils en détaillant un bout de papier déchiré et coloré. Il marmonne son étonnement dans un souffle inintelligible. Je n'ose pas l'interrompre dans son analyse poussée dont je me sens incapable.

J'aimerais m'appuyer sur du tangible pour faire mon boulot d'inspecteur plutôt que sur une bille. Comme n'importe quel flic moyen, sans attendre une espèce d'inspiration absurde. Je dois être le seul policier au monde qui bosse comme un poète, avec une muse dans un coin du cerveau pour l'assister dans son travail.

— Tout va bien, Hugo ?

J'ondule la tête quelque part entre le hochement vertical du oui et le balayage horizontal du non puis je l'aide à soulever le deuxième couvercle pour changer de sujet. Le bout de papier coloré a disparu dans un sac de preuves.

Quelques livres pour enfants sont empilés soigneusement, la tranche usée et la couverture décolorée. Ils ont traversé plusieurs générations de lecteurs assidus. Il y a des albums de super-héros américains, essentiellement de vieux numéros de Superman. Raphaël les feuillette un par un et les secoue pour faire chuter un éventuel morceau de papier coincé entre deux pages.

L'un des ouvrages attire son attention, il le retourne dans tous les sens avant de me le donner. C'est un vieux livre de cuisine jauni par le temps. Les feuillets usés se détachent et il en manque un certain nombre. Les recettes sont classées par ordre alphabétique, écrites en tout petit, sans image. Je rends cet étrange intrus à l'inspecteur lillois qui le met de côté.

Dans la dernière boîte à chaussures, nous découvrons, avec un étonnement absurde, une paire de chaussures. Des tennis flambant neuves qui n'ont jamais été portées. La semelle est encore propre et elles sentent le plastique frais. Raphaël glisse les mains au fond de chacune d'elles et en retire les boules de papier qui permettent de conserver la forme. Il les manipule avec son infaillible minutie.

— Elles doivent coûter une bonne centaine d'euros. Comment le gamin a-t-il pu se les offrir ?

Nous sortons de la tente avec nos deux trouvailles qui ne collent pas : un livre de recettes et des chaussures neuves. Ma mère et la vieille Sara sont en grande discussion. Elles évoquent les paysages d'Éthiopie, le marché aux tissus d'Addis-Abeba et des anecdotes historiques comme s'il s'agissait de souvenirs communs. Dans la tête de ma mère, le passé est moins loin que le présent.

La vieille Sara prend le livre et le caresse comme un trésor rare. Son visage se ferme.

— Jim passait beaucoup de temps dans la décharge. C'est lui qui a installé le coin cuisine dans la tente. Il a trouvé ce livre, aussi. Il m'a dit que c'étaient des recettes de cuisine française. Je ne sais pas lire, mais Maman Jeanne lui a appris. Ces derniers temps, il s'était passionné pour la cuisine. Il aidait les gens du Secours populaire à préparer à manger pour le camp. Ils disaient qu'il était doué pour les gâteaux.

L'inspecteur prend des notes sur son téléphone à l'aide d'un stylet qui s'agite au-dessus de l'écran tandis que je regarde aux alentours. C'est une bonne idée, de fusionner le carnet avec le téléphone. Ça permet de ne pas encombrer les poches. La tente de la vieille Sara est proche de la décharge. Le petit Jim n'avait que quelques dizaines de mètres à parcourir pour la rejoindre. Le pauvre gamin disposait d'un curieux terrain de jeu. Sous le soleil qui refuse toute compromission dans le dardement, jusqu'à en oublier sa réputation dans ce coin de France, la décharge scintille étrangement. Des centaines d'étincelles semblent crépiter sur les monticules ferreux sans parvenir à prendre feu pour de bon.

— Et ces chaussures, elles viennent d'où ?

— Il m'a dit que c'était un cadeau, je ne sais pas de qui. Il n'osait pas les mettre, il avait peur de les salir. Il attendait une occasion spéciale. Je lui ai expliqué que son corps allait grandir et qu'elles seraient bientôt trop petites. Il disait que l'occasion spéciale était proche…

La voix de la vieille Sara se brise et ma mère prend sa main dans les siennes. Les deux femmes se sourient, liées par une affinité mystérieuse. L'adversité, peut-être. Leur désespoir diffère mais la douleur est la même. Elles s'assoient côte à côte sur deux rondins de bois qui servent de tabourets. Raphaël les imite en attrapant à son tour une bûche verticale qu'il place tout près de la vieille Sara.

— Madame, je comprends que vous soyez très affectée par ce qui est arrivé au petit Jim…

Raphaël s'interrompt et lève les yeux dans ma direction en quête de soutien, sans que je comprenne ce qu'il attend de moi.

— Tout à l'heure, au commissariat, lorsque je vous ai demandé si vous saviez qui avait pu faire du mal à Jim, vous avez réagi d'une façon… vous avez dit non et en même temps, vous avez fait une moue.

Je commence à saisir l'appel à l'aide de Raphaël. Il ne sait pas comment accuser et ménager en même temps.

— Ce que veut dire l'inspecteur, c'est que vous ne lui avez pas tout dit. Pour l'aider à trouver qui a fait du mal à Jim, il ne faut rien lui cacher.

La vieille Sara ne réagit pas immédiatement à mon intervention. Elle regarde ses mains, cherche ses mots et se lance.

— C'est de ma faute s'il est mort. J'aurais pu le sauver mais je n'ai pas saisi la chance quand elle s'est présentée.

— Vous pouvez m'expliquer ?

L'impatience de Raphaël transparaît un peu malgré ses efforts pour la dissimuler. La vieille dame poursuit d'une voix meurtrie sans s'intéresser à la question.

— Un fardeau, ça ne se partage pas.

L'inspecteur n'a pas le courage de la secouer. Il opte pour une autre tactique.

— Vous m'avez dit hier que vous étiez dans ce camp depuis dix ans. Personne ne reste jamais aussi longtemps… C'était pour vous occuper de Jimcaale ?

Ma mère serre la main de la vieille dame qui la regarde avec un sourire triste. Ce ne sont pas des souvenirs agréables qui remontent à la surface.

— J'ai trois fils qui m'ont donné sept petits-enfants. L'Éthiopie n'avait rien d'autre à leur proposer que la misère répétée à l'infini. Ils voulaient tous les trois partir en Angleterre pour offrir un meilleur destin à leurs enfants. Mais ils n'acceptaient pas l'idée de me laisser seule. Ils ont tiré au sort pour désigner celui qui resterait avec moi. Je ne pouvais pas accepter que l'un de mes enfants sacrifie son avenir et celui de sa famille pour leur vieille mère fatiguée. Bien sûr, j'étais fière, parce que ce sont de bons fils.

J'espère de tout cœur que la mienne ne va pas se tourner vers moi pour une œillade de connivence. Je suis tout l'inverse ; un exemplaire occidental qui ne se préoccupe pas suffisamment du bien-être maternel. Mais ma mère garde les yeux rivés sur la vieille Sara, attentive et compatissante.

— Je leur ai demandé de m'amener avec eux. Ils ont hésité, mais je ne leur ai pas laissé le choix. Pour rien au monde je ne revivrais les semaines de traversée pour atterrir dans le nord de la France. Nous étions exténués, mais l'Angleterre toute proche donnait de l'espoir à mes trois fils. J'ai refusé d'aller plus loin. Ma mission était accomplie : sortir mes enfants d'Éthiopie. J'ai entendu parler de cette *Terra nullius* qui accueille sans poser de question, alors je suis venue m'installer ici. Je n'avais plus la force de continuer. Mes fils voulaient m'emmener avec eux et tentaient de me convaincre, laissant passer chaque jour de nouvelles chances de réussir à traverser. Et puis un jour, j'ai entendu que la maman de Jimcaale avait été arrêtée en ville. J'ai pris l'enfant sous mon aile et j'ai expliqué à mes fils qu'il était mon nouveau destin. La mission que Dieu avait mise sur mon chemin. Alors ils sont partis.

La vieille Sara a fermé les yeux, son esprit s'évade vers des horizons qui n'ont rien d'enviable. Elle n'a plus ni Jimcaale ni ses enfants. Le seul lien que j'ai trouvé avec ses fils, c'est ce mandat en papier trop fin, oublié dans la poussière sous un sommier. Je lève la tête vers le soleil aux rayons assassins. Tout ce qui brille n'est pas bon signe.

Raphaël est le premier à se lever de son tabouret improvisé. Il promet à la vieille Sara de la tenir informée de l'avancée de l'enquête et de lui rendre les affaires de Jim très bientôt. Elle hausse les épaules. La vie à la *Terra nullius* ne rend pas matérialiste.

En nous dirigeant vers la sortie, j'aperçois Mani au loin, entre deux rangées de tentes. Elle nous observe, ses énormes bras croisés sur sa poitrine opulente, et derrière elle, Narong tient Magnétophone entre ses longs doigts maigres. Elle jauge le bazar qu'on va mettre dans son organisation bien rodée. Elle évalue le temps de règne qu'il lui reste. Bref, elle soupèse les emmerdes.

*

* *

Nous repartons en sens inverse vers Lille et son architecture de briques rouges solides et rassurantes. La voiture est silencieuse, chacun digère dans son coin. J'aurais aimé me promener dans la décharge, me mettre à la place de Jimcaale et retarder pour toujours le rendez-vous avec le médecin spécialiste des esprits égarés.

— C'est ici.

Raphaël se gare devant la clinique Pierre-Dambricourt et descend ouvrir à ma mère assise à l'arrière. Il m'aide à sortir sa valise du coffre, recouverte par les cartons de photos du hippie repenti. L'inspecteur me donne ensuite sa carte, avec l'adresse de la PJ de Lille pour mon chauffeur de taxi éventuel. Il salue ma mère avec un sourire encourageant et lui dit à nouveau combien il est honoré d'avoir rencontré la grande Ingrid Boloren. Il a un interrogatoire à mener, il attend de mes nouvelles et sa voiture disparaît à l'angle de la rue.

Je suis ma mère en traînant sa valise et des pieds. J'ai une boule au ventre. Je m'arrête pour gober un chocolat millésimé. Ma mère m'attend en souriant devant la porte automatique qui s'est ouverte devant nous. Je n'aime pas manger mes chocolats dans des bâtiments publics, les savourer dehors leur donne un peu plus une aura tabagique. L'espace de quelques secondes, je retrouve dans son regard tendre la maman rassurante qui me prenait dans ses bras pour me consoler dans mes moments de perdition. Je reprends un chocolat pour tenter de camoufler la boule au ventre qui remonte vers la gorge. Je suis pris d'une quinte de toux quand je l'avale de travers. L'impression de tabac est complète.

La jeune femme à l'accueil confirme que le docteur Pouchain nous attend. Nous pénétrons dans l'ascenseur étincelant de propreté qui nous conduit au troisième étage. Le souffle artificiel et frais des climatiseurs est agréable après la canicule lilloise. Le visage de ma mère est serein. Elle n'a pas prononcé un mot depuis sa discussion enjouée avec la vieille Sara.

Le docteur Pouchain est un homme affable. Il est plein de petites attentions pour ma mère et cherche à nous mettre à l'aise dans son immense bureau. Il pose des questions anodines sur la vie, mon père, notre famille. Il commente les succès d'Ingrid Boloren, son passé de journaliste. Elle hausse les épaules. Du temps où ses souvenirs étaient intacts, elle répétait souvent que le passé ne l'intéressait pas. Le destin l'a prise au mot.

Le docteur Pouchain m'annonce finalement que son équipe va s'occuper de ma mère et que je peux partir visiter la magnifique capitale des Flandres. Il me demande de revenir le lendemain matin pour un premier bilan.

— Gardez un œil sur votre téléphone. Si votre mère se réveille dans notre clinique complètement perdue, nous pourrions avoir besoin de votre aide. En principe, cela n'arrivera pas. Nous travaillons avec une hypnothérapeute de renom qui saura la rendre parfaitement à l'aise et détendue.

Et le visage du médecin s'illumine comme pour me présenter un échantillon de cette paisible quiétude qui attend ma mère.

Sur le trottoir devant la clinique, je me sens soulagé d'avoir confié ma mère et coupable de l'être. Le détail du trajet qui s'affiche sur mon téléphone m'annonce que quarante-trois minutes seront nécessaires pour rejoindre la PJ de Lille à pied. Quarante-trois minutes de solitude. C'est exactement ce dont j'ai besoin.

*
* *

Raphaël Desreumaux leur a offert un café, un verre d'eau et un sourire compatissant. Il ne sait plus comment s'y prendre pour faire cesser les inconsolables sanglots de Jeanne Deheul et de son compagnon Germain Payelleville. Pendant qu'ils font couler leurs larmes sur leurs épaules respectives, tous les deux assis à la table de la salle d'interrogatoire, Raphaël parcourt la poignée d'informations sur le couple qui figure dans son dossier.

Jeanne Deheul a trente-six ans, elle est pharmacienne, bénévole pour le Secours populaire depuis plus de dix ans. Très appréciée au camp où vivait Jimcaale, tout le monde l'appelle « Maman Jeanne », surnom donné par le petit Jim lui-même. Elle vit avec Germain Payelleville depuis quatre ans, il a trente-huit ans et travaille comme ingénieur informatique à son compte, il intervient là où on le sollicite. Il accompagne Jeanne au camp presque tous les week-ends pour l'aider à préparer les repas.

Raphaël a une envie féroce de bâiller qu'il tente de dissimuler en plongeant son nez entre ses mains jointes, dans une attitude concentrée. Il sent le contrecoup de la soirée de la veille. Quelques bières avec son collègue Côme, et sa femme qui l'attendait à la maison un verre de vin à la main, en nuisette dans le canapé, avec cette indolence feinte qui la rend parfaitement irrésistible.

C'est un miracle qu'il ait réussi à se lever pour aller chercher Ingrid Boloren et son fils à la gare. Il est content d'avoir pu rencontrer cette immense journaliste criminelle dont les livres ont bercé son adolescence. Ça lui est égal d'être passé pour une groupie, il est convaincu que son émotion sincère a touché cette grande dame. Même si elle avait l'air ailleurs.

Ses parents à lui sont morts quand il était jeune. Il ne sait pas ce que c'est que de voir vieillir ceux qu'on aime. Il pense à Hugo Boloren et à cette mélancolie vertigineuse qu'il a dans le regard. Deux grandes billes noires emplies d'un abyme de tristesse. Comme si son humeur avait capitulé, optant pour une mélancolie fataliste. Même au cours des épisodes dépressifs profonds que traverse parfois Loraine, c'est de la terreur et du désespoir qu'elle dégage, une tension douloureuse. Pas cette chaude mélancolie. Hugo Boloren doit plaire aux femmes, avec cette spirale de spleen qui lui sort des pupilles sous ses sourcils en accent circonflexe et ses cheveux ébouriffés de poète marin. Il n'a pas l'air d'un flic et ça doit l'aider à être bon dans le métier. C'est le commissaire Lepoutre qui lui a dit qu'il était un inspecteur doué, le genre à l'ancienne, qui fonctionne au flair et ne lâche rien. Il avait répété à Raphaël le compte rendu du commissaire Grosset mot pour mot. Le chef d'Hugo voulait qu'on fasse bon accueil à son protégé.

— Je ne vois personne au monde qui aurait pu vouloir faire du mal à mon petit Jim…

Raphaël chasse ses réflexions sur la famille Boloren et se replonge dans son interrogatoire.

— Est-ce que vous pourriez m'expliquer la nature de vos rapports avec Jim ?

Jeanne Deheul renifle bruyamment pour ravaler ses larmes. Elle respire, ferme les yeux, rassemble tout ce qui lui reste de maîtrise et lâche finalement :

— Qu'est-ce que vous voulez dire ?

— Il vous appelait Maman Jeanne… Vous deviez être proches ?

— C'était un enfant adorable, infiniment attachant. Il était notre chouchou, je ne vais pas mentir… Quand on fait du bénévolat dans ce genre d'endroit, on essaye de ne pas s'attacher parce que tous ces gens peuvent quitter la France du jour au lendemain. Mais Jim… Il s'émerveillait de tout, il avait sans cesse ce regard naïf et fasciné, toujours bienveillant…

Jeanne ne parvient pas à terminer sa phrase. Ses intarissables glandes lacrymales déversent à nouveau un torrent de larmes qui viennent tremper l'épaule de son compagnon. Germain Payelleville pleure plus discrètement, les yeux rougis par le deuil silencieux. Il est désorienté, elle est effondrée.

— Vous lui faisiez des cadeaux ?

Germain regarde le policier, étonné.

— Oui… quelques habits et des revues avec des super-héros… Il adorait les super-héros. Et nous l'emmenions de temps en temps au cinéma, dans des musées, ou bien à des spectacles…

— Vous lui avez offert des chaussures de sport neuves ?

— Non.

Germain interroge Jeanne du regard. La jeune femme s'évertue à contenir les manifestations de son chagrin.

— Vous avez demandé à la vieille Sara ?

— Elle ne sait pas non plus d'où viennent ces chaussures. Vous n'avez aucune idée de qui aurait pu les lui offrir ?

Les corps se tortillent, le regard est fuyant, les yeux évitent de se croiser, Raphaël reconnaît tous les symptômes de la pensée qu'on ne veut pas partager. Jeanne fait tourner son téléphone sur la table comme une toupie en attendant que la gêne passe.

— Qu'est-ce que vous ne me dites pas ?
— Rien. Il les a peut-être trouvées dans la décharge… Parfois, des donneurs anonymes abandonnent des cadeaux à l'entrée du camp.

Réponse trop rapide, explication trop vague. Le chagrin de Jeanne semble avoir été balayé par la volonté de dissimuler. Raphaël se demande ce que ces deux-là ne veulent pas qu'il découvre. Est-ce qu'ils partagent le même secret que la vieille Sara ?

— Madame Deheul, puisque vous passiez beaucoup de temps avec Jimcaale, est-ce que vous pouvez m'en dire un peu plus sur lui ?

— C'était un petit garçon rêveur… Il s'intéressait à tout, il posait beaucoup de questions sur toutes sortes de sujets. Son obsession était de sortir les gens du camp de la misère et de la peur. Vous imaginez ? À son âge, on devrait avoir d'autres préoccupations. Il échafaudait des plans incroyables pour trouver une solution.

— Mani dit qu'il faisait des déçus à force de répandre trop d'espoir dans le camp.

— Mani se nourrit de la détresse des habitants. Elle leur promet des passe-droits dans le traitement de leurs dossiers, elle revend à prix d'or des produits de première nécessité… Si Jim avait trouvé comment réaliser son rêve d'un monde meilleur, Mani avait une bonne raison de l'éliminer.

Germain adoucit la colère brusque de Jeanne d'une caresse sur la jambe. Le geste fait effet, la jeune femme se détend et reprend son récit en baissant la voix.

— Il adorait courir dans la décharge avec son armure de super-héros sur le dos. Il l'avait fabriquée lui-même, il en était très fier. Il était fasciné par les héros. Il rêvait d'en devenir un pour sauver son monde.

— Vous n'avez jamais cherché à alerter les services sociaux ? Il y avait quand même un enfant qui se baladait tout seul dans un bidonville.

— Il n'était pas seul, il vivait avec la vieille Sara.

— Ça n'avait rien d'officiel… Ils ne sont pas de la même famille. Ni du même pays.

Le couple ne répond rien. Ils regardent l'inspecteur, arborant tous les deux un visage inexpressif. Raphaël commence à se lasser de ces âmes charitables qui ont accepté de voir un gamin grandir dans ce camp, la conscience tranquille. Alors il laisse s'installer le silence parce que c'est l'écrin qui sied le mieux au reproche. Le remords adore le vide, il s'y engouffre pour y faire ses dégâts. Raphaël n'a plus envie de les ménager. Ils ne disent pas tout. Il attend encore un peu, jusqu'à ce que le malaise soit palpable, que les corps se cherchent une contenance, qu'ils vibrent sur leur chaise. Et il attaque.

— Qu'est-ce que vous faisiez hier dans les environs de treize heures ?

Jeanne plaque une main sur sa bouche.

— C'est l'heure à laquelle Jim a été attaqué ? Nous étions là, nous étions au camp ! Il y avait eu le vandalisme dans la réserve de nourriture. Je suis la première qu'ils ont prévenue et nous avons accouru avec Germain. Si j'avais su que Jim était en danger…

L'inspecteur note la réponse à l'aide de son stylet. Germain secoue la tête et Jeanne s'accroche à la table pour contenir un nouveau flot de larmes paré à se déverser.

— Au milieu des magazines de super-héros de Jim, nous avons également trouvé un vieux livre de recettes…

— Jim disait qu'il se sentait utile quand il cuisinait avec nous, on préparait les repas pour tout le camp. Il faisait souvent des gâteaux qu'il distribuait à tout le monde en échange de conseils sur ce qu'il pouvait améliorer. Il nous demandait de lui rapporter de la farine, des œufs... Il voulait connaître un maximum de recettes pour devenir pâtissier.

— Est-ce que Jim vous a parlé d'un trésor ?

Le couple sourit avec émotion. Leurs mains se joignent. Raphaël est plus agacé qu'attendri, surtout quand Germain répond de sa voix sucrée.

— Il en parlait souvent. Il disait qu'il était certain que la décharge abritait un trésor oublié. Et il y a environ deux semaines, il a dit qu'il l'avait enfin trouvé. Il ne voulait pas en dire plus tant qu'il ne connaissait pas sa valeur exacte.

— Il n'a pas fait une remarque, laissé échapper un indice qui permettrait d'imaginer la nature de ce trésor ?

— Si, il a dit deux choses. La première, c'est qu'il ne pouvait pas le transporter. Et la seconde, qu'il était certain de sa valeur parce qu'il l'avait vu dans une émission sur la petite télévision du camp.

*

*   *

Quarante-trois minutes de solitude, en fait, c'est trop peu. Je m'aventure dans le zoo de Lille juste derrière les bureaux de la PJ, pour profiter plus longtemps du bonheur de l'errance. On a parqué les animaux exotiques et l'inspection criminelle dans la même zone au nord de la ville. Je cherche en vain une morale à ce constat urbaniste tout en dévorant une saucisse panée avec une bière pression trop forte dans un verre en plastique. Le vendeur à la casquette avec le logo du zoo m'a donné le nom de ces deux spécialités lilloises, j'ai déjà oublié. On sent bien l'alcool et le gras.

Les vibrations soudaines de mon téléphone me chatouillent la poitrine. Je le range à l'intérieur de ma veste maintenant que j'ai les poches de pantalon encombrées. Je le sors vite parce que la sensation est désagréable et je réponds sans réussir à cacher mon étonnement en voyant le nom qui s'affiche.

— Lulu la stagiaire ?

— Sérieusement ? C'est comme ça que vous m'appelez ? Vous pouvez pas vous contenter de Lulu ? Je vous dérange ?

— Je suis au milieu d'un truc, faites vite.

Ma vérité bancale est mise à mal par le hurlement des macaques qui choisissent ce moment pour entamer une bagarre générale.

— Tout va bien, inspecteur ?

— Qu'est-ce que je peux faire pour vous, Lulu ?

— Je vous appelle à cause d'Antoine Dupuis, mon trimoin. C'est pas facile d'enquêter. Les gens vous répondent pas, il y a des infos qui n'apparaissent nulle part…

J'attends le « mais » que son entrée en matière dissimule à peine.

— Mais je me suis pas trop mal débrouillée.

Il est venu plus vite que prévu.

— J'ai retrouvé la trace d'Antoine Dupuis, il a accepté de me parler. Il habite à Brou, dans l'Eure-et-Loir. Je vais lui rendre une petite visite. Je vous appelais pour vous tenir au courant…

— Donnez-lui rendez-vous dans un café, un restaurant, un endroit où il y a du monde.

— Vous croyez qu'il va m'agresser ? Il a soixante-quinze ans.

— Il a déjà été témoin dans trois affaires d'homicide et si la théorie de Grosset est la bonne, que votre homme porte vraiment la poisse, l'âge n'y change rien.

Je souhaite bonne chance à notre jeune stagiaire et je raccroche pour terminer ma saucisse qui refroidit et ma bière qui se réchauffe. Il y a toujours un détail qui me chiffonne dans cette histoire de trimoin… Je n'arrive pas à trouver de quoi il s'agit et ma bille s'en contrefiche.

J'ai la tête qui tourne en me levant un peu vite de mon banc avec vue sur les singes. La bière, dans le nord de la France, c'est quasiment un spiritueux. Il faudra que je sois plus vigilant la prochaine fois. Je traverse le zoo en direction du commissariat avec le cœur qui pulse dans mes tempes et l'estomac rassasié par la saucisse septentrionale.

Quand j'arrive devant la PJ, Raphaël est en train de dire au revoir à un couple au pied d'un panneau de stationnement interdit. Il les regarde s'éloigner sur le trottoir et attend qu'ils ne soient plus à distance d'écoute pour me les présenter de dos.

— Maman Jeanne et Papa Germain.

— Le couple qui avait le béguin pour Jim ?

— Voilà. Vous avez déjeuné ?

— J'ai avalé une saucisse locale avec une bière trop forte.

J'accompagne l'inspecteur dans un bistrot près du commissariat. Il commande une salade avec de l'eau gazeuse. J'opte pour un double expresso parce que je sens que la bière à haut degré d'alcool associée à mon réveil matinal alourdit mes paupières.

Raphaël me demande des nouvelles de ma mère. J'élude parce que je veux penser à autre chose et je lui demande en retour des nouvelles de son enquête, comme si c'était sa mère à lui. Il me raconte l'interrogatoire du couple sans cacher qu'ils l'ont mis de mauvaise humeur.

— Il y a un truc que je ne comprends pas, Hugo. La vieille Sara, Jeanne, Germain… Ils sont unanimes, Jim était un chouette gamin, aimé de tous, attachant. En gros, il était le rayon de soleil dans l'enfer de cet endroit. Alors je n'arrive pas à imaginer qu'ils aient fermé les yeux, qu'égoïstement ils aient fait semblant de ne pas voir que cet enfant n'avait rien à faire là. Chacun s'est convaincu que ce n'était pas son rôle d'alerter les services sociaux…

Le jeune inspecteur s'interrompt et avale une bonne rasade d'eau gazeuse qui lui brûle les yeux et embrase sa gorge. Il faut croire que même l'eau est plus forte dans cette région. J'attends avec impatience qu'il m'expose le point qui va de travers. Je suis friand des grains de sable qui ébranlent les mécanismes. Il tousse son eau qui pique et reprend son explication.

— Le problème, c'est Mani. Elle n'a pas cherché à cacher que Jim était un caillou dans sa chaussure, qu'il déstabilisait son organisation. Si elle voulait s'en débarrasser, elle n'avait qu'à avertir les services sociaux… Pourquoi elle ne l'a pas fait ?

— Elle avait peut-être peur de perdre la confiance de ses administrés ?

Raphaël n'est pas convaincu par ma tentative d'explication. Moi non plus. Mais il faut bien commencer quelque part pour que les hypothèses fusent et que la vérité se rapproche. La sonnerie stridente du téléphone de Raphaël met fin à notre ping-pong cérébral avant même qu'il ne commence.

— Salut Côme, j'ai interrogé Maman Jeanne et son petit ami. Je te débriefe tout à l'heure. T'as quoi de ton côté ? Attends deux secondes, je prends de quoi écrire.

Raphaël branche des écouteurs sur son téléphone et brandit son élégant stylet qui s'agite sur une page de son carnet. Je ne parviens pas à lire les notes qu'il jette sur sa feuille numérique mais je devine entre les onomatopées qu'ils discutent des résultats de la Scientifique. Il me regarde parfois comme si j'avais un avis sur ce que je n'entends pas. Je n'ose pas lui demander de mettre le haut-parleur. D'autant que nous ne sommes pas seuls dans le bistrot et que les détails concernant la boîte crânienne éclatée d'un enfant de dix ans n'ouvrent pas l'appétit. Raphaël remercie et raccroche enfin.

— Encore un truc qui ne cadre pas. La réserve de nourriture vandalisée, les CRS dans les parages, le photographe voyeur, ces âmes nobles qui ne disent pas tout… Cette enquête, Hugo, c'est comme si on avait mélangé les pièces de plusieurs puzzles et qu'on essayait de nous faire croire qu'il n'y en avait qu'un seul.

Raphaël s'applique à planter un grain de maïs sur chaque pique de sa fourchette. C'est un toc travaillé parce qu'il répète l'opération avec une étrange dextérité et son assiette est bientôt nettoyée de tous ses grains jaunes. Je focalise mon attention sur sa façon de picorer en me répétant en boucle ce qu'il vient de me dire. C'est la deuxième fois de la journée que le trimoin de Lulu la stagiaire surgit de nulle part au premier plan de mon cerveau. Pourquoi vient-il s'incruster dans ce puzzle nordique mélangé qui n'est pas le sien ? Je ressasse une à une les paroles prononcées par Raphaël, comme un mantra. La magie n'opère pas, il me manque la bille pour faire circuler l'idée.

— Côme, c'est mon collègue, on va le voir tout à l'heure. Il vient de me donner les premiers résultats à propos de l'arme et de l'armure de Jim. Apparemment, l'attirail du gamin a participé à son malheur… Il a reçu un coup sur son casque, une vieille marmite à confiture, pile sur une des grosses vis à tête hexagonale qui ornaient le dessus. Un seul coup, mais ça a suffi. La vis a traversé la marmite et s'est enfoncée dans la boîte crânienne.

— Avec quoi on l'a frappé ?

— Une béquille de moto. Grosse cylindrée. Il y a des chances que l'agresseur l'ait trouvée sur place, dans la décharge.

— Et c'est quoi, la pièce de puzzle qui vient d'ailleurs ?

Raphaël se demande si je me moque de lui. Mais quand on est incapable de mentir, on n'est pas doué pour l'ironie non plus. Je donne moins de vingt-quatre heures au jeune inspecteur lillois pour identifier ce point faible qui me poursuit comme une ombre.

— Mettons-nous à la place du tueur, Hugo. On ramasse la béquille, on frappe le casque du môme qui s'effondre avec une vis enfoncée dans le crâne, on jette l'arme à quelques mètres et on s'en va. Ça te semble cohérent ?

Les clients du restaurant travaillent sans doute tous à la PJ voisine parce que personne ne semble incommodé par le déroulé sordide exposé par l'inspecteur.

— Ça me semble cohérent.

— Alors comment ça se fait que la béquille était recouverte de sang ?

Je tente pour la troisième fois de boire la dernière goutte de mon double expresso vidé trop vite. Il a raison. La matraque ensanglantée, ça ne tient pas debout. Mon inconscient inconsistant ne m'a pas mené ici par hasard. Il avait senti le soufre autour de l'agression de ce pauvre gamin. L'affaire m'attirait, maintenant elle m'intrigue. Je suis ferré.

En quittant la brasserie, je demande à Raphaël si c'est possible d'aller voir Jimcaale à l'hôpital.

— C'est difficile d'enquêter sur le meurtre de quelqu'un quand on ne connaît pas son visage.

— Et qu'il n'est pas encore mort... Le docteur Huc le débranche demain. Avant qu'on aille à l'hôpital, mon chef voudrait te voir. Tu lui fais un petit coucou et on y va.

C'est parti pour un coucou. Je suis mon hôte dans les couloirs de la PJ lilloise. Les commissariats, c'est comme les boulangeries, ils ont la même odeur partout. Les yeux fermés, dans n'importe quelle ville de France, je saurais dire sans me tromper si je me trouve dans un commissariat.

Son chef ne ressemble pas du tout au mien. Le commissaire Lepoutre est un petit bonhomme trapu à l'opposé du commissaire Grosset, grand échalas voûté. Ils partagent en revanche la même chaleur et cette bonhommie à l'ancienne, sourires en coin et tapes dans le dos. Raphaël me lâche dans le bureau de son chef en me promettant de me récupérer cinq minutes plus tard.

— Bienvenue chez nous, inspecteur Boloren. C'est un honneur de recevoir un coup de main d'un type de votre trempe. Grosset m'a raconté beaucoup de bien sur vous. Il vous a dit comment on se connaissait ? On a été à l'école ensemble. C'était il y a un peu plus d'une éternité.

Il sourit de son bon mot et attend que je réponde quelque chose. Il y a des quantités de cadres accrochés sur les murs, on dirait une salle de musée. Des photos, des médailles, des objets... Mes pupilles brûlent de se répandre alentour, je me retiens pour éviter qu'il ne me les détaille un par un. On ne peut pas détenir autant de trophées, les exposer fièrement et ne rien en dire quand on a un spectateur sous la main. C'est de cette façon que les rapides coucous peuvent se transformer en d'interminables palabres.

— Vous voyez ce pétale de fleur ?

Il pointe du doigt un cadre au milieu duquel je devine une forme violette écrasée sous une plaque de verre.

— C'est un pétale de *paphiopedilum canhii*. Une espèce d'orchidée qui a probablement disparu aujourd'hui. Vous vous souvenez du démantèlement du trafic de plantes, l'année dernière ? Toute la presse a salué notre saisie, à l'époque.

L'élégance voudrait que je ne sabre pas sa fierté touchante en lui avouant que c'est la première fois que j'en entends parler.

— Ça ne me rappelle rien.

Raté. Le commissaire me lance un clin d'œil amusé pour me signifier qu'il a compris que je plaisante et il poursuit son histoire de plantes kidnappées.

— Ce pétale est un souvenir. Je le mets en évidence dans mon bureau parce que c'est le symbole que le monde est tordu.

Je m'approche pour regarder de plus près le morceau de fleur rabougri qui n'a pas une tête de symbole.

— On a roulé des mécaniques devant la presse en pâmoison, mais je vous le dis parce qu'on est entre nous, Hugo, sur cette saisie, on a été mouleux.

Le commissaire adopte l'attitude concentrée du vieux briscard qui en a vu et qui n'est pas avare de partager ses expériences. Avec une mère journaliste et un père inspecteur de la brigade judiciaire, j'en ai croisé du même bois dans l'appartement familial. Le genre qui narre plutôt qu'il ne résume.

— On suivait un petit délinquant depuis plusieurs mois, un trafiquant de cannabis. Un jour, on a remarqué qu'il avait construit une serre dans le jardin de ses grands-parents du côté de Roubaix, on a tout de suite pensé que le gars s'était mis à la culture du chanvre. On se pointe en pleine nuit pour une perquisition en urgence, une source nous ayant avertis qu'il était en train de vider sa serre… Pas un seul pied de cannabis. Seulement de jolies fleurs à la con comme on en trouve sur les balcons des petites vieilles. Certaines étranges, des cactus, des orchidées, des fleurs parfois très belles… L'endroit embaumait d'un parfum incroyable.

Le commissaire possède un indéniable talent de conteur, il met le ton, les gestes, la passion. J'ai presque l'impression de humer ce qu'il raconte.

— Le type nous a assuré qu'il prenait soin des plantes de ses grands-parents pendant leur absence, qu'il ne faisait rien de mal. Notre homme était trop effrayé pour être honnête. Et puis, qui va arroser les fleurs de sa mamie à une heure du matin ? Alors on a fait venir un expert des douanes.

Le regard du commissaire Lepoutre se perd dans la contemplation du pétale fané. Il s'est laissé emporter par son propre récit. J'attends poliment la conclusion de son anecdote en observant discrètement ses autres trophées.

— Les plantes venaient du monde entier, la plupart en voie d'extinction, et toutes strictement interdites à la vente. Elles faisaient une halte dans la serre de notre homme en attendant que les organisateurs du trafic trouvent des acheteurs en Europe. Comme une partie du réseau est tombée, il a pris peur et a cherché à tout faire disparaître. Notre bonhomme a été condamné à cinq ans de prison pour du recel de plantes décoratives…

Un baume agréable vient tapisser mon cœur à la pensée de la serre tropicale du cinquième arrondissement de Paris.

Dès que je rentrerai, j'inviterai Solange Kernadec à boire des bières, on regardera les étoiles toute la nuit à travers l'immense verrière, derrière les feuilles géantes, elle me parlera de la psychologie des dinosaures et je retrouverai ma bille.

— Cinq ans de prison pour des géraniums haut de gamme… C'est pas croyable. Vous êtes toujours avec moi, Boloren ?

— Pardon, oui, c'est cette histoire de plantes. Ça me rappelle Paris.

Le commissaire Lepoutre me jauge un instant avant de partir dans un éclat de rire aussi retentissant que soudain.

— Vous avez quand même pas déjà le mal du pays, inspecteur ? Paris, c'est rien d'autre que la banlieue de Lille, vous êtes chez vous ici !

— Je suis certain que cette ville va me plaire.

Je réfléchis à cet aveu poli qui me surprend puisque je ne sais pas dire autre chose que la vérité. C'est vrai que ma première impression des environs qui se résume à une décharge, un camp de laissés-pour-compte, une clinique et un zoo ne m'a pas déplu. C'est l'avantage d'être un casanier qui ne tient pas en place. J'ai toujours envie de rester chez moi, mais je me sens chez moi partout où je vais. C'est peut-être la définition du voyageur, d'être un pantouflard ambulant.

— Vous êtes un marrant, Hugo, un pince-sans-rire en plus. J'aime bien. Il y a une morale à cette histoire de géranium bling-bling, inspecteur. Vous savez ce que c'est ?

— Les apparences sont trompeuses ?

— C'est pas tant qu'elles sont trompeuses, c'est que la plupart du temps, elles dissimulent des trucs à la con.

Le contexte visible et la face cachée. Le commissaire Lepoutre et moi raisonnons pareil. La mort est banale, un placard l'est davantage encore, mais dès lors que vous cherchez à dissimuler la première dans le second, une autre vérité, plus intéressante, se dessine.

— Raphaël vous a fait bon accueil ?

Le chef débonnaire aime changer de sujet sans transition, ça ne me perturbe pas, ma mère faisait pareil. J'ai une sueur froide désagréable qui me coule le long de la colonne vertébrale, c'est la première fois que je pense à ma mère au passé.

Comme s'il savait qu'on parlait de lui, Raphaël débarque justement dans le bureau de son chef pour me récupérer. On nous attend à l'hôpital. Je remercie le commissaire pour son accueil et pour l'histoire du symbole fleuri. Après une franche et chaleureuse poignée de main, je repars avec le jeune inspecteur dans les couloirs qui sentent la police. Dès que nous sortons du grand bâtiment moderne, le soleil recommence à frapper, le rayon toujours plus dardant.

— Il t'a raconté l'histoire des plantes rares ?

— Mon chef est pareil. Le crime qui évolue, c'est le signe du temps qui passe, ils ont du mal à se faire à l'idée.

Raphaël Desreumaux approuve d'un hochement de tête songeur et les portes de sa vieille voiture automatique se déverrouillent dans un double couinement caractéristique.

— Pendant que vous discutiez botanique, j'ai passé quelques appels. Demain matin, je vais interroger les parents de Gao Cheng. C'est le jeune Chinois qui s'est fait assommer par un CRS. C'était le meilleur ami de Jim. J'aurais voulu les convoquer avant mais ils ne parlent pas un mot de français, j'ai dû trouver une interprète qui soit disponible.

Lille défile par la fenêtre et la Chine me fait penser à Mathilde. J'aimerais l'imaginer dans son quotidien shanghaien mais ce pays est un tel mystère que mon cerveau est incapable de se figurer quoi que ce soit. Avec un peu de chance, elle est heureuse. Pourquoi regarder par la fenêtre d'un véhicule en mouvement pousse inlassablement à la mélancolie ?

— Tu vas faire la connaissance de l'inspecteur Côme Lasselin, il nous attend à l'hôpital. Et de Jimcaale. Le docteur Huc le débranche demain. En attendant, il se démène pour obtenir l'autorisation de prélever ses organes. Il paraît qu'il y a des gamins en attente de greffes pour qui le temps presse… C'est le paradoxe du monde moderne, la mort qui sauve des vies.

Raphaël cogite par métaphore. L'enquête en puzzles et maintenant la mort en bienfaitrice... Je ne connais pas son âge, mais ce n'est certainement pas celui des sentences de vieux cénobite. Il faudra que je lui explique comment éviter de se laisser dessécher par les coups durs de la vie. Même si j'ignore d'où proviennent les gifles qu'il a reçues. Il doit apprendre le détachement, sinon il sera vieux avant l'heure. En ce qui me concerne, c'est trop tard. Ma famille se résume à un père mort, une mère qui oublie et une femme qui m'a quitté pour Shanghai. J'ai le droit de flétrir.

Raphaël se gare devant le CHU de Lille et un homme à la chevelure blonde et bouclée vient aussitôt à notre rencontre dans une démarche de cowboy. Il est habillé en jean de la tête aux pieds et mâche un chewing-gum, une main dans la poche, l'autre trimballant un large téléphone à la coque couverte de strass. Une chaîne attachée au passant de sa ceinture plonge dans la poche libre, gardienne métallique et surannée d'un trousseau de clé précieux ou d'un porte-bonheur sentimental.

— Côme Lasselin, enchanté.

Les deux collègues n'ont rien en commun, ils sont même de parfaits contraires et j'énumère intérieurement les différences tout en serrant la main puissante de l'inspecteur Lasselin. Il doit avoir dans les quarante-cinq ans, le denim intégral à chaîne argentée c'était la mode chez les adolescents dans les années quatre-vingt-dix. Il a un sourire agréable sous son visage marqué et ses boucles blondes.

Je le détaille discrètement tandis que nous arpentons le couloir en dédale de l'hôpital. Les traces d'une vie mouvementée sont affichées sur sa figure, comme le hippie photographe. Quand on efface son passé trop tard, il reste toujours des vestiges. Côme est bien plus détendu que Raphaël. Il se dandine d'un pas sûr, on devine parfois la crosse de son revolver sous sa veste en jean. J'imagine que si on décrivait les caractéristiques d'un flic dans l'imaginaire collectif, c'est de nous trois celui qui correspondrait le plus aux attentes. C'est probablement ce que se dit aussi le médecin à l'air grave qui vient dans notre direction et qui nous jauge sans discrétion.

— Bonjour, Messieurs. Je ne sais pas si vous avez été prévenus, le maintien en vie artificiel de Jimcaale cessera demain. Nous l'avons prolongé uniquement pour répondre au souhait de sa grand-mère adoptive.

Raphaël me chuchote à l'oreille qu'il s'agit de la vieille Sara. J'avais compris. Et que le médecin est le docteur Huc, qui s'occupe de Jim. Je m'en doutais.

— Je sais que c'est difficile à admettre, mais l'état de mort cérébrale n'est pas une forme de coma dont on peut se réveiller. Ce n'est pas non plus un purgatoire ou un entredeux quelconque comme certains se le figurent. Pour la science actuelle, le gamin est bel et bien décédé.

Nous suivons le docteur Huc façon procession austère, dans un silence religieux alourdi par sa sinistre mise au point. Raphaël demande au médecin de l'attendre quelques instants puis s'engouffre dans une chambre. Il nous fait signe de le suivre. Un couple de Chinois somnole sur deux chaises collées l'une contre l'autre, téléphones à la main. Ils lèvent des têtes étonnées en apercevant notre trio. Raphaël poursuit les apartés à mon oreille pour me dérouler le contexte.

— Ce sont les parents de Gao Cheng.

Les inspecteurs lillois s'entretiennent avec le couple en ne parvenant qu'à des bribes fugaces de compréhension mutuelle. Pendant ce temps, je m'approche de l'adolescent plongé dans le coma. Un bandeau couvre la totalité de son crâne et son visage est crispé. Je n'ose pas imaginer ce qu'endurent les parents. Au moins, contrairement à Jimcaale, ils savent qu'il va se réveiller. Et il a des parents.

Raphaël me tire doucement par le bras. Nous saluons le couple et repartons dans le couloir où nous attendent le médecin et un jeune type aux traits défigurés par la fatigue. Dans un réflexe quasi naturel, je tends l'oreille vers Raphaël pour qu'il me souffle son identité. C'est le CRS qui a assommé Gao Cheng. Il campe devant la chambre de l'adolescent nuit et jour. Il ne se pardonne pas. Son visage gris et déformé correspond bien à l'idée qu'on peut se faire d'une âme rongée par le remords.

Comme nous n'avons rien à lui annoncer concernant la santé de sa victime, il retourne s'affaler dans l'unique chaise en plastique du couloir. Sans doute le geste d'un employé de l'hôpital qui a eu pitié de ses errances. Le CRS se plonge dans la contemplation de son écran de téléphone, refuge hypnotique et anesthésiant pour oublier.

— Je n'avais rien de spécial à dire aux parents, c'était pour que tu voies Gao Cheng. Et que tu saches qui ils sont quand on les interrogera demain.

Je suis touché par la prévenance de Raphaël. Et par sa confiance. La plupart des flics n'aimeraient pas voir un inspecteur venu d'ailleurs mettre le nez dans leur enquête. Surtout s'il arrive de Paris. Les policiers sont comme les touristes ou les pigeons, personne n'aime ceux qui viennent de Paris.

Le docteur Huc nous emmène jusque dans l'aile de l'hôpital réservée à ceux qui n'en sortiront pas en sifflotant joyeusement. Un policier en uniforme est posté devant la chambre de Jimcaale, ce qui agace le médecin. Il ne se prive pas de partager son exaspération en fustigeant les instances décisionnaires qui pourraient utiliser le brave garde à des tâches plus utiles que la protection rapprochée d'un mort.

Le docteur Huc nous accompagne dans la chambre pour répondre à nos éventuelles questions. Mon cœur s'emballe en m'approchant du petit garçon allongé sur son lit, entouré d'un nœud de tuyaux et de machines bruyantes. Je rencontre enfin le fameux Jimcaale.

Il a l'air aussi apaisé que son ami Gao Cheng est crispé. S'accrocher à la vie est plus douloureux que de se laisser bercer par la mort. Jimcaale est si petit. Son visage lisse de grand poupon est d'une beauté saisissante. Même dans cet état, le gamin dégage un charisme magnétique. Je le visualise sans effort courir dans le camp entre les abris à scander ses espoirs au monde. Il est si petit.

Son corps est tout frêle. Il a grandi de travers, comme tous les enfants qui entament les premières années de leur vie en manquant de tout. La trace indélébile qui rappelle à tous et à soi qu'on n'est pas né du bon côté de l'humanité.

Il y a de petites traces rouges sur ses bras et dans son cou. À la façon de Raphaël, le médecin me souffle à l'oreille la réponse à la question que je n'ai pas encore posée.

— Nous n'avons pas réussi à identifier la provenance de ces marques. Une piqûre d'insecte, une réaction allergique peut-être, ou une carence quelconque. Votre légiste pourra sans doute vous éclairer, il doit passer dans l'après-midi. Je n'ai pas le temps de m'en occuper. Il me semble plus urgent de sauver des vies que de contempler des morts.

Le docteur Huc continue à parler mais mon cerveau vacille. Je m'accroche à la barre métallique au bord du lit pour ne pas tomber. Je crois d'abord à un malaise à cause de ma bière trop forte bue trop vite sous le soleil trop chaud, ou des explications du médecin sur la mort qui ne tergiverse pas, ou des deux gamins malmenés par le destin… Puis je la vois arriver.

Elle étincelle dans un roulement crâne et se positionne en haut de sa rampe. Elle est plus grosse que dans mes souvenirs. Plus envahissante aussi. Les yeux fermés, je ne vois qu'elle, ma bille. Je l'ai attendue si longtemps. Elle est revenue me raconter l'essentiel invisible. Elle est le lien entre les tréfonds performants de mon inconscient et la lourdeur exaspérante de mes réflexions paresseuses.

Je me remémore les événements depuis que le trimoin et Jimcaale m'ont secoué hier… Ma mère, la clinique des esprits égarés, le camp, la décharge, Mani, Narong Vacarme, la vieille Sara, le hippie repenti, le commissaire Lepoutre, le CRS, Gao Cheng, le docteur Huc, Côme, Raphaël… Ils défilent les uns après les autres, les mots prononcés, les gestes esquissés… Il y a là quelque part un élément capital, un détail insignifiant en surface mais qui apporte des réponses importantes si on le creuse. La bille entame sa descente sur sa grosse rampe à deux rails dans un vrombissement sourd. Elle a pris du coffre, une forme de noblesse. Peut-être qu'elle frime, qu'elle travaille son retour. Elle disparaît déjà dans un lointain brumeux. Je dois la laisser s'échapper maintenant, on ne court pas après la bille, c'est elle qui se manifeste. Alors j'ouvre les yeux.

Le médecin et les deux inspecteurs m'observent avec des mines inquiètes. Je suis lessivé. J'aurais couru un marathon que je me sentirais moins esquinté. La bille est revenue avec fracas. Une violence intérieure qui amorce un retour à ma normalité. Douve me l'avait enlevée, je la retrouve enfin. Une page se tourne. Je tâtonne mes poches à la recherche de mon étui à chocolat et je l'ouvre sans chercher à dissimuler. Je gobe le carré le plus clair, un 68 % de cacao au goût légèrement fumé. Je tente mon sourire le moins pire, les pores de ma peau suintent de transpiration et ma respiration est saccadée par l'essoufflement. Je lance un appel à l'aide explicite :

— Il se raconte que Lille, c'est la capitale française de la bière.

*

* *

Je n'ai pas eu besoin d'en dire plus pour convaincre mes deux hôtes de quitter l'hôpital pour un bar. Aucun de nous trois n'avait envie de s'éterniser entre les néons agressifs et le lino gondolé, avec Jimcaale qui fait semblant d'être encore en vie.

La voiture de Raphaël nous entraîne dans le Vieux-Lille alors que la nuit tombe. On roule fenêtres ouvertes et à vive allure parce que c'est la seule clim que sa vieille Citroën peut offrir. Les belles façades colorées défilent par la fenêtre, mon corps se remet du choc, mais je ne suis pas serein. La bille n'est pas revenue pour rien. Il y a du sombre en perspective, je pressens des révélations tragiques plutôt que rassurantes.

Côme et Raphaël lorgnent parfois dans ma direction ; ils m'ont laissé le siège arrière pour me remettre de mes émotions. Je leur ai expliqué la bille, mais je sens bien qu'ils ne sont pas convaincus.

— Ça ressemble à une crise d'angoisse, ton truc de bille, Hugo. Je suis bien placé pour savoir, ma femme en fait parfois. Loraine est dépressive.

Je n'avais jamais vu ma bille sous cet angle.

— C'est un trop-plein d'émotions, de non-dits accumulés et qui finissent par exploser comme un étau suffoquant. C'est comme ça que Loraine décrit ses crises.

L'idée que ma bille serait une angoisse déguisée en flair de flic m'impressionne. J'écoute Raphaël me raconter tout ce qu'il connaît sur le sujet avec beaucoup d'intérêt et autant d'inquiétude. Je n'ai jamais cherché à savoir d'où venait la bille. Les dispositions du subconscient sont impénétrables et cela me convenait parfaitement. On sait ce qui se passe quand on ouvre le ventre d'une poule qui pond des œufs en or pour comprendre comment ça fonctionne.

Je n'ai pas le temps de méditer plus longtemps sur les origines de ma bille. Raphaël se gare devant un bar illuminé, juste en face d'un petit hôtel.

— C'est là que tu as réservé ta chambre, Hugo. On boit un coup et tu n'auras que la rue à traverser pour aller dormir.

Je remercie Raphaël pour la délicate attention et je me réjouis de cet heureux hasard. La perspective des effluves houblonnées chasse mes interrogations inquiètes. En récupérant ma valise dans le coffre, je balafre un des cartons fragiles du hippie. Quelques clichés s'échappent et Raphaël m'aide à les recaser dans une autre boîte. La plupart des photos sont en noir et blanc, beaucoup sont floues. On reconnaît bien la décharge verticale collée au camp horizontal mais les silhouettes humaines sont plus difficilement identifiables.

Je ne peux pas m'empêcher d'y jeter un œil en même temps que je les transvase. Jusqu'à ce qu'une photo me fige. Je la scrute en fronçant les sourcils. Raphaël s'interrompt aussi, curieux de savoir pourquoi je ressemble soudain à un chien à l'arrêt. Je m'éponge le front pour éviter de goutter sur le cliché qui sort du lot. Le soleil s'en va en laissant la chaleur moite dans son sillon. Le Nord n'est plus ce qu'il était.

— Tu as trouvé quelque chose, Hugo ?

— C'est cette femme…

Comme sur les autres tirages du hippie repenti, on voit le trottoir qui longe la décharge et le camp. Une femme l'arpente, abritée sous un parapluie. Elle regarde vers l'objectif et son visage m'est familier.

— J'ai l'impression de la connaître. Je peux prendre la photo ? Ça me reviendra peut-être…

En guise de réponse, Raphaël referme le coffre de sa voiture, le cliché toujours dans ma main. Je le glisse dans ma poche contre mon étui à chocolat et je suis les deux inspecteurs. La canicule lilloise et la bille m'ont donné soif.

Nous nous installons à une table en bois dans un recoin et une serveuse nous apporte la carte des bières qui a des allures de grimoire. Épais et sacré.

Il y a du bruit, des rires, l'endroit est joyeusement animé. Raphaël est plus détendu. C'est un vrai professionnel : il se scinde entre le travail policier, sévère, et le monde d'après, jovial. Il pianote sur son téléphone puis m'annonce dans un sourire franc :

— Il nous reste cinq minutes pour parler de l'enquête, ensuite Loraine arrive. Et on laisse tomber les crânes fracassés et les mômes assommés.

Côme a déjà commandé une tournée de bières que la serveuse propulse sur notre table sans faire tomber la moindre goutte. Je suis sensible à cet art de la dextérité bistrotière. « *Bière de Snick, la lambic authentique qui tombe à pic* » est inscrit en lettres rouges sur les verres. La serveuse zélée précise à mon intention qu'en vrai, c'est pas une lambic, c'est pour la rime. On lève nos pintes en attendant que l'un de nous lance une sentence à propos. Rien ne vient, alors on hoche la tête, on ferme les yeux et on savoure la première lampée de Snick.

L'amertume fraîche me saisit agréablement le gosier et je me plonge dans la lecture des noms de bières du Nord listées par dizaines dans le grimoire. La femme de Raphaël nous rejoint cinq minutes plus tard sans que nous n'ayons prononcé un mot. C'est une jolie blonde souriante qui illumine le visage de son mari. Elle n'a pas l'air dépressive, si ce n'est une paupière gauche tombante en forme de tristesse découragée. Elle glisse une chaise près de Raphaël et ils se saisissent aussitôt la main.

— J'imagine que vous êtes Hugo ?

Elle est aussi jeune que Raphaël, ce qui ne m'aide pas à estimer leur âge. Ils partagent un faciès infantile déroutant, une fragilité touchante qui rend l'évaluation floue. Côme Lasselin taquine Loraine, Raphaël rit, le trio se connaît bien. Je bois plus vite parce que je les observe et la serveuse me demande si je reprends la même chose. J'hésite et j'acquiesce. J'ai pensé furtivement à ma mère qui va dormir seule ce soir dans la clinique des esprits égarés. J'ai besoin d'ivresse. Et d'un carré de chocolat.

Le téléphone de Loraine vibre sur la table et son visage s'éclaire quand elle découvre le nom de « Cyril » qui s'affiche sur l'écran. Je me retiens de justesse de pousser un cri de surprise embarrassant. C'est la première fois que je vois un sourire qui a ce pouvoir, cette faculté de donner l'impression qu'il émet de la lumière à travers les pores de la peau. Comme si un excès de charme dégoulinait de sa figure. Il a fallu que « Cyril » apparaisse sur son téléphone pour amorcer ce miracle. Je lui envie cette joie simple. Elle s'excuse, radieuse, s'éloigne, splendide, et répond, merveilleuse. Est-ce qu'il y a déjà eu quelqu'un quelque part qui me fasse rayonner le visage d'un coup de téléphone ? C'est inestimable, un humain qui en éclaire un autre avec cette intensité.

Raphaël est moins enthousiaste et la tape amicale de Côme sur son épaule me confirme que « Cyril » n'est pas une nouvelle réjouissante pour tout le monde.

— C'est son frère. Il a déménagé à New York il y a quelques mois. Maintenant, Loraine n'a plus que moi. Alors quand il appelle, elle est heureuse…

Raphaël interrompt son explication par une rasade de bière rassérénante. Il s'assure ensuite que Loraine est toujours au téléphone.

— J'aurais préféré que Cyril reste à Lille. Pour aider Loraine en cas de coup de mou.

Le jeune inspecteur sous-entend la dépression sans la nommer, cette fois-ci. Ce qui me fait prendre conscience que je prononce rarement le mot « Alzheimer » en évoquant ma mère. La pudeur linguistique, c'est le déni de la pensée.

Raphaël, qui n'aime pas parler de lui trop longtemps, demande ensuite à Côme des nouvelles de sa fille. Elle a seize ans, une mère décédée trop tôt et la relation n'est pas toujours simple, m'informe l'inspecteur Lasselin qui n'a pas retiré sa veste en jean. Sans doute à cause du revolver en dessous. Philosophe, il conclut :

— Tu vois, Hugo, on a tous les trois une femme qu'on aime et qui a besoin de nous. Ta mère, ma fille, sa femme. Trois générations de mal-être.

Nous n'avons aucun mal à faire semblant que tout va bien quand Loraine nous rejoint, grâce à son splendide sourire communicatif qui traverse le milieu de son visage façon néon de mille watts. Cyril va bien, il vous embrasse, se réjouit-elle. A priori, il embrasse surtout Raphaël et Côme, mais Loraine a la délicatesse de m'inclure.

Les pintes se vident, les rires sont faciles, les confidences sont lâchées. Loraine continue d'être jolie. Elle me raconte son quotidien qui consiste à diriger un théâtre pour enfants dans le centre de Lille pendant que nous enquêtons sur l'agression de notre petit super-héros dans la *Terra nullius*.

— Un monde à l'opposé du nôtre, confirme Raphaël dans un soupir solennel et avec une pointe de gêne dans la voix.

Je cherche un argument contraire, à cause de l'alcool qui donne parfois envie de débattre. Mais je ne connais rien ni au théâtre ni aux enfants, alors je hoche la tête.

En élevant la voix pour se faire entendre dans le bar de plus en plus bondé, Côme m'explique que Lasselin et Desreumaux sont des noms typiques du Nord, que je suis face à trois irréductibles chtis.

Raphaël et Côme enserrent Loraine, ils se positionnent face à moi pour que je les admire. Ils rient encore plus fort parce que je les jauge sérieusement. Il y a bien longtemps que je ne crois plus à l'idyllique. C'est peut-être à cause de la bille qui a repris du service, je sens les failles. Ils jouent les joyeux drilles mais je ne suis pas dupe. Chacun dissimule un fond de tristesse pas tout à fait soluble dans le bonheur. Côme continue d'évoquer le Nord avec émotion, la beauté de la région, ce qu'elle a enduré.

— T'as pas idée, Boloren, de ce que le Nord peut se prendre dans la tronche. Je te passe les rumeurs comme quoi on est des consanguins qui nous chatouillons les parties en famille, toutes ces blagues grossières... Non, je te parle d'un vrai complot, un truc qui vient de plus haut, contre lequel on ne peut pas lutter : chaque fois que le Nord a tenté de se payer une stature, l'histoire s'y est opposée. Je vais te donner une preuve imparable, Boloren. Pendant des siècles, la littérature a décrit la beauté sublime des princesses au teint diaphane, à la même époque où les gens du Nord se cassaient le dos dans des mines de charbon dont ils ressortaient avec la tronche plus noire qu'un fion. Voilà qu'un jour enfin, on ferme les mines, les gens du Nord reprennent leur couleur naturelle, cette blancheur qu'on connaît tous, et alors d'un coup le teint diaphane n'est plus à la mode. Tellement plus à la mode qu'on ne dit plus diaphane, mais blanc comme un cul. Nous sommes passés directement de noir comme un fion à blanc comme un cul, sans jamais avoir goûté au diaphane ni au halé.

J'attends l'esclaffement qui ne vient pas. Les visages restent graves. On ne peut pas rire de tout. Je demande l'addition avant de tomber ivre mort et amoureux de Loraine Desreumaux. Je suis encore plus sensible à la tristesse dissimulée en profondeur qu'à l'éclat de son charme bien visible. Le contexte visible et la face cachée. Ou alors c'est le mélange des deux qui me titille le cœur.

J'offre la tournée à mes hôtes au teint plus rouge que diaphane et je les salue en tâchant de rester aussi digne que possible. C'est-à-dire en marchant vaguement droit. Mais la bière trop forte du haut de l'Hexagone me fait tanguer. Côme me lance un clin d'œil amical.

— Bois trois verres d'eau quand tu seras dans ta chambre d'hôtel, juste avant de te coucher. Et tu verras, demain, tout ira bien.

Jour 3

Pendant qu'on tambourine violemment à la porte et que la douleur martèle mon crâne en symbiose et crescendo, il me faut plusieurs secondes avant de me rappeler que je suis dans une chambre d'hôtel. Que je suis à Lille. Pour le cerveau de ma mère. Je me redresse d'un bond douloureux.

— Maman ?

Puis je me souviens qu'elle est dans une clinique et qu'elle a arrêté il y a plus de vingt ans de frapper à la porte de ma chambre pour me réveiller.

— Police !

Je faufile une demi-tête dans l'embrasure et je tombe sur l'inspecteur Raphaël Desreumaux tout sourire, visiblement fier de son effet.

— Prends une douche, Hugo. Je te donne cinq minutes. J'ai du café et des gaufres dans la voiture. On doit procéder à une arrestation et je pense qu'un flic parisien nous sera utile.

— Une arrestation ?

— Serge Winckler.

La douche brûlante me fait du bien, à moins que ce ne soient les deux galets de paracétamol. Le hippie repenti est donc mêlé au meurtre de Jim. Ne jamais se fier aux apparences inoffensives d'un photographe fumeur de joints. Ma bille n'a pas vibré à l'évocation du bonhomme, mais elle a pu être mise hors service par la gueule de bois. J'ai appris à me fier autant qu'à me méfier de ses caprices. C'est encore plus vrai si elle n'est qu'une crise d'angoisse déguisée. Un frisson me glace la nuque à cette idée que Raphaël a glissée dans mon esprit.

Il m'attend devant l'hôtel, assis au volant de sa voiture. Deux véhicules de police sont garés à sa suite. Je m'installe côté passager et il démarre aussitôt, sirènes hurlantes.

— Dans le sac à tes pieds, tu trouveras un café et des gaufres à la vergeoise. Une spécialité du coin, je déteste ça mais il paraît que les touristes adorent.

Je me découvre un point commun avec Raphaël en croquant dans cette étrange galette fourrée ultra sucrée. Il me faut le demi-litre de café noir pour me débarrasser du goût de vanille trop prononcé.

— Qu'est-ce que vous avez contre Serge Winckler ?

— C'est un ancien photographe reporter. Il a couvert tout un tas d'événements à travers le monde et il a pris sa retraite il y a quelques années pour ouvrir sa boutique.

Rien de révoltant pour l'instant. Quand on commence en douceur, ce n'est jamais bon signe.

— On a découvert qu'il n'avait pas pris sa retraite volontairement… Il était devenu persona non grata au sein de la presse française.

— Qu'est-ce qu'il a fait de mal ?

— Il se serait passé des trucs pas nets dans certains pays où il a travaillé. Il n'y a jamais eu de preuve formelle, mais il semblerait qu'il ait un penchant pour les petits garçons d'une dizaine d'années. L'âge de Jimcaale. Qu'il a littéralement mitraillé de photos.

Pédophile et meurtrier, un combo infernal malheureusement plausible.

— Il a toujours nié, notre homme maîtrise les techniques d'interrogation. On se disait avec Côme... Comme Serge Winckler t'a vu hier... On pourrait te faire passer pour un flic de Paris spécialiste en pédocriminalité et qui aurait fait le trajet juste pour lui. Ça peut l'effrayer.

Je ne veux pas décevoir Raphaël en lui avouant qu'il n'aurait pas pu miser sur pire bluffeur. Je lui suis reconnaissant de son accueil plus qu'aimable. Alors je me tais, c'est tout le mensonge dont je suis capable.

Nous longeons la décharge puis le camp devant lequel sont toujours stationnés quelques policiers en uniforme. J'ai des envies de promenade au milieu des montagnes d'immondices colorées. Pour le plaisir de flâner dans l'inconnu et parce que je veux connaître le terrain de jeu du petit Jim.

Nous bifurquons vers la ruelle attenante dans un dérapage bruyant et nos trois voitures s'immobilisent en étoile autour de la boutique de photo. Serge Winckler en sort tranquillement sans se formaliser du tapage. Il allume son mégot de cigarette roulée pour une dernière bouffée avant les menottes. Les policiers lillois se précipitent l'arme au poing et le ceinturent avec le ménagement modéré qu'on réserve à ceux qui malmènent les enfants.

Raphaël lui résume les raisons de son arrestation, les soupçons de pédophilie, de meurtre, les photographies de Jim qui prennent un nouveau sens. Il se laisse bousculer sans broncher ni s'insurger. Il n'est pas surpris de son sort.

J'avale un nouveau cachet de paracétamol et je fais signe à Raphaël qui s'apprête à retourner dans sa voiture.

— J'aimerais jeter un œil à la décharge. Je peux te rejoindre plus tard ?

L'inspecteur fronce les sourcils. Je fais partie de son plan contre le hippie pédophile.

— Laisse-moi ta voiture, dans une demi-heure je te rejoins au commissariat.

Les manches de son costume trop grand glissent jusqu'à son coude quand il me lance les clés à la cuillère. Je lui promets de prendre soin de sa Citroën à boîte automatique première génération.

Il s'engouffre dans un des deux véhicules de police venus en renfort et tout ce monde s'éloigne dans un concert de sirènes tonitruant. Le calme revenu, je démarre la voiture de Raphaël restée en travers de la route et je reprends la ruelle en sens inverse pour aller la garer juste devant le camp. Elle est la preuve que je suis un invité de marque de la PJ lilloise.

Je reconnais Béranger en faction devant l'entrée. Le policier me salue d'un mouvement de tête aimable, j'en profite pour lui demander comment atteindre le lieu où on a découvert Jim. Il attrape son talkie-walkie et réclame la présence d'une certaine Clémentine pour me mener à l'endroit du crime. Il pointe ensuite un doigt vers la vieille Citroën et accompagne son geste d'un clin d'œil complice.

— L'inspecteur Desreumaux vous a à la bonne.

— J'espère seulement qu'il ne me trouve pas trop encombrant.

— Même à sa femme, il prête pas sa voiture.

Comme je n'ai aucune disposition pour le bavardage anodin, mon esprit divague vers le sourire rayonnant de Loraine Desreumaux. Une digression rapidement avortée lorsque j'aperçois une cabane barrée par des bandeaux « Police » à une dizaine de mètres le long du trottoir.

— C'est la réserve de nourriture ?

— Oui, la cabane a été forcée un peu avant l'agression du gamin. Difficile de croire à une coïncidence, pas vrai ?

J'approuve d'un hochement de tête tout en évaluant les différentes distances entre la réserve et la décharge, la réserve et la tente de Mani, la réserve et la ruelle qui mène à la rue parallèle et l'atelier photo…

Je ne suis toujours pas parvenu à une conclusion intéressante quand la jeune Clémentine vient à notre rencontre en trottinant. Je remercie Béranger puis je suis mon guide à travers la décharge. Des sillons se dessinent entre les montagnes plus ou moins grandes de détritus en tout genre. Principalement de la ferraille, de l'électroménager, des tissus, des gravats…

Nous nous enfonçons plus profondément dans ce no man's land franco-belge et la rue disparaît dans notre dos. Les amas de déchets nous encerclent, certains atteignant plusieurs mètres de hauteur, et nous ne voyons plus ni le camp, ni la route, ni aucune autre de ses délimitations. Nous sommes totalement isolés au milieu de cet étrange territoire. Moi qui suis pourtant friand de solitude, ce paysage artificiel témoin des défaillances humaines m'empêche de profiter pleinement.

Une angoisse sourde commence à naître au fond de mon estomac. Une crainte abondamment nourrie par les grincements lugubres qui proviennent de ces agrégats chaotiques. La plainte implorante qu'on dirait vivante serre le cœur et tourmente les tympans. Je ne peux m'empêcher de tourner la tête vers chaque nouveau mugissement qui jaillit pour en chercher l'origine exacte. La chaleur et le poids, me précise Clémentine, attentive à ses foulées sur le sol incertain.

— C'est mon chef qui m'a expliqué. Le plastique et le métal ramollissent sous le soleil, alors les monticules s'affaissent lentement dans ce gémissement glauque. Certains dans le camp ont une autre version : cette décharge, c'est le purgatoire d'où émanent les plaintes des âmes torturées qui s'apprêtent à l'enfer. Je me demande parfois si c'est pas plus crédible.

Clémentine fait tourner une grosse bague à son doigt comme pour conjurer le sort. J'essuie mon front trempé de sueur à cause du soleil qui ne lésine pas. Et j'en profite pour masser mes yeux aux pupilles agressées par les reflets des rayons qui ricochent sur les déchets métalliques.

Jimcaale a réussi à s'approprier ce lieu parce qu'il n'avait aucun a priori, il ne voulait rien d'autre qu'un endroit à lui, une parenthèse dans son quotidien impossible. Il ne percevait pas le lugubre effrayant de ce monstre qui n'aurait jamais dû naître.

— C'est ici qu'on l'a retrouvé. On pense qu'il a dévalé la petite colline de débris et que son agresseur l'attendait en bas. Apparemment, il adorait grimper sur ces sommets pour les descendre à pleine vitesse. Pauvre gosse…

Je partage le sentiment de Clémentine : à quel niveau de haine et de désespoir faut-il sombrer pour assassiner un môme ? Il n'y a pas de signes visibles de l'agression, trop de déchets partout. Le sol a disparu depuis longtemps sous un agglomérat difforme. Aucune trace de pas ne peut tenir, il doit y avoir des millions d'empreintes digitales partout et Jim a saigné essentiellement à l'intérieur de son casque. À l'exception de la matraque ensanglantée qui intriguait Raphaël. J'avale un carré de chocolat pendant que Clémentine fait semblant de regarder ailleurs. Je laisse l'amertume sucrée réconforter mon palais avant de prendre ma décision.

— Je vais grimper pour me rendre compte.

— Faites attention, c'est casse-gueule. On dirait que c'est solide, mais il y a plein de trous cachés. Vous pensez mettre le pied sur un vieux micro-ondes et vous vous retrouvez un mètre en dessous, dans un gourbi qui vous déchire en mille. Sans compter qu'avec la chaleur, ça plie.

Je promets d'être vigilant et j'entame mon ascension hasardeuse d'autant plus prudemment que Clémentine me fixe. La douleur de la chute est toujours plus intense quand il y a des spectateurs. Elle fait rouler sa bague frénétiquement sur son annulaire. Un toc qui doit l'aider à affronter le monde à la façon de mes chocolats.

Au prix d'acrobaties mesurées, je parviens au sommet de l'imposant monticule ferrailleux. Je m'installe en équilibre sur une plaque de tôle soutenue par de vieux grille-pain et je lève enfin la tête pour contempler l'horizon. Je ne suis pas déçu du spectacle. Pas étonnant que Jim aimait s'aventurer sur ces montagnes de bric et de broc. La vue est imprenable sur le camp. On le distingue dans son intégralité. Je reconnais sans peine la cabane pillée, la tente opulente de Mani la nantie et je crois pouvoir situer à peu près celle de la vieille Sara.

En tournant la tête pour un aperçu à trois cent soixante degrés, je devine le premier étage du studio photo de Serge Winckler un peu plus loin derrière la rue qui longe la *Terra nullius*. Je poursuis mon tour sur moi-même, j'aperçois les entrepôts qui délimitent la décharge à l'ouest et enfin la Belgique au Nord, bien plus loin que ce que j'avais imaginé. Des barrières ornées de drapeaux belges témoignent de la volonté sans appel de montrer que leur pays commence après les hectares d'immondices. La *Terra nullius* porte bien son nom.

Pour ne pas torturer plus longtemps Clémentine qui m'attend fébrilement sa bague en révolution autour du doigt, je mitraille quelques souvenirs avec mon téléphone puis j'entreprends de redescendre avec les mêmes frileuses précautions. L'objectif est d'éviter de disparaître dans une excavation tapissée de pieux rouillés. Les effets du paracétamol se dissipent et la céphalée revient en force. Je pose des pieds hésitants à la recherche de points stables et je m'y reprends souvent à plusieurs fois. Les pièces d'électroménager rouillées s'effondrent les unes après les autres et je me retrouve rapidement bloqué sur une planche à repasser friable. Je fais semblant d'admirer la vue.

— Vous vous en sortez comment, inspecteur ?

Je décèle l'inquiétude dans la voix de Clémentine qui se sent responsable. Que je meure aussi bêtement, éventré par les vestiges de la société de consommation, elle ne se le pardonnerait pas. Moi non plus. Elle a parfaitement conscience que ce n'est pas une pause pour flâner. Je comprends maintenant pourquoi le petit Jim s'élançait depuis ces montagnes bancales. C'est le seul moyen de descendre. À tâtons, on s'enfonce, on trébuche. Si je continue sur le versant que j'ai emprunté en montant, je vais finir par me déchirer une jambe. Il y a plusieurs plaques de tôle ondulée sur ma droite. En bondissant de l'une à l'autre, j'ai peut-être une chance.

— Inspecteur, si j'étais vous, je ne tenterais pas…

Au lieu de suivre son conseil avorté, j'en fais une prophétie réalisable et je me propulse d'un bond pataud. J'atterris miraculeusement une enjambée plus bas sur une plaque qui montre immédiatement des faiblesses. Le danger, c'est de s'éterniser, alors j'enchaîne. La deuxième plaque est encore un peu plus sur ma droite et je manque m'affaler en rebondissant à pieds joints. Je passe à la suivante toujours plus à droite, si bien que je ne suis plus dans le champ de vision de Clémentine. Je poursuis ma descente dans ce colimaçon infernal qui me rapproche du sol. La sensation de voler est presque grisante malgré les risques de finir empalé. Le plaisir est de courte durée, il n'y a plus de tôle et mon élan m'empêche toute pause. Je devine le haut d'un vieux réfrigérateur beaucoup trop en amont.

Dans un jaillissement désespéré, je m'envole vers le frigo en pédalant dans les airs. Ma veste se gonfle comme une cape et me tire en arrière d'un centimètre fatal. Mon pied s'accroche au sommet du réfrigérateur et je pars en avant tête la première. Je me figure les différentes formes de ferrailles aiguisées qui m'attendent derrière et mon imagination aussi prompte que pessimiste visualise ma mâchoire embrochée. Je suis agréablement surpris de découvrir le vide derrière, un vide à moitié comblé par une silhouette sombre entièrement vêtue de noir deux mètres plus bas.

Je tombe littéralement dans les bras de cette étrange créature. Écrasée sous mon poids, elle bascule sans un cri et roule sur elle-même pour se dégager. Elle reste un instant en position accroupie, à m'observer vautré dans les détritus. Son corps tout entier est enfermé dans une combinaison de cuir, des pieds jusqu'à la tête. Même les yeux sont protégés par un grillage de tulle noire qui rend son regard invisible. La créature m'observe avec curiosité.

— Inspecteur ? Tout va bien ?

Le temps de tourner la tête vers la voix de Clémentine pour lui dire que je suis entier, la bête de cuir a disparu. Je secoue ma chemise trempée de sueur en reprenant mon souffle.

— Vous n'avez rien de cassé ?

— Non, j'ai été sauvé par une ombre mi-homme mi-cuir. Je lui suis tombé dessus, cette créature bizarre a amorti ma chute.

— Vous vous fichez pas de moi ?

— J'en suis incapable.

Tandis que je m'assure qu'il n'y a pas une hémorragie en cours, je décris à Clémentine l'étrange déguisement. Elle hésite à me croire mais comme toute personne incapable de mentir, je suis criant de sincérité. C'est rarement un atout parce qu'on vit dans un monde où le mensonge accommodant est plus accepté que la vérité désagréable, mais devant Clémentine qui m'aide à réintégrer la civilisation, je suis content d'être plausible.

*

* *

Le policier à l'accueil du commissariat de Lille a des instructions me concernant. Il me reconnaît dès que je passe la porte alors qu'on ne s'est jamais rencontrés. J'ai visiblement la tête de ce qu'on lui a dit que je serais.

— Il paraît que vous êtes expert en pédocriminalité ?

Il ajoute un clin d'œil complice pour montrer qu'il est dans la confidence, qu'il sait que je suis une couverture. Une couverture suffisamment importante pour qu'il quitte son poste de garde et me conduise en personne à la salle d'interrogatoire où on malmène le hippie repenti. J'entends Côme qui crie et Raphaël qui se tait.

Au moment où je passe la porte de la petite salle grise, je suis saisi par le trac. J'attrape une chaise que je traîne dans un frottement bruyant jusqu'à un coin de la pièce à côté de la vitre sans tain. Je contemple le hippie en silence, l'air grave, en cherchant désespérément à quoi peut ressembler l'attitude d'un chasseur de pédophiles. Côme retourne à ses secousses là où il les avait laissées.

— Tu trouves ça normal de prendre autant de photos d'un gamin de dix ans ?

— Il avait douze ans et je…

— C'est comme ça que tu ménages ta conscience ? Douze ans ça passe, c'est plus vraiment un enfant…

Serge Winckler répond moyennement aux questions. Il esquive, reste évasif quand on l'accuse d'espionnage malsain, affirmatif quant à ses penchants sexuels tout ce qu'il y a de plus légaux envers des personnes majeures. Il a un sourire en coin très agaçant et qui est sans doute en partie responsable du courroux de Côme.

— Sous prétexte que je suis homosexuel, on m'accuse de pédophilie. C'est pas la première fois dans l'histoire.

— On est au moins d'accord sur un point, Winckler. S'intéresser à des gosses et à des adultes, c'est pas pareil.

Le hippie repenti s'efforce de ne pas me regarder. Assis sur ma chaise dans un coin à l'observer en silence, je le terrifie. Je me tais pour éviter de le rassurer. Mon mutisme le met plus mal à l'aise que les envolées de Côme. L'inspecteur s'en rend compte et cherche à exploiter le point faible.

— Tu sais, Winckler, si tu campes sur tes positions de photographe blanc comme neige qui se retrouve chaque fois par hasard là où des gamins se font agresser, ça arrange l'inspecteur Boloren. On va être obligés de le laisser t'emmener à Paris où lui et ses amis de la brigade des mineurs vont te coller un blason. Une étiquette « je suis un violeur d'enfants » qui devrait plaire à tes camarades en prison. Par contre, si tu te décides à nous dire comment le petit Jim s'est fait tuer, on peut trouver un accord et te garder à Lille. Sans blason.

Le hippie hésite. Il a arrêté de poser son regard sur nous. Il contemple ses doigts jaunis par le tabac à rouler. J'ai envie d'une cigarette, je dévore un chocolat pendant que personne ne s'intéresse à moi. Serge Winckler hésite, il a des choses à dire, il ne sait pas comment les négocier. Raphaël brise le silence trop long.

— C'est vous qui avez offert les chaussures à Jim ? Ce n'est pas un crime de donner des chaussures à un enfant dans le besoin.

Le hippie lève des yeux étonnés, il n'était pas au courant pour les chaussures neuves. Il est intrigué, ses lèvres remuent sans qu'aucun son ne sorte.

— C'est pas la vieille Sara qui les a achetées ?

— Non, elle ignore d'où elles proviennent. Même chose du côté de Maman Jeanne. Ces chaussures sont un mystère. Elles n'ont peut-être aucune importance, nous devons…

— Je sais qui a tué Jim.

Serge Winckler se détend dans un souffle. L'aveu l'a soulagé d'un poids. Son sourire énervant a disparu et son corps tout entier donne l'impression d'un ballon de baudruche vidé de son air. Il est recroquevillé sur lui-même, il n'y a que sa main qui remue nerveusement. L'envie de fumer qui suit une émotion forte. Je le plains, elle est féroce.

Mon père disait que la cigarette jouait un rôle primordial dans un interrogatoire. Elle marquait le tempo. C'est interdit, maintenant. On peut offrir un soda sans sucre pour sceller l'issue heureuse d'un interrogatoire, mais ce n'est pas pareil. Le hippie prend son temps.

— Il va falloir nous lâcher un nom, Winckler.

— Je peux pas.

L'instant de grâce est passé. Le suspect s'est raidi. Il s'efforce d'adopter la posture des mutiques résolus à ne plus rien dire. Côme serre le poing. À l'époque moins regardante où on pouvait fumer pendant les interrogatoires, le hippie s'en serait pris une au milieu de la figure.

— Inspecteur Boloren, il est à vous.

Je plonge la tête dans mes mains pour ne pas qu'ils voient que je rougis. Je me donne l'air de celui qui réfléchit à une solution, les yeux fermés et la respiration bruyante. Je dois être inquiétant parce qu'aucun ne bronche. Je me lève d'un élan décidé sans avoir la moindre idée de ce que je vais faire ou dire. Je m'approche de Serge Winckler qui se met à trembler comme une feuille.

— Attendez… J'ai jamais approché ce gamin, je ne lui voulais pas de mal. Je l'aimais bien.

Il se met à hoqueter dans des soubresauts étranges sans les larmes qui devraient les accompagner.

— Je sais qui a fait ça, mais il faut me protéger… Elle va me tuer.

— C'est qui, « elle » ? Mani ?

Côme pose la question sans conviction. On échange des regards avec Raphaël. Aucun de nous trois ne se figure Mani en tortionnaire de Serge Winckler. On se demande qui est la femme qui le met dans un état pareil.

— Elle s'appelle Padmini.

Le hippie plaque ses deux mains sur sa bouche comme un enfant qui a dit un gros mot. Il tremble de plus belle.

— D'où elle sort, celle-là ? Elle habite dans le camp ?

Il hoche la tête, incapable de décoller ses mains de sa bouche. Il a l'air d'un fou. Côme attend qu'il se calme avant de reprendre.

— Pourquoi elle te fait tellement peur, cette Padmini ?

Serge Winckler sursaute à l'évocation du nom. Il a du mal à se reprendre. Il gratte ses ongles trop longs sur le vernis de la table. Je comprends qu'il ait besoin de fumer des trucs forts pour s'endormir le soir.

— Au début, je lui achetais de l'herbe, à elle et sa copine. Suraiya, je crois qu'elle s'appelle... J'ai rapidement compris que c'était Padmini qui tenait les rênes de leur affaire. Un jour, elles sont venues toutes les deux dans mon atelier de photo. Elles ont tout retourné et m'ont frappé. J'ai eu le bras cassé et des côtes aussi.

— Qu'est-ce que vous aviez fait pour les mettre en colère ?

Raphaël s'est assis en face de lui pour poursuivre l'interrogatoire en le regardant dans les yeux.

— Elles avaient appris que je prenais des photos du camp et de la décharge, elles voulaient s'assurer que je bossais pas pour les flics... Je leur ai juré que c'était mon travail, que je m'intéressais au caractère artistique seulement...

— Et elles ne vous ont pas cru.

— Alors j'ai commencé à prendre des photos tous les jours...

— Je comprends pas.

— Si je m'étais arrêté à cause de leurs menaces, c'est que j'avais quelque chose à me reprocher.

C'est un raisonnement qui se tient à peu près. Il y avait ce type à l'école de police qui était devenu célèbre. Il avait prétendu ne jamais manger de viande pour séduire une végétarienne, et une fois ensemble, il n'avait jamais osé lui dire qu'il avait menti. Ils se sont mariés, on raconte qu'aujourd'hui encore il mange de la viande en cachette, qu'il n'a jamais avoué son mensonge. Moi qui ne suis pas capable de malmener une vérité ne serait-ce que quelques secondes, je ne peux m'empêcher d'être un peu jaloux.

— Padmini et Suraiya, physiquement, est-ce qu'elles pourraient venir d'Inde ou du Pakistan…

Serge Winckler regarde Raphaël avec horreur, une grimace déforme ses lèvres déjà tremblantes. Il acquiesce d'un mouvement de tête à peine perceptible comme s'il risquait de les faire apparaître en approuvant trop franchement. Les deux inspecteurs lillois échangent un regard avant de me mettre dans la confidence : un duo correspondant à cette description les a suivis la veille dans le camp.

— Elles ne doivent pas savoir que je vous ai parlé !

— Tu préfères qu'on leur dise qu'on te soupçonne de pédophilie ?

— Oui.

Il a répondu sans hésitation à la question ironique de Côme. Le hippie est terrorisé. Ce n'est pas mon interrogatoire mais je me lance parce qu'une question me chiffonne.

— Pourquoi vous pensez que Padmini a tué Jimcaale ?

— La veille de son agression, elle est venue me voir dans mon magasin. J'étais terrifié.

On s'en serait douté. Il s'avachit davantage, malgré tout conscient et honteux de son courage facilement ébranlé. Il termine en regardant ses chaussures.

— Personne n'a drogué mon repas. Si je n'ai pas pris de photo ce matin-là, c'est parce qu'elle me l'a demandé.

*

* *

Nous repartons sirènes hurlantes vers le camp et la décharge, même moi je commence à connaître le chemin. D'abord le zoo, puis les briques rouges, la banlieue et enfin, la misère limitrophe de la Belgique. En revanche, je ne connais toujours pas le nom de la ville qui abrite cette *Terra nullius*. Il faudra que je questionne Raphaël quand l'agitation sera retombée. Nous sortons de la Citroën en trottinant et nos chemises se trempent au bout de quelques mètres de ce maigre effort sous le soleil tranchant.

Côme et Raphaël ont demandé du renfort, Padmini et Suraiya n'ayant pas l'air du genre commode à en croire le hippie terrorisé. Même si les inspecteurs auraient préféré une intervention plus discrète. Les gyrophares attirent les journalistes et il est trop tôt pour leur livrer quoi que ce soit. Et pour admettre qu'on n'a pas grand-chose.

Notre arrivée bruyante et en nombre crée un mouvement de panique dans le camp. Les corps amollis s'éveillent et s'ébrouent, inquiets de voir tant de policiers envahir leur cité interdite. Côme lance ses ordres aux policiers en uniforme pour ratisser le camp.

Ils se déploient dans les allées en brandissant les photos de Padmini et Suraiya à toutes les têtes apeurées qu'ils croisent. Côme observe, contrarié, les monticules de la décharge qui étincellent au loin sous le soleil. Si le couple s'est caché parmi les déchets, ils ne les trouveront pas aujourd'hui.

— Je suis tombé sur une ombre.

Côme et Raphaël se tournent vers moi avec des mines logiquement intriguées.

— Ce matin, en explorant la décharge, j'ai trébuché d'un monticule et ma chute a été amortie par une silhouette entièrement vêtue de noir.

Côme approuve d'un hochement de tête sans montrer la moindre surprise.

— Narong Vacarme nous a parlé d'un fantôme noir que plusieurs personnes ont croisé dans la décharge.

— Il avait le corps moelleux, pour un ectoplasme.

— Jimcaale prétendait qu'il était innocent. Il l'aurait croisé plusieurs fois, il habiterait la décharge. Tu n'as remarqué aucun détail qui nous permettrait de l'identifier ?

Je secoue la tête. Juste une silhouette noire trop vivante pour être traversée. Côme s'engouffre dans le camp à la recherche de Padmini et Suraiya pendant que j'accompagne Raphaël vers la tente de Mani. Il fait signe à Clémentine, ma guide de ce matin, de nous rejoindre. Il compte sur l'aura de l'uniforme pour effrayer la cheffe.

Une étrange sensation vient embrumer mon cerveau d'une lourdeur fugace. Je reconnais les frémissements de la bille, cet élan qui d'habitude l'amorce. Elle a repéré quelque chose mais n'a pas daigné pointer sa rotondité lustrée. C'est une impression désagréable, comme un éternuement avorté.

Mani nous attend debout, soutenue par une canne et rouge de colère. Magnétophone est assis à ses pieds, le museau toujours aussi indolent et la collerette qui racle le sol crasseux.

— Qu'est-ce que vous venez me foutre comme merdier encore ? Laissez ces pauvres gens tranquilles.

— Vous n'êtes pas loin de me faire verser une larme, Madame Broucke. Si vous nous aidez, je vous promets qu'on vous laissera momentanément tranquilles.

— Ici, on m'appelle Mani.

— Nous cherchons Padmini et Suraiya.

L'imposante masse corporelle de la cheffe du camp frémit. Son assurance faiblit l'espace de quelques instants et Raphaël en tire une satisfaction qu'il ne dissimule pas. Il savoure le plaisir de voir flancher le tyran.

— Si vous me dites où elles sont, je peux vous aider à vous en débarrasser.

La dame s'affale dans son fauteuil, abattue et lasse. Elle regarde ses cuisses, époussette une poussière sur un genou, secoue la tête parce que les choses ne fonctionnent pas comme elle voudrait.

— Elles sont parties il y a une heure. Quand elles ont réalisé que vous aviez arrêté le photographe. Elles vont revenir, elles attendent que ça se tasse.

— Quand ?

— Demain, le mois prochain… Qu'est-ce que vous voulez que j'en sache ? Plus rien ne tourne normalement dans ce camp.

Je me contorsionne pour scruter à l'intérieur de la yourte à la recherche de Narong Vacarme. Le sbire n'est pas dans les parages. Le rémora a lâché son requin. Je souris de ma métaphore marine, je suis certain que Raphaël aimera. En observant les environs à la recherche de la silhouette longiligne du bras droit, je note un détail étrange. Ou plutôt, une absence de détail. Il manque quelque chose.

Des policiers en uniforme s'agitent en quête des deux dealeuses, ils questionnent, interrogent, des enfants courent, des hommes pleurent, des femmes haussent les épaules parce qu'elles ne comprennent pas les questions. On brandit des portraits flous en noir et blanc de Padmini et Suraiya, trouvés dans les fichiers de la police et imprimés à la va-vite. Je détaille les tentes et cabanes alignées jusqu'aux vallons de détritus, rien n'a changé depuis ce matin et pourtant… Qu'est-ce qui devrait être là et que je ne vois pas ? Clémentine repart épauler ses collègues en me faisant un signe de la main auquel je réponds. Nous avons frôlé ma mort ensemble.

— Ça veut dire quoi, Madame Broucke, plus rien ne tourne normalement ?

— L'met l'bren. (*Elle met le désordre.*)

— Le chtiot ? (*Le gamin ?*)

— Saint Jimcaale ? Surtout pas… On ne peut pas dire du mal de ce môme-là, sinon on est le diable. Je vous parle de la fille.

— Quelle fille ?

— Celle qui est venue quelques fois au camp. Ça coïncide avec le moment où Jim a commencé à décarocher en racontant qu'il allait sauver le monde.

Je tâtonne dans mes poches et j'ai un peu honte quand je sors la photo toute chiffonnée, malmenée par mon étui à chocolat dans l'étroitesse de leur abri partagé. Le minutieux Raphaël me l'a confiée la veille et on a l'impression qu'elle a passé plusieurs mois dans mon pantalon. Je la tends à Mani tandis qu'elle jure contre Magnétophone et sa collerette qui tape aux chevilles.

— Vous reconnaissez cette femme ?

— C'est elle ! C'est la fier-cul qui a fait tourner la tête à Jimcaale !

— Vous savez comment elle s'appelle ?

— Non. Elle venait en secret pour causer à Jim. Mais tout ce qui se passe dans ce camp, je l'apprends toujours. Alors elle pouvait se planquer autant qu'elle voulait, la bourgeoise !

Elle gonfle le buste pour montrer son sang royal et Raphaël saisit l'occasion.

— C'est parfait, du coup vous allez pouvoir me dire ce que vous savez du trafic de drogue qui se trame dans le camp.

Mani la nantie grimace. Elle s'est fait avoir. De rage, elle donne un coup de pied dans les fesses de Magnétophone qui vient se réfugier derrière moi dans une plainte mal aboyée.

La reine des aveugles tente de se justifier en mêlant de plus en plus de phrases en chti à ses explications, sans doute dans l'espoir d'émouvoir Raphaël. Je ne suis pas doué en langues exotiques alors je fixe le visage de la femme sur la photo. Pourquoi est-ce que j'ai l'impression de la connaître ? Pourquoi ma bille s'en fout ?

Le chocolat qui fond sur ma langue ne m'est d'aucune aide. D'autant que je me suis fait avoir par mon chocolatier qui m'a convaincu d'élargir ma palette de quelques carrés aux extraits de menthe. Je me demande si la sensation mentholée est pire dans une cigarette ou dans un chocolat. C'est le goût de la déception dans les deux cas, un plaisir bafoué. On s'apprête à un petit bonheur finalement gâché et on pense à juste titre qu'il aurait mieux valu rien plutôt que ce quelque chose raté. Si au moins je pouvais différencier les carrés renégats à l'œil nu, mais je suis obligé de croquer pour savoir. Est-ce que je ne devrais pas me remettre à fumer plutôt que de faire subir à mon esprit cette terreur absurde de la roulette russe mentholée ?

Béranger s'active au loin et je m'empresse d'aller le saluer pour faire diversion aux manipulations de mon cerveau qui cherche par tous les moyens à me convaincre de céder à l'appel du tabac. J'agite le bras pour ralentir sa marche accélérée, mais Béranger file droit sans me voir, la main sur son arme qui brinqueballe à la ceinture. J'accélère le pas, curieux de savoir où il se rend à cette allure décidée. Il pénètre d'un mouvement brusque dans la réserve de nourriture après avoir vérifié trop rapidement que personne ne le suivait. Il ne remarque pas ma présence à quelques tentes de distance.

Je ralentis au moment où j'atteins la cabane et je pose une oreille contre la porte en bois à la serrure démolie deux jours plus tôt. Le murmure des policiers qui s'agitent et des habitants qui vivent m'empêche d'entendre davantage qu'un bruissement appuyé. J'entre avec la conviction énergique du flagrant délit et le policier, accroupi devant un bahut, sursaute en se tenant le cœur. La surprise, et sans doute aussi la main dans le sac, l'incitent à sourire pour se donner un air de tous les jours. Ses oreilles se gorgent de sang dans un rougissement dont la rapidité et l'intensité m'impressionnent.

— Vous m'avez fait peur, inspecteur. Je cherche le couple de dealeuses, je vérifiais qu'elles ne s'étaient pas cachées ici…

Même la moitié de Magnétophone ne passerait pas sous le vieux buffet que Béranger inspectait. C'est un des rares meubles de la cabane qu'accompagnent une table, trois chaises et une vieille cuisinière à gaz qui ne peuvent pas davantage servir de cachette. Le reste de la pièce consiste en des denrées empilées le long des murs. Comme je ne prononce pas un mot, de peur de trahir mon scepticisme, le mal-être de Béranger s'intensifie jusqu'à ce qu'il bafouille un impératif qui l'attend ailleurs. Il sort de la cabane en essuyant la sueur sur son front du revers de sa veste, ses oreilles toujours d'un grenat opaque du lobe au pavillon.

Ce sourire crispé et ces oreilles trahissantes me mettent mal à l'aise, surtout parce qu'ils me renvoient à mon propre visage qui ne vaut pas mieux quand je tente moi-même de mentir.

Seules deux fenêtres aux vitres troubles laissent filtrer un peu de lumière dans cette bicoque mal aérée qui subit la canicule de plein fouet. Qu'est-ce que le brave Béranger cherchait ?

J'attends d'être certain qu'il s'est éloigné avant d'aller me placer à quatre pattes devant le bahut. J'ouvre les placards du bas et les tiroirs du haut. On y trouve essentiellement de la vaisselle dépareillée en métal et plastique. Les mêmes matériaux que les monticules de la décharge qui grince, je murmure à voix haute. Je m'allonge sur le sol pour explorer sous le buffet et je sens ma chemise trempée qui colle sur le vieux linoléum gondolé et poussiéreux. Je devine une forme vers le fond, un petit objet impossible à identifier dans la pénombre.

— Hugo ?

C'est à mon tour de sursauter en me tenant le cœur. Raphaël se tient sur le pas de la porte et me dévisage, le front suspicieux, tandis que je me lève en souriant avec la même sérénité branlante que Béranger un instant plus tôt. Il ne peut s'empêcher de zieuter ma chemise qui a fait ramasse-miettes.

— Tu cherches quelque chose ?

Je veux éviter des problèmes à Béranger avant d'en savoir plus. Je me contente d'appuyer mon rictus douloureux et je me force à prendre un nouveau chocolat en guise de contenance. Deuxième mentholé d'affilée. Il y a des jours où rien ne va.

— Les parents de Gao Cheng attendent au commissariat.

Je m'empresse de suivre Raphaël hors de la cabane pour quitter la chaleur et les non-dits étouffants. Le jeune inspecteur s'abstient de me demander pourquoi je faisais serpillère sous le bahut. Il sait que je fonctionne à la bille, qu'il faut me laisser digérer les détails avant de pouvoir livrer un tout. L'inspecteur Desreumaux me rappelle parfois le commissaire Grosset. Ils partagent une méfiance bienveillante dans le genre humain, la certitude qu'il faut toujours faire confiance quitte à être chaque fois déçu.

L'agitation policière est retombée maintenant que le mot est passé qu'il faut chercher Padmini et Suraiya hors du camp. On interroge, on se renseigne, on piste. Mani sent que la situation lui échappe. Après avoir chassé Magnétophone et sa collerette encombrante il y a peu, elle s'agrippe désormais à lui comme à un porte-bonheur et le caresse frénétiquement dans son fauteuil royal. Raphaël la laisse libre pour l'instant, elle n'ira nulle part de toute façon. Ce n'est pas tant l'honneur du capitaine qui ne quitte pas le navire en train de couler que la crainte de finir comme Louis XVI après s'être fait rattraper à Varennes.

*

* *

L'interprète chinoise attend en souriant que Côme pose sa première question. Je sirote une limonade derrière la vitre sans tain aux côtés de Raphaël. J'aurais préféré une bière, mais c'est une boisson suspecte à onze heures du matin. Le jeune inspecteur m'explique le silence de Côme. Son collègue aux boucles blondes et tout de jean vêtu jauge. Il réfléchit avant l'assaut. Les deux partenaires ont simplement prévu quelques questions sur les rapports entre Jimcaale et Gao Cheng. Un interrogatoire qui ne déboucherait probablement sur rien de probant mais qui était nécessaire pour tenter d'en savoir plus sur le petit Jim.

Ils ont anticipé les reproches légitimes de la part des parents sur le fait que la police ait assommé leur fils... Mais ils ne se sont pas préparés à cette attitude nouvelle et inattendue. Le couple de Chinois n'est plus en colère, au contraire, ils dégagent une étrange sérénité. Song Mei, la mère, a même apporté un panier de fruits et des gâteaux aux haricots rouges. Pour tout le commissariat, a-t-elle précisé.

— On envoie toujours Côme entamer les interrogatoires. C'est une tradition qui a fait ses preuves. Il faut avouer qu'il a un vrai talent pour cuisiner nos suspects. Le commissaire Lepoutre le surnomme « le Messie », tu sais pourquoi, Hugo ? Hugo ? Tout va bien ?

J'ai trouvé refuge sur la chaise au fond de la pièce, les yeux fermés, pour me laisser envahir. J'entends les intonations inquiètes du jeune inspecteur, je ne peux pas lui répondre. Si Grosset et Bergeron étaient dans les parages, ils le rassureraient : « C'est rien, il a la bille. »

Elle roule sereinement. C'est un petit modèle, plus rapide, moins essentiel. La bille est revenue, c'est tout ce qui compte. Elle bat la campagne de mon inconscient, je la laisse agir dans un recoin lointain de mon crâne. Elle vire, elle tangue, elle prend de la vitesse dans les tortillons verticaux comme des tire-bouchons. Ça y est, elle s'éloigne, elle a manifesté sa présence, elle repart dans l'invisible où l'attend la vérité. Elle disparaît dans les méandres de mes brumes mentales. Je peux rejoindre Raphaël et le monde réel. Elle tapera sur la cloche pour me placer devant l'évidence quand elle aura terminé sa route.

Je m'appuie contre la vitre, près du jeune inspecteur qui ne s'est pas attardé longtemps sur mon égarement. Il a compris que défaillir n'est rien d'autre que ma façon de travailler.

— La bille ?

— La bille.

— Tu sais ce qui l'a déclenchée ?

— Un mot que tu as prononcé, un geste de Côme, le sourire de l'interprète… Je le saurai quand elle aura fini de slalomer.

Côme est lancé avec fougue dans son interrogatoire. Il est fou de rage et l'interprète est encore plus blême que les parents de Gao Cheng. Les égarements de ma bille déforment la notion du temps, j'ai raté un pan.

— Côme leur a demandé pourquoi ils avaient apporté des fruits… Ils ont répondu qu'ils pouvaient lui donner de l'argent s'il préférait. Tentative de corruption dès la première question. Il y a encore une minute, ils étaient simples témoins, ils ont basculé du côté des suspects.

Raphaël retrousse ses manches trop grandes sans quitter des yeux la scène qui se déroule derrière la vitre.

— Côme a touché sa nuque avec la main gauche, c'est un code. Dans trente secondes, je dois faire mon entrée. Tu es le bienvenu.

Je termine ma limonade cul sec et je suis l'inspecteur dans le couloir. Au moment où nous pénétrons dans la salle, l'interprète tente de calmer la mère en pleurs. Les phrases fusent entre les deux femmes et Côme s'énerve, réclamant la traduction de chaque mot prononcé. Song Mei, la mère, débite un flot de paroles ininterrompu que la traductrice tente de retranscrire en vain. Notre entrée à peine remarquée ne vient pas apaiser l'agitation.

Gao Li, le mari, ajoute sa voix au brouhaha mandarin et c'est au tour de l'interprète de se mettre en colère. Les trois Chinois se hurlent désormais les uns sur les autres et Côme assiste, impuissant, au délitement de son interrogatoire dans les vociférations orientales. Jusqu'à ce que l'interprète lève les bras en signe d'apaisement pour stopper la cacophonie. Le geste fonctionne et le couple finit par se taire après une dernière injonction de l'interprète qui ne sourit plus du tout. Elle se retourne vers Côme et lui résume la discussion en quelques mots.

— Song Mei et Gao Li pensent que leur fils n'a pas été assommé accidentellement.

— Personne n'a dit que c'était un accident, le CRS a frappé par manque de discernement ou sous le coup d'une trop grande pression, l'enquête de l'IGPN le déterminera.

— Non, vous n'avez pas saisi. Ils sont persuadés que c'était prémédité, qu'on a donné l'ordre au policier de mettre Gao Cheng hors d'état de nuire.

— Pour quelle raison on en voudrait à leur fils ?

L'interprète adresse quelques mots au couple qui repart dans des explications furieuses et sonores. La traductrice tape du poing sur la table, ce qui nous fait sursauter tous les cinq. Elle pointe un doigt accusateur dans leur direction et le couple baisse la tête.

— Leurs cousins sont actuellement en faction devant la chambre de leur fils, à l'hôpital. Selon eux, le policier qui a frappé Gao Cheng est le même qui a tué Jim. Il n'attend pas dans le couloir pour avoir de ses nouvelles mais pour finir ce qu'il a commencé.

— Dites-leur que ce sont des accusations très graves.

— Je l'ai déjà fait, mais ils sont catégoriques. La veille du jour où Jim et leur fils ont été agressés, Gao Cheng avait prévenu ses parents qu'un policier les avait menacés.

— Pourquoi ne pas nous l'avoir dit plus tôt ?

Côme réalise l'absurdité de sa question et la laisse mourir du bout des lèvres. Vers qui se tourner quand la menace vient de ceux qui sont censés vous protéger, quand on est étranger de surcroît ?

— Pourquoi Jim et leur fils auraient été menacés ?

— Ils refusent de le dire. Ils veulent un avocat.

Côme soupire bruyamment puis nous fait signe de le rejoindre dans le couloir. Je suis les deux inspecteurs vers la machine à café où nous retrouvons le commissaire Lepoutre qui touille énergiquement sa boisson chaude dans un gobelet en carton.

— Vous tombez bien, commissaire. On a un problème.

— Inspecteur Lasselin, ce serait agréable, parfois, de tomber bien quand c'est pour une bonne nouvelle... Dites-moi tout.

— Les parents de Gao Cheng pensent que des flics sont derrière l'assassinat de Jim et que le CRS a volontairement tenté de faire taire leur fils.

— Je me fous pas mal de ce qu'ils pensent. C'est quoi votre avis à vous, Lasselin ?

— Je sais pas trop... Ils ont tenté de m'acheter avec un panier de fruits et ils disent que leur fils leur avait fait part de menaces la veille de l'agression. À part des emmerdes, ça leur apporte rien de nous mentir. Mais ils ne veulent pas tout dire.

— Laissez-moi deviner. Ils ne parleront qu'en présence de leur avocat. Hollywood aura réussi à foutre son merdier jusque dans la banlieue de Lille.

Le commissaire est maintenant concentré à souffler bruyamment sur son café jusqu'à faire apparaître un tourbillon maîtrisé. Raphaël me propose un expresso en glissant des pièces dans la machine. J'accepte pour faire passer le goût de la limonade. Je prendrai un chocolat plus tard pour faire passer le goût du café. La vie est une succession d'erreurs qu'on tente d'effacer en en faisant de nouvelles.

— Qu'est-ce qu'on sait sur le CRS ?

— On peut demander à l'IGPN où en est leur enquête...

— Je préférerais qu'on les évite, je les contacterai en dernier recours. Ces gars-là ressentent les vibrations des embrouilles à des kilomètres. Interrogez-le directement, on reste discret. Vous n'allez probablement pas découvrir grand-chose à part que le pauvre gars a craqué sous la pression et que les parents de Gao Cheng ont besoin d'un vrai coupable. On a des nouvelles de Padmini et Suraiya ?

— Toujours introuvables.

— On va libérer Serge Winckler, on n'a plus de raison de le retenir. Et si le couple de dealeuses a vraiment une dent contre lui, ça les fera peut-être sortir de leur trou.

Les deux inspecteurs approuvent les recommandations de leur chef pendant que je souffle sur mon café avec moins d'adresse que le commissaire. Mon tourbillon mal contrôlé fait déborder la tasse en carton et des giclures me brûlent les doigts. Je secoue la main en grimaçant.

— Et vous, Boloren ? Tout va bien ? La capitale des Flandres est à votre goût ?

Je hoche la tête pour signifier que je suis aussi comblé qu'on peut l'être si on fait abstraction de l'assassinat d'un enfant de douze ans.

— Et votre mère, comment va-t-elle ?

Je manque de renverser mon gobelet. J'ai complètement oublié ma mère.

*

* *

Je bondis hors du taxi trop climatisé dans la chaleur de la rue trop caniculaire et me précipite dans la clinique Pierre-Dambricourt où l'air est à nouveau trop frigorifique. Des variations de températures qui rappellent davantage les centres commerciaux du sud de la France au mois d'août que la rumeur maussade sur les caprices grisâtres de la météo du Nord. Nulle trace de cette pluie froide de l'hiver qui se mue en pluie tiède de l'été.

L'hôtesse d'accueil me reconnaît parce que c'est le principe des lieux haut de gamme. Elle m'invite à emprunter l'ascenseur pour rejoindre l'équipe du docteur Pouchain et me souhaite une excellente journée au nom de toute la clinique Pierre-Dambricourt.

Parvenu à l'étage où j'ai laissé ma mère, je jaillis de l'ascenseur avec la précipitation inutile du retardataire et je bouscule une infirmière, victime collatérale de ma mauvaise conscience. Je bredouille des excuses en tentant de reprendre ma course effrénée mais la jeune femme me retient par le bras.

— Monsieur Boloren ?

Je bafouille que c'est moi, que je suis pressé, que ma mère m'attend.

— Je vous laisse aller voir votre mère à une seule condition.

— Quelle condition ?

— Que vous me laissiez vous dire dans quelle chambre elle se trouve.

L'infirmière sourit avec la délicatesse de ces soignants habitués à prendre par la main pour aider à traverser l'horreur. Je m'excuse encore, mal à l'aise, et je m'affale sur moi-même. Quand nous arrivons devant la chambre, l'infirmière n'a toujours pas lâché mon bras.

— Tout s'est bien passé cette nuit. Votre mère est quelqu'un de très agréable. Je vais chercher son déjeuner, je reviens.

Elle s'éloigne d'un pas lent en frottant les semelles de ses chaussons en plastique dans un couinement régulier. Une nonchalance délibérée, prétexte à nous laisser du temps en famille. Je frappe doucement à la porte et j'entre en me demandant ce qui caractérise, au juste, quelqu'un de très agréable.

La pièce est aménagée comme une chambre d'hôte plutôt que d'hôpital. Il y a un tableau de paysage montagnard accroché au-dessus du lit, une armoire en merisier, un petit bureau en bois et une bibliothèque bien fournie. Les accessoires hospitaliers sont camouflés dans les mêmes teintes bariolées que les rideaux et le papier peint. On sent un effort très net de feng shui gériatrique.

Ma mère est assise sur un coin du lit, plongée en pleine lecture. Je toussote pour qu'elle me remarque, elle relève la tête et son visage s'illumine. Elle lance le livre sur la couette sans prendre la peine d'y placer un marque-page et se jette dans mes bras dans un élan enfantin. Elle m'enlace avec toute la force dont est capable son petit corps fatigué, son sourire irradie de bonheur. Elle me fixe de ses yeux heureux, perçants, rassurés et je sais qu'elle me prend pour un autre.

Son cerveau lui ment, il lui jure que je ne suis pas moi, peut-être mon père ou peut-être le sien. Je la serre sans retenir mon étreinte parce que j'ai besoin de cette tendresse pour ne pas défaillir, même si elle ne m'est pas destinée. Je m'agrippe à ma mère qui n'est plus là, disparue au fond d'elle-même, et qui ne sait plus qui je suis.

J'ai reçu des coups, on m'a tabassé, on m'a même tiré dessus, j'ai frôlé la mort quelques fois et croisé souvent l'horreur mais j'ai beau sonder mon esprit des pires souvenirs qui le hantent, je n'ai jamais rien connu de plus violent que ce câlin de ma maman.

La crispation sur mon visage qui ne dissimule jamais ébranle un court instant le sourire impeccable de l'infirmière qui vient de nous rejoindre, son plateau à la main. En vraie professionnelle de la gestion de la souffrance, la femme aux chaussons en plastique se ressaisit et pose le repas sur la petite table en invitant ma mère à venir se régaler. Elle se délivre de mon emprise et sautille en tapant dans ses mains, excitée, avant d'aller dévorer son plat fumant élégamment présenté : de la purée marbrée carottes pommes de terre et un morceau de blanc de volaille, disposés en une montagne décorative.

J'ai envie de demander à l'infirmière ce qu'ils ont fait à ma mère. Je l'ai laissée hier, absente mais bien là, je la trouve aujourd'hui présente et ailleurs. Elle a parcouru soixante ans en moins de vingt-quatre heures. La mélodie stridente d'un air connu à la mode retentit dans la chambre et la jeune femme sort son téléphone de sa blouse blanche en s'excusant.

— C'est qui ?

Ma mère a posé la question en fronçant les sourcils, comme si elle attendait un appel désagréable. L'infirmière éclate de rire.

— C'est mon poulet.

Elle montre l'écran du téléphone toujours en train de sonner sur lequel est écrit en grosses lettres « POULET ».

— C'est le surnom que je donne à mon amoureux. En vrai, il s'appelle Romain, mais pour moi, il sera toujours mon gros poulet.

Je fixe l'assiette de ma mère et son morceau de volaille, en tâchant de me figurer le physique d'un homme surnommé « poulet ». Et la bille revient. Pas la belle bille majestueuse de Jimcaale, mais sa version plus petite venue m'assaillir pendant l'interrogatoire des parents de Gao Cheng. Les petits formats sont plus rapides, moins primordiaux aussi. Je suis soulagé malgré tout quand elle vient cogner sur la petite cloche dans un « ding » intérieur caractéristique et salvateur.

— Le poulet…

— Tout va bien, Monsieur Boloren ?

— Je sais qui est la femme sur la photo. Le poulet…

J'embrasse ma mère sur le front, je promets à l'infirmière de revenir et je m'enfuis vers Côme, Raphaël, la vérité et le plus loin possible de ma mère.

La femme de l'accueil me salue de son sourire de luxe sans s'inquiéter que je sorte de la clinique comme j'y suis entré : à perdre haleine. En arrivant sur le trottoir, j'ai déjà eu le temps d'essayer de joindre Raphaël deux fois, et ce n'est qu'à la seconde tentative qu'il décroche d'une petite voix qui se veut discrète.

— Loraine, je peux pas te parler, on est en réunion de crise.

Il ne m'a pas appelé Loraine par hasard, son timbre est hésitant. J'entends derrière lui des voix qui se mélangent, parmi lesquelles je reconnais les inflexions chantantes du commissaire Lepoutre au-dessus de la mêlée.

— Raphaël, tout va bien ? Il faut qu'on se voie. Je sais qui est la femme sur la photo.

— Quelle photo ?

— Celle du hippie repenti.

— Faut que je te laisse, Loraine, on tient notre tueur et c'est en train de mettre un bazar qui fait gueuler tout le monde. C'est sans doute un flic. Rejoins-moi dans une heure au parc zoologique.

Je n'ai pas le temps de lui demander le nom du poulet ripoux. Encore un poulet. Ils tiennent leur coupable, je tiens ma femme sur la photo et ils n'ont aucun lien à première vue. Ma petite bille a fait sa part, il faut que la grosse progresse. Je cherche comment mettre mon cerveau à contribution. Aide-toi et la bille t'aidera. Je dépose un carré de chocolat sous la langue, pour qu'il fonde moins vite et m'emplisse de son amertume vaguement rassérénante.

Je n'avais pas prévu que ma réserve cacaotière baisse si vite. La Belgique toute proche me rassure, on doit pouvoir trouver des millésimés corrects dans le coin. J'ai choisi un carré bien noir, un amer quasiment punitif, à cause de la décision que je m'apprête à prendre. Une heure, c'est la durée idéale pour aider ma mère à remettre de l'ordre dans ses égarements en lui offrant mon épaule familière et rassurante. Une heure, c'est aussi quarante-trois minutes de marche solitaire jusqu'au commissariat et dix-sept minutes de bière fraîche dans le parc zoologique à côté.

*

* *

Raphaël, Côme et le commissaire Lepoutre sentent que les choses se profilent moyennement quand le gardien en faction devant la chambre de Jimcaale leur confirme au téléphone que le CRS a quitté l'hôpital. Somnolant dans la chaise en plastique du couloir où le jeune policier avait patienté des heures à s'enquérir de la santé de Gao Cheng, il n'y a plus qu'un oncle chinois baraqué. Il veille sur son neveu en gonflant un torse qui se veut dissuasif.

Un témoin qui s'évapore, il prend de l'échelon dans la hiérarchie des suspects potentiels. Devant la machine à café qui continue de les abreuver sans répit, Lepoutre passe une série d'appels aux côtés de ses inspecteurs qui s'inquiètent. On lui confirme finalement que le CRS qui a assommé Gao Cheng vient de terminer son interrogatoire à l'IGPN. Un soulagement de courte durée. La mine du commissaire s'assombrit au fur et à mesure que son interlocuteur lui détaille les déclarations du CRS et il raccroche finalement dans un silence pesant. Le genre de mutisme qui promet du boucan.

— Le moins qu'on puisse dire, c'est que le CRS en avait, justement, des choses à dire…

Le commissaire Lepoutre se contente de cette sentence énigmatique qui aurait pu ressembler à un calembour s'il ne plissait pas le front. Côme et Raphaël n'insistent pas parce que le chef taiseux, c'est le calme dont il faut profiter avant la tempête que personne ne veut subir.

— Le CRS a craqué avant qu'on ne lui pose la moindre question. On va les attendre dans mon bureau.

— On va attendre qui ? ose Raphaël.

— Les emmerdes.

Les deux inspecteurs suivent respectueusement le commissaire jusque dans son antre à trophées. Ils font semblant de regarder les photos affichées, les objets souvenirs, le pétale de fleur… Ils n'ont pas la tête aux anecdotes.

Ils ne savent pas sous quelle forme ces fameuses emmerdes vont apparaître ni leur ampleur exacte. Ils seraient tentés d'aller patienter ailleurs, de se pencher sur d'autres suspects, d'appeler le légiste dont ils n'ont pas de nouvelles, mais la panique muette du commissaire est un aimant puissant qui les incite à attendre et appréhender.

Un policier en uniforme fait irruption dans le bureau ouvert, il a le visage blême des porteurs de mauvaise nouvelle.

— L'IGPN est là.

L'IGPN, c'est comme le dératiseur, ça a beau être essentiel, ce n'est jamais bon signe quand on en fait venir un chez soi. Une femme élégante aux cheveux longs et roux entre à la suite du messager livide qui s'éclipse aussitôt.

— Bonjour Messieurs, Mylène Remous, inspectrice à l'IGPN.

Saisi par sa prestance, Côme admire cette grande femme rousse, charismatique et belle. Il ajuste la chaînette qui relie sa ceinture à sa poche, tire sur sa veste en jean, replace ses boucles blondes. Cette femme est un trop bel écrin pour y ranger des emmerdes. Raphaël trouve surtout que « Remous », c'est un nom qui lui va bien.

— Il fait super chaud, chez vous.

— La clim est cassée. Je suis le commissaire Lepoutre, voici les inspecteurs Desreumaux et Lasselin. Veuillez fermer la porte et informer mes hommes. Nous avons des décisions à prendre.

Le bel écrin à emmerdes sourit et pose un dossier sur le bureau du commissaire. Sa longue chevelure d'un rouge ardent rebondit sur ses épaules.

— Tout est là, je vous résume rapidement. Il s'appelle Sylvain Pasquier, il a vingt-trois ans, il est CRS depuis deux ans et il a lâché tout ce qu'il savait dès ma première question.

Côme, en expert des interrogatoires bien menés et subjugué par le charme de l'inspectrice, lui demande d'une voix suave :

— C'était quoi, votre première question ?

— Je lui ai demandé s'il voulait un café.

L'inspecteur Lasselin se redresse et fronce les sourcils, l'air grave et concerné, pour ne pas montrer qu'il est en train de tomber amoureux.

— Il y a un mois environ, il a été contacté par la DGSI. Les types de la sécurité intérieure avaient besoin d'un agent pour surveiller un homme. Il se trouve que leur cible habitait justement le même immeuble que Sylvain Pasquier, CRS au profil sans accroc. On ne lui demandait rien d'autre que de jeter un œil sur son voisin en dehors de ses heures de boulot, au calme chez lui. Il devait consigner dans un carnet tout ce qui lui semblait suspect. Il a accepté, trop heureux de jouer les James Bond. Et puis, on lui a promis un poste à la DGSI si tout se passait bien.

— Raté.

— Pardon ?

— Je veux dire, ça ne s'est pas vraiment bien passé… Du coup, j'imagine qu'il n'a pas…

Côme bafouille, regrettant d'avoir interrompu le bel écrin. Il y a longtemps qu'une femme ne l'avait pas déstabilisé avec cette facilité. Chaque fois qu'elle pose ses yeux sur lui, il se sent comme un parapluie qui tente de rester ouvert en pleine tempête. Son partenaire vient le libérer de l'emprise infernale et douce.

— Il vous a donné le nom du type à surveiller ?

— C'est dans le rapport…

L'inspectrice attrape le dossier et feuillette énergiquement le compte rendu de l'interrogatoire.

— Un certain Germain Payelleville.

Aux trois visages qui se figent, la femme comprend que ce nom ne leur est pas inconnu. Le jeune inspecteur à l'air poupon qui porte un costume trop grand lui apporte un début d'explication.

— Maman Jeanne et Papa Germain… Ils sont bénévoles au Secours populaire. Ils avaient un faible pour Jimcaale, notre victime. En quoi Germain peut intéresser la DGSI ?

Raphaël fouille dans ses notes tandis que Côme Lasselin s'efforce de réfléchir les yeux en l'air pour ne pas se laisser déconcentrer par le charme environnant.

— C'est peut-être en tant que volontaire dans le camp ? Ils en auraient aidé certains à passer en Angleterre ?

— Mais dans ce cas, pourquoi Germain seulement ? Son dossier est vide… Germain Payelleville, casier vierge, il travaille à son compte comme ingénieur informaticien. La mairie de Lille fait partie de ses principaux clients, ainsi que quelques entreprises du coin…

Mylène Remous regarde sa montre dans un geste impatient. Côme en a le cœur brisé. Il pourrait rester des heures à parler meurtre avec elle.

— La suite va vous plaire… Le jour où la réserve de nourriture a été pillée et que les CRS ont été appelés sur les lieux, Sylvain Pasquier a reçu un appel de son contact à la DGSI. Ce mystérieux agent était sur le point de révéler un complot contre la France d'une ampleur sans précédent. La sécurité de tout le pays était gravement menacée.

L'inspectrice s'interrompt, prenant soudain conscience que le bureau du commissaire Lepoutre est un cabinet des curiosités criminelles. Elle se promène en détaillant les différents trophées.

— Ce sont les mots que le CRS a employés, « gravement menacée ». Alors il a demandé à son interlocuteur de la DGSI ce qu'on attendait de lui.

Mylène Remous s'arrête devant le pétale de fleur, intriguée par cette prise qui sort du lot. Raphaël s'impatiente.

— Et alors ? Qu'est-ce qu'on attendait de lui ?

— Il devait mettre hors d'état de nuire deux individus menaçant de faire capoter une année d'enquête.

— Deux individus ?

— Jimcaale et Gao Cheng.

Les trois hommes échangent des regards, l'inspectrice continue de flâner dans le bureau, amusée par les objets saugrenus qui ornent les murs. Mais le commissaire Lepoutre n'est toujours pas d'humeur à vanter ses prises de guerre.

— La DGSI a demandé l'élimination de deux enfants ?

— Ils soutiennent que non. L'agent aurait appelé le CRS de son propre chef sans l'aval de ses supérieurs. Ils savent sans doute qui est cet homme, mais ils refusent de le dire. Ou alors Sylvain Pasquier a été manipulé par un inconnu se faisant passer pour un employé de la DGSI. Un inconnu bien informé… Bref, notre CRS a longuement hésité avant de suivre cet ordre peu éthique, mais quand le petit Gao Cheng a surgi de nulle part, il a craqué. Il affirme qu'il a regretté son geste la seconde d'après, qu'il ne veut plus jamais entendre parler de la DGSI ni des CRS et qu'il n'est pour rien dans l'agression de Jimcaale. Si on trouve ce fameux agent, on résout votre enquête en même temps que la mienne.

Mylène Remous laisse le temps aux trois hommes de digérer ces informations avant de s'adresser au chef.

— Commissaire, je souhaiterais vous parler en privé.

Les deux inspecteurs sortent du bureau à contrecœur, surtout Côme qui prend une dernière inspiration discrète en passant près de l'écrin à emmerdes qui sent terriblement bon. Sur le pas de la porte, dans un élan de courage, il sort de sa poche une carte de visite qu'il tend à la femme en train de prendre son cœur.

— Si vous avez besoin de quoi que ce soit, appelez-moi.

Elle prend la carte, surprise, et attend que la porte du bureau se referme derrière Côme et Raphaël avant de s'autoriser un sourire.

— Vous utilisez encore des cartes de visite, commissaire ? Vous avez un fax aussi ? Des pigeons voyageurs ?

— J'imagine que ce n'est pas pour vous foutre de nous que vous vouliez me parler ?

Le commissaire Lepoutre sait que l'IGPN, c'est comme l'humidité, il faut s'en débarrasser rapidement avant qu'elle ne laisse une empreinte durable.

— Il y a une coïncidence troublante. Juste au moment où un gamin est assommé mortellement et qu'un autre est plongé dans le coma sur ordre d'un mystérieux agent, un flic de Paris débarque sous le prétexte de soigner sa mère malade.

— Vous parlez d'Hugo Boloren ? Vous le soupçonnez d'avoir un lien avec cette affaire ? On voit bien que vous ne l'avez jamais rencontré. Le type est plus blanc qu'une colombe passée à l'eau de Javel. Et il m'a été recommandé par un vieil ami.

— Laissez-moi deviner : par son chef ? On a pu lui mettre la pression en haut lieu. Je pense que ça vaut la peine de se poser la question : et si c'était justement votre Boloren, le gars de la DGSI ? Le CRS foire sa mission, et voilà qu'un inspecteur parisien débarque de nulle part, soi-disant pour soigner sa mère.

— C'est Ingrid Boloren, sa mère. La journaliste.

— Ça pourrait aussi bien être la reine d'Angleterre. Si elle a le cerveau qui vrille, c'est une couverture parfaite. Et le problème, commissaire, c'est qu'en attendant, il fouine partout, et avec votre bénédiction.

Le commissaire sent que c'est inutile d'insister. Et puis, il y a le problème du doute, cette goutte amère capable de vous ruiner toute une marmite de certitudes. Elle a réussi à immiscer ce doute, même infime, même bancal. Il espère qu'elle se trompe. Être trahi par un flic de Paris qu'il ne connaissait pas la semaine dernière, c'est désagréable mais il s'en remettra. En revanche, ne pas pouvoir se fier à son instinct qui n'aura rien vu venir, c'est grave.

Les deux inspecteurs décollent d'un bond commun leur oreille collée au mur du bureau du commissaire, interrompus dans leur espionnage bas de gamme par le téléphone de Raphaël qui retentit. Il s'éloigne en trottinant sans parvenir à décrocher, et le nom d'Hugo Boloren affiché sur son écran finit par disparaître. Côme le rejoint près de la machine à café.

— On est d'accord qu'ils parlaient de Boloren ? T'as compris ce qu'ils disaient ?

— Non, peut-être que l'IGPN n'aime pas que les flics gambadent d'une juridiction à l'autre…

Le commissaire Lepoutre raccompagne le bel écrin à emmerdes dans le couloir. Elle marque une pause en passant devant Côme.

— Merci pour la carte, je n'hésiterai pas à vous joindre en cas de besoin. En attendant, si vous voulez m'aider, inspecteur, laissez Boloren en dehors de votre enquête. Vous seriez tenus pour responsables en cas de problème.

— Quel problème ? demande Côme qui s'en fout mais qui cherche à la faire rester le plus longtemps possible.

Le téléphone de Raphaël sonne à nouveau, Hugo le rappelle. Il cache le nom qui s'affiche en grand sur l'écran et hésite à répondre jusqu'à ce qu'il croise le regard de son commissaire qui le supplie des yeux de faire taire la musique stridente. Il se décide à décrocher, tandis que le commissaire et l'écrin de l'IGPN continuent d'évoquer Boloren en le regardant du coin de l'œil.

— Loraine, je peux pas te parler, on est en réunion de crise.

*

* *

Quand on sort de Paris et de son anonymat, il suffit de se rendre deux fois quelque part pour devenir un habitué. Le barman de la buvette du zoo me sert une bière de Snick dans un grand verre en plastique en me demandant comment je vais depuis hier. Pas très bien à cause de ma mère qui se dégrade, alors je souris. Et je déguste sous le soleil brûlant du Nord la première gorgée désaltérante de ma lambic authentique qui tombe à pic. Le slogan s'étire tout autour du verre dans une typographie excitée.

— En vrai, c'est pas une lambic, c'est pour la rime.

Je prolonge mon sourire figé, définitivement heureux d'avoir atterri dans une ville où on a le respect des choses houblonnées. Je remercie mon tavernier, ma voix couverte par les criaillements de la pintade de Numidie qui tourne en rond dans son enclos derrière la buvette, et je m'éloigne sous le soleil féroce en enviant au bistrotier animalier sa casquette estampillée « zoolochic ». Je zigzague comme un vampire, bondissant d'une ombre tiède à une autre jusqu'à ce que je m'affale sur un banc mal ombragé, installé sous un arbre mal feuillu.

J'ai bu près de la moitié de ma fausse lambic quand je devine au loin une silhouette dans un costume trop grand qui s'avance à contrejour. Je reconnais la démarche de l'inspecteur Desreumaux, son corps flottant dans le tissu, et je me dis que moi aussi j'erre dans un costume trop grand, sauf qu'il ne se voit pas. J'envie sa jeunesse et sa détermination. Il est un bien meilleur flic que moi, plus minutieux, plus intelligent, il lui manque juste la gueule de l'emploi.

Il lève la main pour me saluer et me rejoint sur mon banc sans prêter attention aux gibbons qui se rafraîchissent dans leur bassin verdâtre à quelques mètres. Il essuie son front en sueur et secoue sa chemise en nage.

— Désolé pour tout à l'heure, j'ai rien trouvé de mieux que de t'appeler Loraine. C'est à cause du bel écrin à emmerdes, elle n'est pas ravie d'avoir un flic de la capitale qui traîne dans les parages. Elle était en train de nous demander de t'éloigner de l'enquête quand tu m'as appelé. J'ai improvisé.

— Le bel écrin à emmerdes ?

— Elle est inspectrice à l'IGPN. Côme lui a donné ce surnom parce que c'est une apporteuse de mauvaises nouvelles, mais très jolie. Le commissaire voit surtout les emmerdes, et Côme qu'elle est jolie.

— Quel niveau, les emmerdes ?

— Niveau scandale d'État. La DGSI aurait ordonné le meurtre de deux enfants étrangers : Jimcaale et Gao Cheng.

« Sale temps pour les mineurs », avait noté le journaliste à la radio ; il avait vu juste. L'inspecteur fait défiler les pages du carnet numérique de son téléphone pour consulter celles qui concernent les éléments des dernières heures. En puisant dans ses notes rédigées dans une écriture impeccable, il me résume le CRS, l'IGPN, la DGSI… Un enchevêtrement de sigles sécuritaires qui s'entremêlent jusqu'à la conclusion de Raphaël.

— Un type a commandité l'élimination de Jimcaale et Gao Cheng sous prétexte de menaces sérieuses pour la France. Il reste à savoir de qui il s'agit.

— Narong Vacarme ?

Raphaël fronce les sourcils. Peut-être qu'il réfléchit, ou peut-être que je sirote ma bière de Snick avec un plaisir trop nonchalant pour un type qui vient d'apprendre qu'une menace sérieuse pesait sur la France.

— Le bras droit de Mani ?

Je raconte à l'inspecteur comment ma mère et moi avons rencontré le chambellan et Mani la nantie tandis que lui-même s'occupait de récupérer les photos du hippie repenti. Raphaël ne semble pas perturbé par tous les surnoms qui jonchent mon récit.

— « Qu'est-ce qu'il fait là, l'espion ? » a demandé ma mère en pointant Narong du doigt. Comme ça, sans raison apparente. J'ai mis cette remarque sur le dos d'Alzheimer parce que c'est assez pratique de lui mettre sur le dos toutes les actions de ma mère que je ne comprends pas.

Je place un chocolat sous ma langue et je le laisse fondre au milieu d'une gorgée de bière. Un mélange gourmet de pétillance cacaotière alcoolisée pour éloigner le plus loin possible cet Alzheimer que je cherche à oublier sans y parvenir. Un comble, quand on y pense.

— Tu crois que ta mère a découvert quelque chose que nous ignorons ?

— Enquêter, c'était son métier. Elle a pu voir un détail qui nous a échappé. Ou peut-être que c'est simplement l'expérience. Ou Alzheimer.

Raphaël pianote la suggestion sur son téléphone et l'envoie à son collègue resté au commissariat pour qu'il creuse la piste du chambellan espion.

— Il y a le tatouage, « Quiet Thane ». Ma mère l'a peut-être déjà vu.

— « Le baron silencieux »…

Raphaël se perd dans ses réflexions. Une goutte de sueur vient perler sur le bout de son nez. Il la chasse de l'index dans un geste enfantin. À moins que ce ne soit sa nature, l'air enfantin en toute circonstance.

— Termine ta bière, Hugo. Je t'emmène à l'hôpital.

Deux injonctions en apparence contradictoires. J'obéis à la première sans me faire prier, en attendant de connaître les raisons de la seconde.

— Le légiste est en route pour ausculter Jimcaale. J'aimerais assister à l'examen du corps, pour être certain de ne rien rater. On avance trop lentement dans cette enquête, et j'ai du mal à croire cette histoire de DGSI. Ce sont des types discrets, en principe.

L'évocation de ce gamin lumineux qui semble entre la vie et la mort, et qui a pourtant déjà choisi son côté de la balance, me donne envie d'une autre Snick. Mais j'ai besoin d'avoir les idées claires pour poser mes questions au médecin. Je veux connaître l'angle du coup fatal sur son crâne d'enfant et l'origine des taches rouges dans son cou. En me levant de mon banc d'un bond volontaire, je chancèle sous les degrés d'alcool de la bière lilloise qui ne mégote pas. Pour éviter de tomber à cause d'une ivresse ridicule, je me raccroche à l'épaule de Raphaël et à l'idée de revoir Jimcaale.

Il y a une question qui tourne dans mon cerveau et que je meurs d'envie de poser à l'inspecteur. Sur les petits chemins entremêlés du zoo que nous foulons en silence vers le parking du commissariat, je réfléchis à la formulation. J'attends que nous soyons dans sa voiture et qu'il conduise, concentré sur la route, au volant de sa Citroën automatique première génération, les vitres grandes ouvertes pour se convaincre qu'on se rafraîchit. Puis je pose ma question.

— Côme et toi, pourquoi vous ne suivez pas les recommandations du bel écrin à emmerdes ? Pourquoi vous ne m'écartez pas de l'enquête ?

Raphaël me regarde en coin, pour vérifier que je suis sérieux. Mon visage solennel incapable de mensonge semble l'étonner davantage que si j'avais cherché à plaisanter. Il me répond alors, avec le ton de l'évidence sans appel.

— À cause de ta bille. Elle n'a pas encore fait « ding ».

*

* *

Le légiste est en train de se déplacer autour de Jimcaale quand nous entrons dans la chambre encombrée de machines ronronnantes. Le vieil homme aux cheveux rares et grisonnants prend des notes dans un cahier en émettant des sons brefs avant chaque constat qu'il retranscrit de sa plume baladeuse. Silencieux dans un coin, le docteur Huc, le responsable des lieux qui nous avait expliqué la différence inexistante entre un mort et Jimcaale, observe avec intérêt les déambulations de son confrère. Même si les deux hommes sont habitués à manipuler les corps qui ont perdu leur âme, la tension est palpable. Ainsi qu'une certaine forme d'émotion.

Ils ont retiré la couverture et Jimcaale est allongé, nu, au milieu des tuyaux qui maintiennent son corps dans une vie qui n'est qu'apparente. Son visage est toujours empreint de cette singulière sérénité, et sa cage thoracique se soulève avec une apaisante régularité. Comment un mort peut avoir l'air aussi vivant ?

— Sur le plan scientifique, autopsier un corps dont les organes fonctionnent encore, ce serait passionnant.

Depuis son renfoncement au milieu des machines, le confrère toussote pour exprimer sa désolidarisation d'un tel émerveillement.

— Et puis il y a l'éthique…

Le légiste poursuit son examen, maugréant du bout des lèvres contre la morale, cette rabat-joie. Le charisme magnétique et la beauté enfantine de Jimcaale nous hypnotisent, Raphaël et moi, et nous laissons le vieux bougon travailler sans poser nos questions. Le légiste tend un dossier à Raphaël dans lequel est rangée une série de radiographies.

— C'est une vis en acier à tête hexagonale enfoncée à environ huit millimètres sous la boîte crânienne qui a mis ce pauvre garçon dans cet état. Le point d'entrée est situé juste au-dessus du front, à un angle d'environ soixante degrés. Il a été frappé de face.

— Il connaissait donc son agresseur ?

— Difficile à affirmer. Les enfants sont moins méfiants, ils se laissent approcher facilement. Ce qui est intéressant, en revanche, c'est qu'il n'a pas cherché à se protéger. En principe, si je lève la main pour vous frapper, vous allez tenter de vous défendre avec le bras, c'est un réflexe.

— Vous en déduisez quoi ?

— Je pense que Jimcaale n'a pas vu le coup arriver parce que son bourreau était à contrejour. Sous le soleil, exactement. En fonction de l'endroit où on l'a retrouvé et l'orientation de l'astre, on peut déterminer l'heure à laquelle on l'a assommé. J'ai effectué les calculs moi-même d'après les plans des lieux et les photos de votre scène de crime, je dirais qu'il était entre midi trente et treize heures.

Raphaël tapote l'épaule du légiste pour manifester son admiration.

— Pas d'agression sexuelle ?

Le légiste le rassure, Jimcaale n'a apparemment rien subi de tel. Il a du mal à prononcer les mots exacts malgré son expérience qui lui a appris le détachement. C'est sans doute parce que Jim respire encore et qu'on a l'impression qu'il écoute.

Je m'approche du petit corps qui se gonfle et se dégonfle et je montre du doigt les marques rouges dans le cou.

— Vous savez ce qui a provoqué ces taches ?

— Une réaction allergique, une piqûre d'insecte, une carence, une maladie de peau quelconque... L'armure qu'il avait sur le dos a pu frotter contre le derme et irriter sa nuque. Ces marques sont trop anciennes pour le déterminer avec précision. J'imagine qu'il ne se lavait pas tous les jours et par ailleurs, le camp doit être infesté de puces, poux, punaises de lit... Il y a le choix. Il a aussi de nombreuses cicatrices aux genoux, aux coudes, quelques hématomes, c'était visiblement un casse-cou.

Je m'éloigne du lit pour me réfugier dans un coin, comme le docteur Huc qui observe depuis sa place entre les machines, et je me mure dans le silence. La bille revient et je ne veux pas tourner de l'œil une deuxième fois au pied de Jimcaale et de son médecin. Au prix d'un immense effort, je tente de rester concentré sur les explications du légiste qui termine le compte rendu.

Il évoque les signes de malnutrition des premières années de la vie de Jimcaale, sa petite taille qui en résulte, ses dents mal soignées… Et la bille grignote peu à peu mes capacités de concentration. Juste avant de fermer les yeux pour la laisser agir, je remarque que le docteur Huc m'observe depuis le coin opposé. Il se demande si je suis en train de recommencer mon cirque de la veille, mon histoire de bille qui galope et tourbillonne dans mon inconscient. Un cirque, c'est le mot adapté. Je masse le plomb de chasse niché pour toujours entre mes doigts, je cherche à encourager la bille et à me débarrasser au plus vite de ses accaparements de mon esprit. Toute notion du temps et conscience des alentours s'évapore dans une brume inextricable.

Raphaël est accroupi à quelques mètres, il m'observe, patient, tandis que je retourne dans le monde réel et brutal. Les médecins ont disparu et une couverture recouvre à nouveau le corps frêle de Jimcaale.

— Alors ?

— Elle n'a toujours pas fait « ding ».

L'inspecteur secoue la tête, un éclair de déception sur le visage, rapidement effacé par la bonne nouvelle qu'il attendait de m'annoncer.

— Ta mère est toujours la grande Ingrid Boloren : la piste de Narong Vacarme est la bonne. Côme a commencé par faire quelques recherches sur internet : il n'a trouvé aucun Narong Vacarme, dans aucun pays, en revanche ils font tous les deux partie de la petite liste des quelques prénoms et noms cambodgiens proposés sur un site internet français bien référencé, mais vraisemblablement mal renseigné… Bref, si tu veux t'inventer une identité cambodgienne qui sonne vrai à la frontière franco-belge, internet te conseillera Narong Vacarme.

— Il ne vous a pas donné de papiers d'identité quand vous l'avez interrogé ?

— S'il bosse vraiment pour la DGSI, il a pu facilement en obtenir des faux.

— Le commissaire a appelé un gradé de là-bas qu'il connaît, il y est allé au bluff en affirmant qu'on avait identifié leur espion. Apparemment, ils étaient soulagés, on a le feu vert pour l'arrêter. Côme nous racontera les détails. On le rejoint à la décharge pour interroger Mani, elle sait peut-être où on peut le trouver. Il nous achète des fricadelles sur le chemin.

La fricadelle, cette saucisse frite septentrionale que m'avait vendue le barman du zoo et dont le nom m'avait échappé quasi immédiatement. Mon ventre gargouille d'avance à la perspective de ce repas local qui confirme le dicton imparable que plus c'est gras, plus c'est bon.

Au moment de quitter la chambre, Raphaël s'approche du petit Jim et serre sa main dans la sienne. Il le regarde une bonne minute en murmurant quelques phrases inaudibles. Une prière peut-être.

— Le docteur Huc le débranche demain. Le commissaire lui a demandé une journée supplémentaire. Quand Jim sera officiellement mort, les journalistes vont revenir à la charge, et il voudrait avoir Narong Vacarme dans nos locaux quand ça arrivera.

Un adieu, donc. Je pose à mon tour une main sur l'épaule de l'enfant en lui souhaitant bon voyage vers un monde plus à sa hauteur. J'ignore ce que la nature nous réserve après le dernier battement de cœur, j'espère que ça en valait la peine. Il a une certitude de bonheur sur le visage qui donne espoir.

Lancés à pleine vitesse, le gyrophare allumé, sur les nationales grises de la banlieue de Lille, je profite de l'air chaud qui me décoiffe par la fenêtre grande ouverte. Nous n'échangeons aucune parole avec le jeune inspecteur, le bruit du vent remplissant l'habitacle. Je pense à ce que m'a laissé la bille en me quittant pour ses méandres. Une image qui tourne en boucle depuis que je suis revenu à moi dans la chambre de Jimcaale. Une vision que je ne peux pas partager avec Raphaël, puisque c'est celle de son chef, le commissaire Lepoutre, au milieu de la décharge, me fixant d'un regard assassin.

*

* *

Je dévore ma fricadelle, une saucisse fripée au fond d'un morceau de pain, recouverte de frites et d'une sauce samouraï, comme me l'explique Côme, ravi de faire le guide touristique culinaire. Je lui trouve un arrière-goût exotique impossible à identifier mais très agréable. L'inspecteur Lasselin me livre un bout d'explication.

— La sauce samouraï, en réalité, c'est belge.

Je ne sais pas si on peut considérer la Belgique comme un pays exotique. Combien de kilomètres doivent séparer deux États pour qu'ils deviennent exotiques l'un pour l'autre ? Les effets enivrants de ma Snick avalée le ventre vide me poussent à ces réflexions de géographie philosophique.

Nous nous délectons de ce repas improvisé, assis sur le bitume, dans l'ombre de la voiture de Raphaël, garée à la frontière exacte entre le camp et la décharge. C'est le seul abri qui échappe à la violence du soleil zénithal dans les environs. Sans les suppliques de la décharge qui plie sous la chaleur et la rumeur du camp qui vit, nous n'entendrions rien d'autre que le couinement aigu de nos molaires glissant sur les bouchées de fricadelle huileuse.

Côme indique l'autre côté de la rue d'un geste de la tête. J'obéis du regard en même temps que Raphaël et nous avons à peine le temps de deviner Serge Winckler qui décolle le visage de sa fenêtre. Le hippie repenti vient tout juste de rentrer chez lui et la vue des trois flics qui l'ont malmené, dévorant avidement une fricadelle avec des frites, doit gâcher sa contemplation. Côme termine son repas le premier et entame aussitôt l'entreprise difficile de débarrasser ses doigts du gras qui les recouvre. Tout en s'appliquant à les nettoyer un à un, il nous raconte ce que le commissaire et lui-même ont découvert à propos de Narong Vacarme.

— Il n'est pas Cambodgien, il est Vietnamien et je ne sais pas comment prononcer son vrai nom. Né en pleine guerre d'Indochine. Son père aurait été un haut gradé de l'aviation française qui ne l'a jamais officiellement reconnu mais qui a envoyé de l'argent régulièrement à la mère. Narong a intégré l'armée vietnamienne en même temps qu'il a commencé à travailler pour la France, comme espion au SDECE, les services secrets de l'époque. Le type était tête brulée, il ne refusait jamais aucune mission, du genre taré à se prendre pour un héros de roman. Il a parcouru le monde sous diverses identités. On a longtemps fermé les yeux sur ses méthodes limites et quand il a été trop vieux pour continuer, on l'a refilé à la DGSI. Ils étaient moyennement contents, mais Narong a su se faire quelques amis au fil de sa carrière... Alors on l'a mis dans cette *Terra nullius* en lui demandant de surveiller ce qui se passait, lui promettant que c'était une mission de première importance alors que c'était juste un placard où ses vagues ne devaient pas faire de dégâts. Il a endossé l'identité de Narong Vacarme, migrant cambodgien, et il a fait des courbettes à Mani pour devenir son chambellan.

J'avale le dernier morceau de mon sandwich franco-belge, preuve que lorsque des pays unissent leurs forces, ils peuvent faire de grandes choses, puis j'imite Côme et Raphaël qui se remettent debout pour aller digérer dans le camp en interrogeant Mani.

— Narong a rapidement alerté la DGSI, en leur expliquant qu'il était sur le point de déjouer un gigantesque complot contre la France qui impliquait, entre autres, Mani et Germain Payelleville. Ses supérieurs ont pris l'info très au sérieux, mais ils attendaient des preuves que Narong promettait toujours pour plus tard. Ce que pense son chef, c'est que Narong rêvait de mettre la main sur le nouveau Ben Laden, et qu'il n'a trouvé que des petits trafics sans importance. Pour devenir un héros, il faut tuer un dragon. Pour tuer un dragon, il faut d'abord en trouver un. C'est l'exemple qu'a donné le chef de Narong au commissaire, le dragon.

Béranger évite soigneusement de croiser mon regard quand il nous salue à l'orée du camp. Il a eu tout le temps de récupérer le petit objet sous le vaisselier dans la cabane. Raphaël a raison, le problème dans cette affaire, ce n'est pas le nombre de pièces dans le puzzle, c'est le nombre de puzzles. Je me demande auquel d'entre eux appartient ce policier à la mine débonnaire et aux oreilles qui rougissent sous l'émotion. Même si je commence à avoir ma petite idée. J'ai le contexte visible et je dois vérifier un détail afin de m'assurer de la face cachée.

Le trio de flics lillois échange des banalités puis nous laissons Béranger à sa garde et pénétrons dans le camp. Je pourrais accuser la chaleur, la fricadelle ou la bière de Snick du poids qui s'abat sur mes épaules tandis que nous avançons mais je sais que c'est la traversée de la misère qui me bouleverse encore. Je ne peux pas m'acclimater à ces regards hagards, ces corps qui ne tiennent pas droit, acculés par le poids immense de ne rien posséder. Côme termine de nous raconter Narong Vacarme et sa lubie terroriste pendant que je m'efforce de regarder ailleurs.

— Il y a quelques semaines, la DGSI a proposé à son espion en fin de carrière de partir à la retraite. Le Franco-Vietnamien est devenu fou de rage en réalisant qu'on ne prenait pas ces menaces au sérieux. Il leur a demandé un délai d'un mois pour prouver le complot. C'était il y a un mois… Il a probablement voulu accélérer les choses en profitant de la venue des CRS. Il a demandé à Sylvain Pasquier d'éliminer les deux mômes, pour gagner du temps, ou parce qu'il s'est convaincu qu'ils représentaient un danger… À côtoyer cette misère, on doit finir par perdre la tête.

Nous stoppons notre marche à une dizaine de mètres de Mani qui nous observe d'un air mauvais depuis son fauteuil. Magnétophone s'avance en dandinant jusqu'à nous et assoit ses fesses trop hautes aux pieds de Raphaël. Côme regarde le chien d'un air suspicieux. C'est peut-être d'avoir parlé espionnage ou peut-être parce que Magnétophone n'inspire pas confiance, mais il hésite un instant avant de poursuivre devant ces oreilles baladeuses poilues.

— Les parents de Gao Cheng ont confirmé que le policier qui les a menacés était bien Narong Vacarme. Le mystère s'éclaircit.

Raphaël secoue la tête, son stylet et son téléphone serrés entre ses doigts.

— Au contraire, j'ai l'impression qu'on s'éloigne au fur et à mesure qu'on se rapproche…

J'aime la façon dont le jeune inspecteur exprime le flou. Je suis d'accord avec cette analyse globale et j'attends la suite de ses réflexions avec impatience.

— On ne sait pas où sont Padmini et Suraiya ni pourquoi elles ont demandé à Serge Winckler de s'abstenir de prendre une photo au moment de l'agression… On n'est même pas sûrs que ce soit vrai. Si le photographe a menti, c'est qu'il protège Narong Vacarme, ou alors…

— Qu'il y a un autre puzzle.

Raphaël acquiesce et Côme sourit : son collègue m'a refilé sa théorie des puzzles. La voix nasillarde et puissante de Mani vient briser notre conciliabule.

— Vous allez me faire poireauter longtemps comme ça ? J'imagine que c'est pas pour discuter le bout de gras avec ce con de chien que vous êtes venus jusqu'ici ?

Magnétophone ne réagit pas à l'insulte. Il continue de regarder Côme, le corps avachi sur son derrière massif, sa dent pointant vers l'horizon au milieu de sa collerette. Il se lève péniblement pour suivre notre trio qui rejoint la cheffe du camp sur son trône. Toujours à l'ombre de sa yourte, elle agite frénétiquement un éventail en papier au-dessus de son visage rougi par la chaleur. Nous laissons parler le Messie.

— Où est passé votre chambellan ?

— Mon quoi ?

— Narong Vacarme, on aimerait lui parler.
— Moi aussi. Ce sale Viet m'a piqué mon ordinateur.
— Comment vous savez qu'il est Vietnamien ?
— J'en sais rien, je m'en fous. Il a quand même plus une tronche de Viet que de Togolais, non ?
— Pourquoi vous dites qu'il a volé votre ordinateur ?
— C'était juste après que lui, là, il est venu avec une vieille.

Raphaël, Côme et Magnétophone se tournent vers moi. Je me raidis. Ce n'est pas d'être au centre de l'attention, c'est le terme de vieille qui ne me convient pas.

— Dès qu'ils sont partis, Narong, ch't'agosil, on aurait dit qu'il avait la drisse au cul. J'ai pas eu le temps de dire plouf, il avait disparu avec mon ordinateur. Il me l'a garoté, ch'te brelle là !

Ma mère est indéniablement vieille mais je n'aime pas que les choses soient indéniables. Surtout quand elles concernent ma mère. Pendant que je me remets de ce coup au cœur, le Messie déploie tout son talent d'interrogateur.

— Cet ordinateur, il ne serait pas rouge avec des autocollants sur la coque ?
— Comment vous savez ?

Je me souviens de l'avoir aperçu aussi, ce portable décoré. Il trônait sur une table au fond de la yourte. Côme l'a vu comme moi, mais Mani la nantie est aussi surprise que mal à l'aise.

— On l'a retrouvé, votre ordinateur. Narong l'a abandonné dans sa fuite. Il contient des choses intéressantes.

Des points de pâleur apparaissent au milieu de son visage rougeâtre. Je la plains presque, je sais ce que c'est qu'un corps qui refuse de mentir. Elle tente de s'éventer comme si elle maîtrisait encore, mais son éventail remue de façon irrégulière, sans souffler d'air.

— Madame Broucke, vous savez ce que vous risquez ?

— Ce n'était pas mon idée.

— C'était l'idée de qui ?

Mani bafouille, cherche une aide vaine autour d'elle puis s'arrête net. Elle observe Côme le regard en biais, comme si jauger de côté permettait une meilleure évaluation de la vérité. Ses taches pâles se meuvent d'un point à l'autre de son visage trempé de sueur, comme des voyants qui s'allumeraient et s'éteindraient. Un visage aux leds multiples alimentées par la puissance de sa panique.

— Vous n'avez rien.

— Si vous me dites qui a eu l'idée, je peux vous éviter la prison.

Le rouge se propage à nouveau dans tout le visage, remplissant les zones pâles en mouvement. La sérénité revient.

— Vous bluffez.

Côme la contemple un moment, le temps de réfléchir à la suite tout en la maintenant dans sa zone d'inconfort.

— Vous avez fait votre temps, Madame Broucke. Quand cette affaire sera terminée, vous le serez aussi. Cet endroit ne pourra pas continuer à exister, pas comme aujourd'hui en tout cas. Je serais vous, je réfléchirais aux options qui se présentent. Il serait temps de bien choisir vos amis.

Mani tapote ses genoux épais du bout des doigts. Elle a déjà cédé, elle réfléchit à ce qu'elle va nous offrir et nous demander.

— Je veux des garanties.

— Je veux des informations.

— Padmini et Suraiya. Je sais pourquoi ces deux gouines vous avaient à l'œil quand vous êtes venus m'interroger avant-hier.

Raphaël sort son stylet et note consciencieusement cette nouvelle information dans son téléphone.

— Elles sont en couple ?

— Carrément qu'elles sont en couple. C'est même pour ça qu'elles ont quitté l'Inde. On les laissait pas trop tranquilles avec ça. On raconte qu'elles auraient été bousculées par un groupe d'hommes qui voulaient en faire de vraies gonzesses. Le lendemain, on les a retrouvés morts, avec leur machin arraché. Elles ont fui ici pour éviter de se faire arrêter.

— Vous croyez à cette histoire ?

Mani hausse les épaules. Raphaël passe la manche de sa veste sur son front entre chaque mot qu'il écrit pour retenir les gouttes qui tombent sur l'écran et perturbent la prise de note numérique.

— C'est une bonne histoire, je lui en demande pas plus. Ce qui est sûr, c'est que ces deux-là, elles portent pas les garçons dans leur cœur. Elles ont le coup de pied facile quand c'est du mâle qui les défrise.

Raphaël termine de noter l'anecdote et recule d'un pas pour rendre les rênes de la discussion à son collègue. L'inspecteur Lasselin prend son temps, charme, s'intéresse.

— Alors ? Pourquoi ces demoiselles nous ont suivis ?

— Elles voulaient écouter votre conversation parce qu'elles s'inquiètent pour leur mule.

— Leur mule ?

— C'est comme ça qu'on les appelle, non ? Ces types qui promènent de la drogue. Le camp, il sert de planque parce que même les flics ne viennent pas fouiller par ici…

Mais il leur faut bien quelqu'un qui fait entrer et sortir le machin quand elles achètent et qu'elles revendent.

— Très bien, qui est leur mule ?

— Et mes garanties ?

— Si vous voulez conserver vos aides sociales, il vaudrait mieux que vos prestations rémunérées auprès de vos administrés restent entre nous.

— C'est pas ce que j'appelle des garanties, c'est du chantage, votre truc. Et puis vous avez pas de preuves.

Côme croise le regard de Raphaël. Le jeune inspecteur entre aussitôt dans la yourte et commence à fouiller au hasard.

— Qu'est-ce que vous foutez ?

— On collecte des preuves.

— Laissez mes affaires en place ! Je vous raconte, mais vous avez pas intérêt à oublier que je vous ai aidés !

— Alors, cette mule ? Où on peut la trouver pour aller lui parler ?

Mani retrouve son sourire mauvais qu'elle affectionne et lâche, dans un rire sifflant :

— La trouver, ce sera facile, lui parler beaucoup moins : il est à l'hôpital, dans le coma. C'est Gao Cheng, la mule.

Gao Cheng, l'adolescent simplet auquel personne ne prête attention. Il nous faut quelques secondes pour enregistrer ce nouvel élément et ce qu'il implique. Le choix est logique pour passer inaperçu. Il n'est peut-être même pas au courant qu'on lui fait transporter de la drogue. Est-ce que Narong Vacarme savait ? Est-ce que l'agression de Jimcaale est liée au rôle de son ami dans ce trafic ?

— Jimcaale était au courant ?

— Non, je pense pas. Saint Jimcaale n'aurait pas laissé son ami approcher la drogue. Et vous là, vous lui avez parlé, à l'autre fier-cul ?

Mani me regarde avec insistance, sans cacher l'exaspération que suscite mon absence de réaction.

— Faites pas vos yeux globuleux, je vous parle de la bourgeoise qui a mis l'bren et qui était sur votre photo !

Les soupçons sur Narong Vacarme puis la fricadelle joyeuse m'ont fait oublier la femme sur le cliché récupéré dans le coffre du hippie repenti. Elle m'a pourtant fait quitter ma mère précipitamment. J'attire les deux inspecteurs un peu à l'écart pour partager ma découverte à retardement. Magnétophone vient fermer le cercle des confidences et nous oblige à l'élargir avec son encombrante collerette.

Je sors la photo en question et je la confie à Raphaël pendant que je cherche mon téléphone. Les deux inspecteurs observent attentivement l'image sur laquelle une jeune femme blonde marche en direction de l'entrée du camp. Côme cache plutôt bien son impatience pendant que je tâte toutes mes poches à la recherche de mon téléphone.

— Tu sais qui c'est ?

— J'étais certain de l'avoir déjà croisée et ça m'est revenu quand j'étais avec ma mère à la clinique. L'infirmière a décroché son téléphone parce que son poulet l'appelait.

— Son poulet ?

— C'est le surnom qu'elle donne à son petit ami.

Je trouve enfin mon téléphone et, après avoir parcouru les derniers messages envoyés, je brandis à Raphaël et Côme mes échanges avec le commissaire Grosset. Les deux Lillois comparent la femme sur mon téléphone avec celle de la photo de Serge Winckler. Raphaël plisse des yeux attentifs qu'il promène de l'écran au papier brillant.

— On dirait bien que c'est la même, tu as raison… Attends, le type à côté d'elle, sur ta photo, ce serait pas…

— Dominique Lagarrigue, la star de *Toque toc*. Ils étaient à quelques sièges de nous dans le train. Ma mère l'a reconnu et j'ai envoyé cette photo à un collègue, pour vérifier que c'était bien lui. J'ai réalisé tout à l'heure que la femme qui l'accompagnait était celle de la photo de Serge Winckler.

— Ils avaient l'air proches, la femme et le cuisinier ?

— Elle lui a parlé presque tout le trajet, son agenda à la main. Je pense qu'ils travaillent ensemble, qu'elle est son assistante ou sa secrétaire…

Côme pianote énergiquement sur son téléphone, très intéressé par cette découverte qui complexifie pourtant toujours plus leur enquête qui part dans tous les sens. Je viens d'ajouter un nouveau puzzle à la montagne de pièces qui ne s'imbriquent pas.

— Il y a peut-être une explication logique qui n'a rien à voir avec notre affaire, mais c'est tout de même étrange comme promenade bucolique, une excursion dans la *Terra nullius*.

L'inspecteur Lasselin fait signe à son collègue de noter dans son téléphone les informations glanées sur internet.

— Elle s'appelle Sandrine Debavelaere. Elle est l'assistante et agente de Dominique Lagarrigue. Elle suit son patron comme son ombre, elle est toujours quelque part dans son sillon à en croire les photos.

Côme nous montre l'écran de son téléphone, sur lequel on peut voir la jeune femme et son chef étoilé accompagnés de célébrités à des soirées mondaines. Une jolie blonde qui sourit peu. Je me souviens de sa façon de s'agiter frénétiquement à côté du cuisinier. J'ai mis du temps à la reconnaître parce que l'immobilité d'une photo ne peut pas ressembler complètement à quelqu'un qui bouge sans arrêt. Elle appartient à cette catégorie de gens toujours en mouvement et qui devraient apparaître flous si les photos reflétaient la vérité.

Narong Vacarme et maintenant la fille du train. C'est la deuxième fois que ma mère est dans les parages lors d'une découverte dans cette enquête. Elle reste la grande Ingrid Boloren, même si les déraillements de son esprit ne vont pas en s'améliorant. Je gratte un bout de chocolat fondu au fond de mon étui, écrasé contre la feuille d'aluminium. Je tapisse toujours le fond de ma boîte métallique d'une feuille d'aluminium pour prévenir les coups de chaud. C'est une idée du médecin qui m'a fait arrêter de fumer. La feuille protège l'intérieur de la boîte mais n'empêche pas les chocolats de fusionner. Celui-là s'est fait contaminer par un mentholé voisin mais le soulagement cacaotier est là.

Nous traversons le camp en sens inverse, sans un regard pour Mani qui s'effrite un peu plus à chacune de nos visites. Magnétophone nous escorte jusqu'à l'entrée du camp et s'arrête juste avant la limite qui sépare son monde du nôtre. Je le salue poliment.

— À bientôt, Magnétophone.

— Magnétophone ?

J'explique à Raphaël que c'est ma mère qui m'a suggéré ce surnom sans que je sache vraiment comment il lui est venu.

— Je lui trouve plutôt des airs de mégaphone.

Un mot pour un autre. J'en veux presque à Raphaël d'avoir raison avec tant de désinvolture. C'est indéniable, ce chien a une tête de mégaphone. Et je n'aime pas que les choses soient indéniables. Surtout quand elles concernent l'esprit à la dérive de ma mère.

*

* *

Le restaurant étoilé de Dominique Lagarrigue est situé dans le centre de Lille, près de mon hôtel, là où le pavé et la brique ancienne sont la norme. Les boutiques sont chics, les passants élégants, le contraste avec la décharge et son bidonville est saisissant. Nous restons cependant tous égaux face aux caprices douloureux du soleil qui ne fait pas de distinction de classe.

Les deux inspecteurs ont opté pour une visite surprise afin de ne pas donner le temps à Sandrine Debavelaere de se trouver un motif crédible à son excursion dans la misère. Les bureaux du chef cuisinier occupent les étages supérieurs de son restaurant haut de gamme, dans un bâtiment ancien, héritage des siècles lointains où le Nord était le centre du monde. Côme nous présente à l'interphone et une hôtesse nous ouvre la porte à distance. Dès que nous pénétrons dans le restaurant, la climatisation bien dosée nous délivre de l'indéboulonnable canicule lilloise.

Nous traversons la salle, guidés par une jeune employée venue à notre rencontre. Des serveurs bien habillés préparent les tables pour le service du soir qui va bientôt accueillir les premiers clients. Sur un des murs de vieille brique, une banderole de soie élégamment brodée énonce la devise du cuisinier médiatique : « *Faut que ce soit bien grilloché* ».

Nous grimpons les escaliers en colimaçon jusqu'aux bureaux modernes où quelques employés s'affairent devant leur ordinateur dans un open space au mobilier en plastique qui se marie mal avec les épais murs moyenâgeux. Notre guide nous mène jusqu'à une pièce fermée au fond de ces espaces partagés. Elle frappe doucement et une voix féminine répond aussitôt.

— Fais-les entrer !

Nous pénétrons tous les trois dans cette petite pièce mal éclairée et dont la fenêtre donne sur une cour intérieure sombre. Ce bâtiment n'a pas été conçu pour recevoir une star de la télé et sa fringante équipe. Sandrine Debavelaere se lève et contourne son bureau pour venir nous serrer la main chacun notre tour, avec un sourire figé qu'elle doit s'efforcer de travailler sans trop de succès. Sa secrétaire partie, elle attaque dans le vif du sujet, comme toute personne qui vit en retard.

— Vous êtes là pour Jim ?

Habituée à identifier le bon interlocuteur pour ne pas perdre de temps, elle s'est adressée naturellement à Côme. Le Messie prend les rênes de l'échange pendant que Raphaël et moi guettons les réactions de la jeune cadre trop dynamique.

— Comment connaissez-vous Jimcaale ?

— Mon boulot consiste avant tout à veiller à l'image de Dominique Lagarrigue, à le protéger contre les attaques. Et croyez-moi, quand vous êtes aussi célèbre que lui, les coups pleuvent. Je pourrais vous parler des heures de la jalousie et des rancœurs qui sont aussi présentes dans le milieu de la gastronomie que le sel et le poivre, mais vous avez autre chose à faire et moi aussi. Bref, je vous dirai tout ce que vous voulez savoir si vous me promettez la plus grande discrétion.

— On fera ce qu'on peut.

— Jim est venu me voir il y a quelques semaines parce qu'il voulait rencontrer le cuisinier de *Toque toc* et lui faire goûter ses créations. Il m'a expliqué qu'il aimait regarder l'émission sur la télévision du camp. Il a trouvé l'adresse du restaurant et il a emprunté le vélo de son meilleur ami pour venir jusqu'ici. Je reçois des tonnes de messages d'inconnus qui veulent rencontrer Dominique parce qu'ils sont les nouveaux Mozart de la cuisine ou parce qu'ils l'accusent d'avoir piqué la recette de leur grand-mère... Mais Jim avait trois atouts qui jouaient en sa faveur pour que je m'intéresse à lui : c'était un enfant, il vivait dans un bidonville et contre toute attente, il était bon.

— Vous voulez dire qu'il était particulièrement doué pour la cuisine ?

La jeune femme ouvre une pochette et en sort une photo imprimée. On y voit Dominique Lagarrigue avec Jimcaale qui présente fièrement une part de gâteau dans une assiette.

— Je ne sais pas si ce gamin avait un don spécial, mais il a touché Dominique. J'ai organisé une rencontre ici et Jim lui a apporté un gâteau qu'il avait préparé. Je ne vais pas vous mentir, je n'étais pas emballée à l'idée que Dominique ingère un truc cuisiné dans un camp au milieu d'une décharge.

Sandrine Debavelaere n'arrive pas à contenir une moue de dégoût à l'évocation de ce souvenir à faire pâlir un inspecteur du contrôle de l'hygiène.

— Dominique a été impressionné. Il disait qu'il avait rarement goûté un aussi bon gâteau. Je pense que c'était la personnalité de Jim plutôt que son cake qui lui a plu. Ce gamin avait quelque chose de lumineux, un magnétisme spectaculaire. On avait prévu de lui donner un rôle spécial dans la prochaine saison de *Toque toc*.

Une expression de tristesse passe rapidement dans ses yeux, rattrapée par les nécessités de son emploi du temps qui n'incluent pas l'apitoiement.

— Dominique Lagarrigue est là ?

— Il arrive tout à l'heure pour accueillir les clients du restaurant. Mais il n'aura pas le temps de vous parler. Je peux vous organiser un rendez-vous, mais je ne vois pas en quoi ce sera nécessaire.

— Madame Debavelaere, pourquoi ne pas nous avoir prévenus dès que vous avez appris ce qui était arrivé à Jim ?

— J'imagine que la violence est quotidienne dans ce genre d'endroit. Je ne vois pas en quoi le fait que Jim nous a contactés vous intéresse.

— Pourtant, vous vous attendiez à notre visite.

— Vous vouliez que je fasse quoi ? Le jour de la finale de *Toque toc*, un gamin que Dominique veut prendre sous son aile se fait assassiner. Je ne vous aurais aidés en rien, en revanche c'était un titre en or pour la presse à scandale.

Côme approuve d'un hochement de tête puis se retourne pour ouvrir la porte. Les employés lèvent les yeux de leurs écrans d'ordinateur. Le Messie fait mine d'avoir terminé mais se retourne au dernier moment dans l'embrasure en prenant soin que tout le monde l'entende.

— Combien de fois êtes-vous allée voir Jim dans son bidonville ?

La jeune femme jette des coups d'œil derrière l'inspecteur.

— Je ne sais pas... peut-être deux ou trois fois. Qu'est-ce que ça change ? Je voulais voir Jim chez lui, réfléchir à un moyen de le filmer sans que ce soit glauque.

L'assistante du chef étoilé s'impatiente. Côme ouvre un peu plus la porte en même temps qu'il hausse la voix.

— Une personne dans le camp prétend que Jim a changé quand vous avez commencé à venir.

La jeune femme tente un sourire qui fait long feu.

— Je peux savoir qui ?

— Vous connaissez d'autres personnes que Jim dans la *Terra nullius* ?

— Non.

La réponse est trop rapide, l'intention trop volontaire. Elle se reprend, consciente du dérapage.

— Nous avons demandé à Jim de rester discret et il n'était pas au courant du rôle qu'il pourrait tenir dans la prochaine saison. Nous ne voulions pas qu'il soit déçu si nous changions d'avis. Comment avez-vous su que j'avais été le voir ?

— Vous apparaissez sur des photos.

Elle nous regarde sans prononcer un mot, figée dans un flot de pensées qui s'entremêlent dans son esprit qui a certainement l'habitude de traiter les informations à grande vitesse. Elle retourne derrière son bureau et s'assoit, toujours silencieuse.

— Quel magazine ?

Côme ramasse une carte de visite sur une petite pile devant Sandrine Debavelaere, la confie à son collègue et pose une des siennes à la place. Raphaël recopie aussitôt le numéro de la jeune femme dans son téléphone.

— On reste en contact. Et nous aurons besoin de parler avec votre protégé le plus tôt possible.

Elle parcourt le morceau de papier cartonné sans le lire, ses pensées voguent loin de la carte de visite de l'inspecteur Lasselin.

— Une dernière chose, Madame Debavelaere…

Elle remue la tête pour fusiller du regard les employés derrière nous, tous ceux qui oseraient promener leur oreille où ils ne devraient pas.

— Avez-vous offert une paire de chaussures à Jimcaale ?

Cette fois-ci, la jeune femme se lève d'un bond et ferme la porte derrière Côme.

— J'ai effectivement porté une paire de tennis à Jim, de la part de Dominique. Il a été tellement bouleversé par ce gamin, il voulait lui offrir un cadeau. Et comme Jim nous avait expliqué qu'une de ses passions consistait à courir dans la décharge... Dominique m'a envoyé lui acheter ces chaussures.

Côme la remercie pour son temps plus précieux que la moyenne avant d'ouvrir la porte pour une sortie bien réelle, cette fois.

Nous quittons à regret le doux ronronnement frais de la climatisation pour le cagnard impitoyable de la rue. J'ouvre mon étui à chocolat dans un vieux réflexe tabagique de sortie de restaurant. Les carrés ont fondu et les saveurs se mélangent. J'espère que la menthe ne va pas contaminer tout l'étui.

La fin de journée commence à résonner à la terrasse d'un bar un peu plus loin. J'entends les rires qui fusent et les verres qui s'entrechoquent. J'ai des envies de bière de Snick qui titillent le fond de ma gorge sèche. Je guette, plein d'espoir, mes deux camarades qui lorgnent également du côté de la vie bistrotière. Côme vient poser une main amicale sur mon épaule.

— Venez à la maison, on va faire le point.

Tout en conduisant sa Citroën dans les ruelles étroites du centre historique, Raphaël livre ses impressions sur Sandrine, la femme pressée.

— J'ai noté dans mon carnet que cette femme nous cache quelque chose. J'ai remarqué que je concluais de cette façon toutes mes notes, sur chacun de nos témoins. Je n'ai jamais connu une enquête aussi nébuleuse.

Côme sourit. Son collègue ne doit pas avoir beaucoup d'enquêtes pour homicides à son actif, c'est peut-être même la première.

— T'as raison Raph, mais le silence, ça cause aussi. Tous ces gens qui se taisent, je trouve que ça en dit long.

Mon téléphone vibre au fond de ma poche, faisant trembler mon étui à chocolat serré contre lui. La sensation désagréable des métaux qui s'entrechoquent me pousse à décrocher rapidement.

— Monsieur Boloren ? C'est le docteur Pouchain, de la clinique Pierre-Dambricourt.

— Il y a un problème ?

— Non, rassurez-vous, mais il semblerait que vous soyez passé très rapidement ce matin… C'est dommage, j'aurais voulu vous parler. Est-ce que vous pouvez venir me voir demain en fin de matinée ?

— J'y serai.

— Parfait. Votre mère se débrouille très bien. Elle réagit très favorablement aux exercices.

— Docteur, j'ai un service à vous demander.

— Oui ?

— Est-ce que vous pourriez demander à ma mère ce que « Quiet Thane » évoque pour elle ? C'est du vieil anglais, ça veut dire « baron silencieux ».

Je n'arrive pas à comprendre comment elle a su que Narong Vacarme était un espion. Je voudrais connaître la face cachée de ce contexte à peine visible. J'entends le médecin griffonner. Il promet de transmettre le message, ravi de ce nouvel exercice intellectuel qui se profile. Quand je raccroche, Raphaël se gare devant l'immeuble de son collègue. Un bâtiment en brique rouge.

Dès qu'il ouvre la porte de son appartement en rez-de-chaussée, un petit jardin défraîchi se dévoile au bout de la pièce. Quelques chaises en plastique et une table en bois habillent cet espace extérieur prometteur. Je suis Raphaël qui traverse le salon à peine meublé jusqu'au jardin à l'herbe éparse jaunie par le soleil. Il s'affale sur une chaise avec un soupir d'aise qui donne envie et je l'imite aussitôt. Malgré l'ombre du petit immeuble, la chaleur continue de nous abrutir, mais c'est plus agréable assis. Côme pose trois bières de Snick ultra fraîches sur sa table de jardin et se laisse tomber à son tour sur une chaise.

Nous levons nos bouteilles à la santé de tout le monde et la première gorgée silencieuse vient mousser au fond de ma gorge.

— Papa, t'aurais pu me dire que tu débarquais avec des amis… Salut, Raph.

Je quitte ma lambic authentique qui tombe à pic pour le monde réel. Raphaël salue de la main une jeune femme qui se tient dans l'embrasure, un pied dans le jardin et un autre dans la maison. Elle nous observe d'un air agacé.

— Hugo, je te présente ma fille, Fantine. Fantine, voici Hugo Boloren, inspecteur parisien et fils de la grande Ingrid Boloren.

La fille de Côme répond à mon salut de la main par un sourire poli. Elle ressemble à son père, les mêmes boucles blondes désordonnées lui tombent sur les épaules.

— Promis, on sera discrets.

L'adolescente se radoucit et embrasse son père avant de disparaître dans l'appartement. Côme m'explique que sa fille passe l'examen du barreau à la rentrée et qu'elle révise de longues heures tous les jours.

— Sa mère est morte à la naissance. Je l'ai élevée tout seul, cette môme. Je devrais être fier qu'elle devienne avocate, mais elle est trop sérieuse. Il faudrait qu'elle s'amuse.

Nous terminons cette première tournée de bières sans ajouter un mot. J'aime leur façon de boire en silence sans se sentir obligés de remplir le vide. Ce n'est qu'à la deuxième tournée de Snick que Raphaël sort son téléphone avec ses notes pour faire le point. Il feuillette le carnet numérique page par page, d'un mouvement de stylet bref, avant de reprendre du début et de nous proposer un résumé.

— Lundi, en fin de matinée, la réserve de nourriture du camp est pillée, on se présente avec un bataillon de CRS et pendant que les esprits s'échauffent, le petit Jimcaale est frappé à mort avec une béquille de moto à quelques mètres à peine, dans la décharge, possiblement par Narong Vacarme. Béquille recouverte de sang alors qu'elle ne devrait pas. Gao Cheng, ami de Jim et mule pour le compte de Padmini et Suraiya, découvre le petit super-héros inconscient. Ces mêmes Padmini et Suraiya qui ont exigé expressément de Serge Winckler, photographe, qu'il ne prenne pas de cliché ce jour-là… Gao Cheng cherche de l'aide, il se fait assommer à son tour par Sylvain Pasquier, un CRS de vingt-trois ans, sous les ordres, encore une fois, de notre suspect Narong Vacarme, un agent de la DGSI en roue libre. Narong travaille sous couverture pour Mani, de son vrai nom Jacqueline Broucke, qui gouverne la décharge en reine implacable. D'après Narong Vacarme, Mani mijoterait quelque chose de grave contre la Nation avec Germain Payelleville, dit « Papa Germain », ingénieur informaticien, en couple avec Jeanne

Deheul ou « Maman Jeanne », genre de mère de substitution pour Jimcaale. Le couple travaille au Secours populaire et s'occupe régulièrement du gamin. Ils le sortent du camp, lui apprennent à lire, à écrire, à cuisiner, à s'intéresser à la culture…

J'écoute avec attention le résumé de Raphaël. Il se répand dans mon esprit comme la bière fraîche dans mon corps qui a trop chaud. Je sens un grondement lointain qui bourdonne au fond de moi. C'est la bille qui veille, prête à se mettre en branle. En lisant ses notes minutieusement documentées, l'inspecteur Desreumaux secoue mes pensées et réveille cette boule puissante tapie dans un coin de mon être.

— Padmini et Suraiya, à la tête d'un trafic de drogue qui transite par le camp, sont en fuite. Narong Vacarme est en fuite. Sylvain Pasquier est rentré chez lui mais on le garde à l'œil. Il nous reste la vieille Sara, mère adoptive de Jimcaale, abandonnée à son sort dans la *Terra nullius* après le départ de ses enfants pour l'Angleterre. On a aussi Serge Winckler, photographe pédophile fasciné par Jimcaale et qui mitraille chaque jour la décharge… Dominique Lagarrigue, star de la cuisine, impressionné également par Jim, et son assistante Sandrine Debavelaere qui a offert les fameuses chaussures à Jim…

— À propos de Sandrine, ça avance, New York ?

— On part dans un peu plus de trois semaines.

Raphaël fait une pause pour boire une lampée de bière avant de m'expliquer.

— Le frère de Loraine, sa copine s'appelle Sandrine. Elle m'a aidé à organiser le voyage pour aller les voir. Ça va lui faire du bien de quitter Lille et de voir son frère. Par contre, il paraît qu'à New York, la bière, on dirait de l'eau.

Raphaël attrape son stylet soigneusement rangé dans la poche intérieure de sa veste et griffonne quelques nouvelles notes sur son téléphone.

— Il reste beaucoup de zones d'ombre… Qu'est-ce que Narong a découvert à propos de Mani et Papa Germain ? Pourquoi il voulait se débarrasser de Gao Cheng et de Jimcaale ? On sait qu'il avait menacé Gao Cheng la veille, pour une raison qu'on ignore aussi. Est-ce que les parents de l'adolescent savaient que leur fils était une mule ? Est-ce qu'ils sont complices de Padmini et Suraiya ?

Côme Lasselin se lève et revient quelques minutes plus tard avec une nouvelle tournée de bières. Il nous tend les bouteilles décapsulées et poursuit l'énumération entamée par Raphaël.

— On ne sait pas non plus pourquoi personne n'a demandé aux services sociaux de prendre Jimcaale en charge…

— Et il y a le trésor.

Côme et Raphaël attendent que je développe ma pensée.

— Il joue peut-être un rôle central dans cette affaire. On ne pourrait pas envoyer des hommes pour fouiller la décharge ?

— Le commissaire refuse, les monticules sont instables. C'est trop dangereux d'y organiser une battue. Et puis, je n'y crois pas… Qui irait cacher un trésor dans une décharge ? Et pourquoi Jim n'en a pas rapporté une partie pour le montrer à la vieille Sara ?

Raphaël intervient, le nez toujours plongé dans ses notes.

— D'après Germain Payelleville, Jim a dit que le trésor n'était pas transportable.

— Tu confirmes ce que je pense, Raph. Ce trésor, je sais exactement ce que c'est.

Le jeune inspecteur à l'air poupon se décide enfin à enlever sa veste qu'il accroche au dossier de sa chaise. Lui et moi attendons de connaître le contenu de ce trésor avec impatience.

— Jim, c'était un garçon charismatique, lumineux, intelligent, tout le monde l'aimait… On nous l'a suffisamment répété. D'après vous, c'est quoi un trésor pour un môme de ce genre ? Un rêveur qui parcourt la moitié de Lille à vélo pour rencontrer un cuisinier et lui faire goûter son gâteau, qui aménage une cuisine dans la tente de sa mère adoptive, qui met du bonheur partout où il passe malgré sa vie bancale… Je vais vous dire ce que c'est que le trésor ultime pour un gamin comme lui : c'est rien d'autre qu'une parabole à la con. Un truc doucereux comme quoi le bien le plus précieux, c'est l'amour en chacun de nous et qu'en se donnant la main on peut faire de grandes choses.

Si Côme dit vrai et que le trésor est une métaphore, j'espère que Jim n'est pas mort pour avoir défendu une fable.

— Quand même, Côme, Hugo a raison. On devrait aller jeter un œil à la décharge pour vérifier. On y va juste tous les trois, pour ne pas prendre de risque. Il n'y a peut-être pas de trésor, mais ce ne serait pas impossible que Narong et le couple d'Indiennes soient planqués là. On n'a pas vérifié. Cette étendue de déchets qui grincent, elle ne donne pas envie, mais c'est justement le secret d'une bonne cachette, de repousser les curieux.

Côme fait tinter le goulot de sa bière contre sa chevalière en métal à un rythme régulier. Un toc d'hésitation pour l'aider à prendre la bonne décision. Si j'avais une chevalière, je la ferais tinter à longueur de journée, moi aussi.

— Voici ce que je propose. On fait un tour demain matin avant d'aller interroger les parents de Gao Cheng dans leur restaurant. Maintenant qu'on sait que leur fils est une mule, ils vont peut-être pas essayer de m'acheter avec un panier de fruits.

Le téléphone de Raphaël vibre sur la table, comme pour sceller la proposition qui fait l'unanimité. Le jeune inspecteur se réfugie au fond du minuscule jardin pour répondre. On l'entend murmurer joyeusement.

Jim était convaincu que son trésor pourrait changer le monde. Était-il naïf au point de croire qu'avec de l'amour, on peut transformer une *Terra nullius* en terre promise ?

— J'ai dit à Loraine de nous rejoindre. Elle apporte un welsh.

Raphaël fait un détour par la cuisine et revient avec de nouvelles bières de Snick. La chaleur donne soif et la bière lilloise donne chaud. Un cercle vicieux qui s'autoalimente sans que ce soit désagréable. J'ai quand même la tête qui tourne. Le jeune inspecteur me tend une bouteille en souriant.

— Faut rien dire à Loraine, c'est une surprise.

Je regarde Raphaël sans comprendre.

— Pour New York.

Je ne sais pas mentir, mais je sais me taire.

Les deux amis continuent d'évoquer l'enquête pendant que je sonde mes pensées à la recherche du poids qui s'est installé. Il manque des puzzles, il y a trop de contextes visibles, des faces cachées à foison. J'évite de parler à Côme et Raphaël de Béranger que j'ai surpris dans la cabane. Je ne leur rappelle pas non plus les mots de la vieille Sara : « J'aurais pu sauver Jimcaale. » Ma bille tonne au loin, elle remue hors de portée. Je sens le moment où elle reviendra me raconter tout ce qu'elle a récolté ; la vérité sera lourde.

Je sursaute quand la sonnette stridente retentit jusque dans le jardin. Raphaël se lève pour accueillir Loraine mais Fantine a pris les devants. La fille de Côme et la femme de Raphaël se prennent dans les bras comme de vieilles amies. J'avale la dernière gorgée de ma bière sans cesser de les observer.

— Loraine était la baby-sitter attitrée de Fantine. C'est grâce à moi que Raphaël et Loraine se sont rencontrés. Elles s'adorent.

Côme termine sa bière à son tour. Il fait rouler la bouteille encore fraîche contre sa joue. Loraine vient nous saluer et sourit tristement devant nos mines encore à l'enquête.

— C'est à cause de votre petit super-héros que vous faites ces têtes ?

Raphaël prend sa femme dans ses bras dans un élan protecteur exagéré. Il l'embrasse sur le front et l'aide à déposer au milieu de la table le plat qu'elle a apporté. Je découvre une nouvelle spécialité locale, de grosses tranches de pain imprégnées d'une sauce brune à la bière et au fromage. La gastronomie lilloise n'est pas adaptée aux températures subsahariennes mais ces grosses tartines salées épongent délicieusement mes excès de Snick.

— Alors, Hugo ? Comment tu trouves mon welsh ?

J'aurais aimé avoir une baby-sitter avec le sourire de Loraine. Mes parents m'ont toujours emmené partout. J'étais confié, selon le contexte, à un flic en service le temps d'une planque, une serveuse, une caissière de supermarché… Je me souviens de leurs airs abasourdis quand ma mère promettait qu'elle n'en avait que pour une poignée de minutes, leurs mines énervées quand elle revenait une heure plus tard dans le meilleur des cas. Pourtant mes parents n'ont jamais imaginé me laisser dans leur appartement parisien du boulevard Malesherbes le temps d'une soirée. Ils préféraient me confier au hasard plutôt qu'à une baby-sitter. « On forme une équipe : ton père, toi et moi », affirmait ma mère avec force clins d'œil complices. L'équipe a pris un coup. Je racle une boulette de chocolat fondu dans un coin de mon étui pour panser la nostalgie qui remonte.

Fantine et Loraine éclatent de rire. Je me suis perdu dans mes pensées sans répondre à la question sur le welsh et j'ai avalé sous leurs yeux un morceau de chocolat au milieu du repas. Je souris parce que c'est risible si on ne voit pas les choses de l'intérieur. Je bafouille ensuite une excuse timide et je jure que le welsh qui a rejoint la fricadelle dans mon estomac l'a rejointe aussi dans mon cœur.

Je m'efforce de regarder ailleurs, dans un champ de vision qui exclut Loraine et son rire, sa silhouette aérienne et sublime dans sa robe estivale, lumineuse au milieu de ce jardin en friche niché au pied d'un immeuble en brique rouge.

Le soleil s'est enfin résolu à entamer sa descente et nos peaux moites goûtent à la fraîcheur relative de la fin du jour. Je les observe tous les quatre, leurs paroles joyeuses trimballées de l'un à l'autre dans un bonheur complice. Je me sens de trop dans cette intimité solide ; je n'ai jamais eu d'aptitude aux relations fusionnelles ou aux joies qui enivrent.

Le téléphone de Loraine s'éclaire sur la table. Le nom de Cyrille apparaît et Raphaël ne peut s'empêcher de me lancer un regard appuyé. Il a cerné rapidement mon absence totale de talent dans l'art du mensonge et il s'inquiète, à juste titre, que je ne dévoile son secret new-yorkais. La femme de Raphaël sautille de joie et répond à son frère dans un élan enfantin attisé par la bière qui n'a jamais cessé de couler depuis que nous sommes arrivés. Elle s'éloigne dans sa robe fleurie et je savoure ses gloussements entre chaque réponse excitée.

Je me lève de ma chaise pour me dégourdir les jambes et je manque de tomber, assommé par les bières de Snick que j'ai arrêté de compter il y a longtemps. Je m'étais pourtant promis de me méfier des alcools nordiques aux degrés exagérés. Le ciel sans nuage a livré ses premières étoiles. Côme me rejoint et les observe avec moi. Il met une main sur mon épaule, comme il en a l'habitude, et partage avec moi ses conseils avisés.

— Entre ta mère qui court après ses souvenirs, ma fille qui se réfugie dans les études pour s'offrir une vie meilleure et la femme de Raph qui lutte contre la dépression, les femmes de nos vies sont des battantes, Hugo. Ta mère, sa femme, ma fille… On les soutient, c'est vrai, mais on se cache derrière leur mal-être pour pas voir le nôtre. Si ta mère avait pas Alzheimer, Hugo, tu serais obligé de penser à ta bille, de chercher l'origine de cette faille qui te fait croire qu'elle est essentielle. Ta bille qui revient, Hugo, tu crois que c'est le retour à la normale mais un jour elle va t'entraîner dans sa chute. Elle fera « ding » et toi tu feras « boum ».

Je souris parce qu'il a une drôle de façon de prononcer les onomatopées, mais une partie de moi se liquéfie. Ma bille que je prends comme une béquille, mes deux amis lillois la voient comme une enclume attachée à mon esprit et qui finira par me couler. Il faudra que j'en parle à ma paléontologue quand je rentrerai à Paris. L'évocation de la forêt amazonienne du Jardin des Plantes me donne un frisson de joie rapidement effacé par ma bille qui surgit à l'improviste.

Je me retiens à la table. Côme, Fantine, Raphaël et Loraine se précipitent pour m'aider. La femme de Raphaël s'inquiète de mon état.

— Il a trop bu ?

— Non, il a la bille, chuchote Raphaël avec respect.

Je n'ai pas la moindre idée de ce qui a provoqué sa venue. Côme l'a évoquée à l'instant, mais parler de la bille ne fait pas venir la bille, en principe. C'est autre chose. Comme à son habitude, elle commence à disparaître au moment où je me concentre sur les dernières paroles entendues avant qu'elle surgisse. Je secoue la tête quand Raphaël m'interroge du regard : ce ne sera pas encore pour cette fois, pas de « ding ». Il sourit, sans cacher une pointe de déception.

Il est minuit. Je remercie le quatuor pour son soutien et je prends congé de leur sollicitude bienveillante. Côme remet sa main sur mon épaule.

— On a passé une longue journée, rentre à l'hôtel et repose-toi. On verra demain.

— On verra demain.

Jour 4

Côme n'a pas le temps de terminer sa phrase que mon téléphone vibre au fond de ma poche contre mon carnet. J'ai cru que ce serait moins désagréable que l'étui à chocolat mais le bourdonnement feutré de la couverture cartonnée ne vaut pas mieux que celui, métallique, de l'étui à chocolat. Je mets fin aux chatouilles en répondant sans réfléchir quand je vois le nom de Lulu la stagiaire qui s'affiche.

J'ai du mal à saisir ce qu'elle dit parce qu'elle hurle dans le téléphone. Je lui demande de se détendre et d'articuler sous les regards intrigués de mes quatre nouveaux amis. Entre deux sanglots hoquctants, je me fige quand je comprends enfin ce qu'elle essaie de me raconter.

Je raccroche et demande à mon hôte de me commander un taxi de toute urgence. La petite troupe me réclame des explications que je suis incapable d'ordonner pour qu'elles aient une apparence logique. Il me semble impossible de leur expliquer en quelques mots intelligibles que Lulu la stagiaire a découvert le secret du trimoin.

Je me contente de leur dire qu'elle travaille avec moi au commissariat à Paris, que je l'ai envoyée à Brou pour enquêter et que, paniquée par ce qu'elle a découvert, elle m'attend pour tout me raconter.

— C'est où, Brou ?

— En Eure-et-Loir.

— Tu pars en Eure-et-Loir ?

— Non, elle est à Lille. Elle m'attend devant mon hôtel.

Je suis touché par le soulagement manifeste de Raphaël qui n'avait visiblement pas envie que je parte à Brou.

Dans mon taxi climatisé, je traverse Lille qui scintille en réfléchissant aux différentes façons dont Lulu a pu obtenir l'adresse de mon hôtel. Et je tente d'imaginer ce qu'elle a découvert sur le trimoin qui la mette dans cet état. Mes pensées se dispersent et se noient dans la Snick. Quelles que soient les réponses à mes interrogations, j'ai la certitude que Lulu fera un flic hors pair une fois qu'elle ne sera plus stagiaire.

Quand le taxi se gare devant l'hôtel, elle se lève du bout de trottoir qui lui a servi de siège en m'attendant et elle se jette dans mes bras. Je tapote son dos maladroitement pour calmer ses sanglots énervés. Le bar en face de l'hôtel où j'ai bu des bières la veille est toujours ouvert. Je lui propose de prendre un verre avant qu'elle ne me raconte ce qui lui est arrivé. Elle approuve dans un reniflement bruyant dont le son ridicule la fait rire nerveusement.

Je commande deux pintes de bière à la serveuse qui ne m'a pas reconnu : elle pose nos lambics authentiques qui tombent à pic en précisant d'une voix épuisée qu'en fait, ce ne sont pas vraiment des lambics, c'est pour la rime. Je commence à croire que c'est une injonction légale plus qu'un folklore amusant.

Lulu ingurgite la moitié de son verre avant de retrouver un peu de calme. Elle pousse une longue inspiration et se lance dans des explications noyées dans l'alcool au lieu des sanglots.

— Il m'a mise hors de moi.

— Le trimoin ?

— Je lui ai donné rendez-vous à la terrasse d'un café, comme vous me l'avez suggéré. J'aurais dû voir venir le piège, il a accepté trop vite. Mon objectif était de le bousculer, de l'attaquer frontalement pour le déstabiliser... Mais il a avoué sans chercher à louvoyer, avec son sourire mielleux de petit vieillard content de lui. À soixante-dix-huit ans, inspecteur, je peux vous dire qu'on peut avoir une parfaite tête de teigne à claque. Il m'a tout raconté, dans la chronologie exacte des événements pour être certain de ne rien omettre. Brou, c'est pas la Côte d'Azur, mais on n'était pas tout seuls sur notre terrasse. Il vantait ses exploits sans se soucier des gens autour de nous. Vous avez rien à manger ? Je suis affamée.

Je plaque ma main sur mon étui à chocolat dans un réflexe défensif. Je n'aime pas partager mes carrés millésimés. Je les considère comme un substitut à mes pensées désagréables, une catharsis comestible. Je me laisse pourtant amadouer par sa mine défaite et je viens en aide à son estomac. J'ouvre la petite boîte métallique en la poussant vers elle. Elle la saisit et racle le papier d'aluminium avec avidité. Ses doigts fouillent jusque dans les recoins pour récolter les bouts de chocolats pâteux, affaissés, comme tout le monde, par la canicule lilloise.

— J'en avais besoin... Merci, Hugo. En plus, les chocolats à la menthe, c'est ce que je préfère.

Elle a remplacé le solennel « inspecteur » par un « Hugo » spontané qui me convient mieux. Elle n'a pas relevé et débarrasse consciencieusement le contenu de mon étui entre deux gorgées de bière. Son dernier repas doit avoir quelques heures pour qu'elle se régale de cet agglomérat de cacao moribond.

— Tout a commencé il y a une quinzaine d'années. Notre bonhomme, Antoine Dupuis, a assisté à un meurtre. Il a témoigné au procès, et le criminel a été envoyé en prison. Histoire presque banale, l'assassinat mis à part.

Elle vient à bout des restes de chocolat dans les coins en léchant l'intérieur de mon étui avec une délectation frénétique.

— Antoine Dupuis m'a ensuite avoué très tranquillement que deux ans plus tard, alors qu'il passait quelques jours dans un camping du sud de l'Ardèche, un nouveau crime a eu lieu. Il n'y a pas assisté mais on en parle dans le camping parce que la victime a été assassinée à quelques rues seulement.

Lulu commande une autre bière d'un geste de la main, la mienne n'a pas beaucoup bougé. J'ai pris une avance difficilement rattrapable.

— Je peux pas enlever à Antoine Dupuis une façon de vous raconter les choses qui donnent l'impression d'y être… Il imitait très bien le badaud choqué qu'un meurtre ait été commis tout près. « Vous vous rendez compte, ça aurait pu être l'un de nous ! Dans quel monde on vit, je vous jure, toute cette violence ! Et que font les politiques ? » Je le fais moins bien que lui. Pourquoi vous souriez, inspecteur ? Vous vous fichez pas de moi, au moins ?

— Non, c'est juste que je trouve que vous imitez bien le badaud.

Lulu la stagiaire retrouve peu à peu de son volontarisme enjoué. Elle attaque sa deuxième Snick et la suite des explications avec une énergie nouvelle.

— Antoine Dupuis se remémore alors son témoignage dans l'affaire de meurtre, la lumière sur lui, la façon dont on vous traite avec importance… Des policiers lancent un appel à témoin auquel il répond. Grâce au directeur du camping qui lâche des infos à tout le monde parce que son beau-frère est flic, il forge sa crédibilité. On le sollicite, il tombe bien parce que l'avocat du suspect est coriace, et Antoine Dupuis aide ainsi le procureur à mettre un nouveau meurtrier derrière les barreaux. Il est devenu un bimoin. Vous m'aviez prévenu que la vérité était souvent décevante. Le type est un faussaire, ça aurait pu être totalement sans intérêt. Et puis il y a eu la suite.

Elle boit une nouvelle rasade pour contenir la colère qui monte, un peu de mousse s'échappe de la commissure de ses lèvres. Elle secoue la tête, pas prête encore à verbaliser ce que lui a infligé le bimoin après qu'il est devenu trimoin. Une nouvelle gorgée s'impose, aussi abondante que la première.

— Il a été happé par cette sensation grisante d'être au cœur d'une affaire judiciaire. Antoine Dupuis était ferré. Notre serial menteur n'allait plus pouvoir décrocher.

« Serial menteur », je ne vois pas destin plus éloigné du mien. Lulu me rend mon étui consciencieusement refermé et nettoyé de toute parcelle de cacao.

— Il a pourtant attendu six ans avant de recommencer. Un nouveau faux témoignage à plusieurs centaines de kilomètres de chez lui. Il traversait une période difficile, sa femme venait de mourir. Il avait besoin de cette ambiance de cour, de ces codes qui ne changent pas et d'un peu d'attention. C'est de cette façon qu'il a présenté les choses. Au premier meurtre paru dans le journal, il a pris la route vers le fait divers. Avec un tout petit peu plus de professionnalisme, les enquêteurs auraient dû le coincer, mais ça arrange tout le monde, une affaire bancale qui voit débarquer un témoin capital. Vous buvez pas vite aujourd'hui, inspecteur.

Je ne lui raconte pas ma soirée arrosée à la Snick avec le quatuor amical dans un jardin en friche. J'attends avec une certaine impatience de savoir à quel moment le trimoin l'a poussée à venir jusqu'ici. Je l'interromps malgré tout parce que ma curiosité s'éparpille.

— Vous êtes venue comment ?

— Avec sa voiture, mais laissez-moi terminer.

— La voiture d'Antoine Dupuis ?

— Oui, je l'ai empruntée. Je n'avais pas le temps d'attendre, je devais vous parler.

— Il vous a prêté sa voiture ?

— Vous imaginez bien que si je lui avais demandé, il ne me l'aurait jamais laissée. Arrêtez de m'interrompre, je veux que vous compreniez bien pour ne pas juger sans avoir tous les éléments.

Une pointe d'inquiétude vient s'ajouter à ma curiosité. Je réalise que je n'aurais peut-être pas dû encourager Lulu la stagiaire au sang chaud à se rendre dans la paisible commune de Brou. Cette phrase en chti plusieurs fois répétée par Mani me revient : « Elle met l'bren. »

— Après avoir témoigné avec succès dans une troisième affaire de meurtre, Antoine Dupuis se sentait mieux. Il m'a dit qu'il avait décidé de se ranger pour un moment. Mais le fait d'en parler avec moi, l'envie lui revenait. Il caressait l'idée de se réapproprier un petit témoignage de meurtre pour mettre un peu de piment dans sa vie terne de retraité. Vous vous rendez compte, inspecteur ? Ce vieux beau avec son costard en lin, il sirotait sa grenadine, les yeux rieurs, en m'annonçant sans honte qu'il allait partir en quête d'un nouveau faux témoignage !

Lulu plante ses doigts dans la table en bois. Elle contrôle sa hargne en griffant le petit meuble qui en a vu d'autres. Je commence à comprendre l'origine de sa colère.

— Et quand je l'ai menacé de le faire arrêter, en lui rappelant que le faux témoignage est un délit grave, vous savez ce qu'il m'a répondu ?

— Oui.

Elle me regarde de ses jolis yeux noirs enfouis sous des sourcils froncés. Elle cherche un instant à savoir si je plaisante avant de se rappeler que c'est un domaine que je ne maîtrise pas.

— Il vous a répondu qu'il ne risque rien. On ne peut pas invoquer des statistiques improbables comme preuve qu'il n'a pas assisté à ces meurtres. Et il sait de toute façon qu'il n'aura jamais besoin de se justifier devant une cour.

— C'est exactement ce qu'il a dit…

— Si vous le dénoncez, ce sera votre version contre la sienne et la justice n'aura aucun intérêt à croire la vôtre. D'abord parce que ce serait la démonstration inquiétante de la fragilité de notre système. Ensuite parce que les trois meurtriers qu'on a jetés en prison grâce à son témoignage seraient libérés. Antoine Dupuis a peut-être même ajouté que si l'un d'entre eux venait à tuer à nouveau, ce serait de votre faute ?

Lulu frappe du poing sur la table. Personne ne réagit autour de nous. Il en faut plus pour couvrir les bruits d'une terrasse qui s'amuse par une chaude nuit d'été.

— Je refuse qu'il s'en sorte aussi facilement. Je lui ai dit que vous alliez vous occuper de son cas, que vous trouveriez le moyen de le faire payer.

— Les trois meurtriers étaient coupables ?

— Il semblerait, oui. Mais cela n'excuse pas sa conduite !

— On peut lancer une procédure contre lui. Vous êtes sûre de vouloir prendre ce risque ?

— Je ne sais pas... Son arrogance m'a mise hors de moi.

— Je peux lui parler, essayer de lui faire peur, pour le dissuader de recommencer.

Lulu la stagiaire termine sa bière d'un trait et se lève avec l'élan des grandes décisions.

— Parfait, allons-y.

— Aller où ?

— Parler à mon trimoin.

— Il n'est pas à Brou ?

— Non, il est là. Il nous attend à l'hôtel.

Je finis ma bière et je laisse un billet sur la table avant de suivre Lulu qui quitte la terrasse le pas pressé vers l'hôtel, de l'autre côté de la rue. Nous pénétrons dans le petit hall où la femme de l'accueil nous sourit aimablement. Nous atteignons l'ascenseur et Lulu hésite avant de répondre à mon visage plein d'interrogations.

— Quand je dis qu'il nous attend à l'hôtel, c'est une façon de parler. Il est dans le parking. J'espère que ça ne vous embête pas, je me suis fait passer pour votre copine pour avoir le droit de me garer.

La vérité qui se dessine m'inquiète.

— Et quand je dis qu'il nous attend dans le parking, ce que j'entends par là, c'est qu'il est dans le coffre de sa voiture.

L'ascenseur parcourt l'unique étage dans un temps qui me semble pourtant long. Des vagues d'adrénaline m'électrisent l'échine tandis que nous nous approchons d'une vieille voiture garée dans un coin isolé. J'évalue les kilomètres qui séparent Brou de Lille. Le calcul est approximatif et le résultat, de toute façon, beaucoup trop grand. J'ai peur de l'état dans lequel se trouve Antoine Dupuis.

Lulu déverrouille le coffre et un homme aux cheveux blancs, recroquevillé, sourcils froncés et bras croisés, nous fusille du regard. J'arrache son bâillon et les liens autour de ses poignets et j'entreprends de l'extirper de l'espace exigu. Il refuse mon aide et se dégage de sa prison d'un geste rageur. Il observe autour de lui et secoue la tête en signe de désapprobation. Il entame ensuite quelques mouvements de gymnastique pour se débarrasser des courbatures qui doivent être nombreuses. Je suis frappé par sa chemise parfaitement sèche alors que Lulu et moi portons sur nous les traces humides de la canicule lilloise.

— J'imagine que c'est vous, Hugo Boloren ? Votre stagiaire m'a promis des tas de misères entre vos mains. Enlèvement, séquestration, torture, j'ai hâte de mettre fin à sa carrière à peine entamée.

— Vous avez un sacré culot…

Je les sépare en intimant des ordres bafouillés maladroitement. Je propose d'aller boire une bière parce que je n'ai jamais su régler les conflits autrement, mais ma suggestion est refusée des deux côtés. Je consulte mon téléphone qui indique deux heures du matin. Je change de stratégie avec une nouvelle proposition accueillie avec moins de contestation : une bonne nuit de sommeil et on fait le point demain.

J'escorte le duo énervé jusqu'à la réception. Après une négociation ardue en raison de l'heure tardive, j'obtiens de la femme de l'accueil qu'elle nous donne deux chambres. Je confie la suite à Antoine Dupuis et la chambre sur cour à Lulu. Le trimoin m'arrache la clé des mains et s'en va rejoindre son appartement de luxe sans un mot.

— Vous n'avez pas peur qu'il s'enfuie, inspecteur ?

— Il a le droit de rentrer chez lui. Et vous pourrez vous estimer heureuse s'il ne porte pas plainte.

— J'espère qu'il le fera.

La stagiaire sourit avec fierté. Je commence alors à comprendre que ce kidnapping que je pensais être une folie exécutée sous le coup de la colère est parfaitement pensé.

— Vous avez fait exprès. Si Antoine Dupuis porte plainte, vous parlerez de ses faux témoignages pour justifier votre geste. Et même s'il est relativement serein, il n'a pas envie de prendre le risque d'un procès. Vous vouliez que le trimoin ressente votre frustration.

— Finalement, je la veux bien, cette dernière bière.

Le bar d'en face est en train de mettre les derniers clients dehors. Je demande à la femme de l'accueil qui me confirme que des bières de Snick fraîches sont proposées dans tous les minibars de l'hôtel.

Lulu colle son front à la vitre de ma chambre et je la rejoins pour observer les serveuses qui rangent les tables pendant que quelques clients terminent leur verre debout et chantent à tue-tête avec la ferveur des abus festifs. Nous sirotons à petites gorgées en observant par la fenêtre. Je n'ai pas allumé le climatiseur dans la chambre et la lourdeur accumulée toute la journée est encore bien présente.

— Vous n'avez pas répondu à ma question, au commissariat.

— Quelle question ?

— Pourquoi vous ne me demandez jamais de nouvelles de Mathilde ?

— Je ne sais pas. Parce qu'elle m'a quitté pour Shanghai, j'imagine.

— C'est comme ça que vous voyez les choses, inspecteur ? Je vous appelle encore inspecteur parce que vous êtes mon supérieur hiérarchique, mais là tout de suite, je serais tentée de vous appeler « mon pauvre petit bonhomme ».

Lulu avale une grande rasade de bière dans un geste colérique. Les oscillations de son humeur sont vertigineuses. La grâce du goût houblonné perd en saveur quand on boit sa bière énervé. Je me retiens de lui en faire la remarque.

— Je sais pourquoi vous ne me demandez jamais de nouvelles de Mathilde. Ce n'est pas elle que vous chérissez, c'est l'abandon. Vous êtes trop heureux de pouvoir vous apitoyer sur votre sort. « Mathilde m'a quitté pour Shanghai », le bon rôle est de votre côté et vous pouvez larmoyer tranquille. Vous ne voulez surtout pas savoir comment elle va parce que vous êtes un enfant gâté égoïste qui se complaît dans la défaite. Vous êtes amoureux de son absence. Vous cajolez votre douleur.

Ce n'est pas la première fois qu'une femme m'accuse de tourner en rond autour de moi-même. Il doit y avoir du vrai.

— Mathilde me demande tout le temps comment vous allez.

— Tout le temps ?

— Souvent, enfin parfois. Beaucoup plus que vous. Mathilde est partie mener sa barque, arrêtez de vous répéter en boucle qu'elle vous a quitté. Passez à autre chose, trouvez-vous une nouvelle copine.

Je sors mon étui à chocolat et je le fais tournoyer entre mes doigts sans l'ouvrir. De toute façon, il est vide. Lulu pousse un soupir à faire trembler les murs de la chambre.

— Mathilde a raison, vous avez un côté exaspérant qui vous rend bizarrement irrésistible. C'est ça. Vous êtes irrésistiblement chiant.

Je suis frappé par le contraste entre son agacement agité et la douceur de ses lèvres quand elle m'embrasse. Je me laisse envahir par ce baiser ouaté avant de me ressaisir et de la jauger de mon regard qui ne cache rien.

— Oui, je suis énervée ; non, je ne vous ai pas embrassé par excès de rage mais par envie ; oui, pendant les minutes qui viennent je vais t'appeler Hugo ; non, Mathilde ne sait pas que j'en ai envie depuis le premier jour où je t'ai croisé au commissariat mais vous êtes pas un couple et je suis certaine que Shanghai pullule de beaux Chinois ténébreux.

Elle conclut mon interrogatoire sans question en arrachant le haut de ses vêtements dans un mouvement de soulagement semblable à celui qu'on ressent quand on enlève ses chaussures après une journée de marche.

Je me laisse emporter par sa vague de fureur, agréablement soumis à son désir contagieux. Nos corps se bousculent, pressés par l'envie. Sa peau inondée par la sueur glisse contre la mienne, elle a goût de sel tiède et acide. Je savoure chaque parcelle de cette peau saline et sa bouche rejoint parfois la mienne. J'aime le contraste de la sueur astringente avec sa langue chaude et douce. Lulu s'agace de la chaleur, jure contre nos corps transpirants qui dérapent, elle nourrit son plaisir de fureur. Sa rage m'apaise, sa violence me berce.

Allongés côte à côte, nos corps repus de plaisir reprennent leur souffle. Nous restons un long moment à observer le plafond, nos cages thoraciques ralentissant progressivement leurs ondulations vers un bonheur plus tranquille. Comme la respiration sereine de Jimcaale dans sa chambre traversée par les machines et les tuyaux. Ni mort apparemment ni jamais plus vivant. Lui aussi, il est dans une *Terra nullius,* quelque part entre deux univers qui n'aiment pas se côtoyer.

Le trésor de Jimcaale. On dirait le titre d'un roman d'aventure. Je ne me suis pas beaucoup penché sur ce trésor. Je n'arrive pas à évaluer son rôle dans toute cette histoire. Ma bille ne roule pas à son évocation. Je ne crois pas à la version de Côme, au trésor qui ne serait qu'une parabole sur l'amour, la plus belle des richesses. Nous n'avons qu'un seul indice concret à propos de ce trésor : *On ne peut pas le transporter.*

Lulu se lève d'un bond pour aller se servir une bière dans le petit frigo. Des marques de draps se sont incrustées sur la rotondité de ses fesses. Je me redresse pour les détailler pendant qu'elle vide sa bouteille en me tournant le dos. Sans s'arrêter de boire, elle pivote la tête vers moi et laisse échapper un petit rire bref.

— J'ai cru que tu regardais mon tatouage. Apparemment, c'est pas ce qui t'intéresse le plus.

— Je contemple les marques de draps sur tes fesses, elles sont jolies. Et éphémères. Si je n'en profite pas maintenant, je ne les verrai plus jamais. Alors que ton tatouage…

— Il n'y a que dans la bouche d'Hugo Boloren qu'on peut entendre un truc pareil. Du coup, si je comprends bien, tu as l'intention de le revoir, mon tatouage ?

Je souris à mon tour. C'est agréable. Lulu s'assoit sur le lit et me présente son dos où une gigantesque fleur et sa tige feuillue sont enfermées dans une bulle en forme de goutte. Le dessin aux teintes rouges et vertes occupe toute la partie à gauche de la colonne vertébrale.

— C'est un nénuphar dans un poumon. Comme dans *L'Écume des jours.*

Mes doigts suivent les lignes du dessin et mes yeux se ferment sur cette douce contemplation. Des images défilent dans ma tête. Ma mère, Jimcaale, la cabane pillée, la décharge et le no man's land avec des gens dedans… Et juste avant de sombrer dans le sommeil, je devine ma bille qui roule dans ma direction. Elle s'approche, sa vérité va retentir bientôt et je n'en ressens aucun soulagement. Un mauvais pressentiment la rend menaçante, la promesse d'heures à venir difficiles. Côme l'a vu avant moi : quand la bille fera « ding », autour, mon monde fera « boum ».

*

*   *

— Police, ouvrez !

J'ai l'impression d'être hier. Les mêmes coups sourds contre la porte, la même douleur dans le crâne à chaque vibration qui fait trembler le mur jusque dans le lit. Je me tourne vers mon téléphone en charge sur ma table de nuit. Il est presque onze heures. Je me remémore les événements de la veille pour envisager la journée qui s'annonce. Le programme me revient peu à peu. L'exploration de la décharge avec Côme et Raphaël, une chasse au trésor dans les imbrications de métal qui chantent leur air maléfique. Puis l'interrogatoire des parents de Gao Cheng. Une belle balade en perspective.

Je me glisse hors du lit, emmitouflé dans le drap pour ne pas paraître complètement nu à Raphaël dans l'embrasure. J'appuie sur la poignée et la porte s'ouvre en grand. Je manque perdre l'équilibre. Le commissaire Lepoutre fait quelques pas en observant ma chambre d'un air absent.

— Habillez-vous, Boloren. Vous venez avec moi.

— Je peux prendre une douche ?

— Pas le temps.

Le commissaire s'assoit sur le bord du lit sans drap, décidé à attendre ici que je me prépare. Dans le déroulé de la veille qui continue de se dévoiler dans mon esprit brumeux, je finis par me souvenir que je me suis endormi la main sur le tatouage de Lulu la stagiaire. Je suis soulagé qu'elle ne soit pas restée. Ce n'est pas le genre d'aventure qu'il est bon d'ébruiter.

— Activez-vous, Boloren.

Je suis étonné par la froideur nouvelle du commissaire Lepoutre. J'enfile mes vêtements dans une intimité relative et il me pousse en dehors de la chambre, ma deuxième chaussure à peine ajustée. Les abus de Snick de la veille me secouent le crâne.

En passant près de la salle du petit-déjeuner, j'aperçois Antoine Dupuis en train de tremper un croissant dans son café au lait. Mon ventre gargouille d'envie. Le trimoin n'a pas le temps de remarquer ma présence, le commissaire me presse vers la porte de l'hôtel qui nous fait quitter la douce fraîcheur de l'air conditionné pour la lourdeur humide de la rue. Le soleil s'est caché derrière des nuages épars qui paraissent prêts à s'unir pour fomenter un mauvais orage.

Je n'ai pas le temps de lorgner plus longtemps les nimbus, un policier nous ouvre la portière arrière d'une voiture dans laquelle le commissaire Lepoutre m'invite à me faufiler d'une main appuyée. Il s'engouffre à ma suite et son attitude commence à me déplaire franchement.

— Un problème, commissaire ?

L'homme affable qui s'insurgeait contre les géraniums haut de gamme a définitivement disparu. Il colle son nez à la fenêtre sans m'accorder un regard.

— Je peux savoir où vous me conduisez ?
— Nous allons au CHU, inspecteur.
C'est aujourd'hui que Jimcaale est débranché, mais je ne vois pas en quoi ma présence est requise pour faire quitter au gamin son errance dans sa *Terra nullius* personnelle. Au fur et à mesure que la voiture se rapproche, gyrophare allumé, de l'hôpital, un poids alourdit mon estomac en même temps que le mal de crâne me tourmente. J'imagine toutes les raisons possibles à cette invitation forcée et rien de rassurant ne vient illuminer mon esprit. Je regarde Lille défiler par la fenêtre en me préparant au pire sans savoir la forme qu'il prendra. Lorsque nous franchissons le périphérique qui encercle la ville comme à Paris, je reconnais l'imposant cimetière de Saint-Charles, signe que nous sommes bientôt arrivés. Il y a toujours un cimetière dans les environs d'un CHU. Échange unilatéral de bons procédés.

La voiture contourne l'hôpital et nous dépose plus loin que l'entrée habituelle, devant une construction moderne et discrète, en retrait du centre hospitalier. J'entre à la suite du commissaire à l'intérieur de ce bâtiment ; une odeur d'alcool et de Javel agresse aussitôt mes narines. Je pense à la clinique Pierre-Dambricourt qui veille sur ma mère sans parfum d'hôpital car c'est tout le secret des cliniques chics, de ne pas en avoir l'air. Je n'aime pas le malaise sourd derrière le silence du commissaire, un malaise exacerbé par le couinement des semelles de nos chaussures sur le linoléum.

Nous empruntons des couloirs qui se croisent avant de descendre vers les sous-sols. Mon guide connaît bien le chemin. Nous traversons ensuite une succession de portes battantes avant que mes doutes ne soient confirmés : nous sommes dans une morgue. Jimcaale a peut-être fait de nouvelles révélations maintenant qu'on a pu l'observer de plus près.

Nous entrons dans une salle au milieu de laquelle trône un corps recouvert d'un drap blanc. Le médecin légiste que j'ai rencontré la veille attend auprès de sa dépouille, lunettes sur le nez, en blouse blanche et l'air concentré. Je m'approche pour le saluer et je remarque alors Côme Lasselin et son indéboulonnable veste en jean assis sur une chaise dans un coin. Avant que je n'aie eu le temps de prononcer une parole, le commissaire adresse au médecin une sentence brève.

— Montrez-lui.

Le légiste obéit sans se faire prier et soulève le drap jusqu'au buste. Je me retiens au bord du lit funéraire pour ne pas tomber.

Raphaël Desreumaux est allongé sous le drap blanc, livide, sans vie. Une plaie béante à l'arrière de son crâne témoigne de la violence avec laquelle il a quitté le monde.

Des bribes de phrases se meurent au bord de mes lèvres trop sèches. Je tâtonne dans la poche de mon pantalon à la recherche de l'étui à chocolat. Je constate qu'il est vide et je me remémore la veille. Lulu terminant les derniers carrés fondus, et moi quittant Raphaël en parfaite santé à peine un quart d'heure plus tôt. Un tourbillon de rage fait pulser mon cœur jusqu'aux tempes.

— Vous n'avez pas envisagé d'autres façons de m'annoncer que Raphaël était mort ?

— Il fallait qu'on vérifie.

Le commissaire baisse la tête, peu fier de cet aveu incompréhensible. Côme pleure en silence de grosses larmes qui perlent sur son visage crispé par la douleur. Il rassemble ce qui lui reste d'énergie et s'avance vers moi, une lueur mauvaise dans ses yeux rougis.

— Pourquoi tu n'es pas venu à la décharge avec nous, ce matin ?

Je ne me suis pas réveillé. C'est une excuse banale, pourtant inaudible dans la chambre funéraire d'un institut médico-légal avec un camarade de bière de Snick qui gît à côté. Je vérifie mon téléphone et découvre les nombreux appels en absence de Raphaël, le dernier datant d'il y a un peu plus de trois heures.

— Qu'est-ce qui s'est passé, Côme ?

— Nous nous sommes séparés quelques instants dans la décharge, chacun d'un côté d'un monticule pour quadriller la zone. Il avait à peine quitté mon champ de vision que j'ai entendu un cliquetis puissant et sourd. Puis un déferlement de bruits métalliques, comme une avalanche de morceaux de ferraille qui s'entrechoquent. Et il y a eu le hurlement.

Les trois hommes m'observent avec un air sévère sans que je ne sache encore la raison de leur inimitié.

— Un cri sec, aussi bref que net : « Boloren ! », puis le silence.

Côme Lasselin ne peut s'empêcher de regarder son ami allongé sans vie et son visage se comprime, déformé par la haine et la tristesse. Il se ressaisit pour modeler à nouveau son regard accusateur.

— Ce cri était tellement inhumain que je suis incapable de dire si c'est Raphaël qui l'a poussé, ou l'ombre.

— L'ombre ?

— En contournant le monticule, j'ai aperçu une silhouette s'éloigner en courant dans la décharge. J'ai hésité à la poursuivre, mais Raphaël gisait au milieu d'un bordel de débris et je me suis précipité pour l'aider. Il était déjà mort, l'arrière du crâne broyé par un vieux four.

Son regard se perd dans cette image qui va le hanter toute sa vie.

Le commissaire fait des efforts pour ajouter un peu de douceur dans le timbre de sa voix quand il s'adresse à moi.

— Vous comprenez maintenant, Hugo ? On se demandait si Raphaël avait crié votre nom parce que c'était vous qui aviez fait effondrer ce fourbi métallique sur lui. Il aurait ainsi livré le nom de son tueur avant de mourir…

Cette suspicion me paraît tellement improbable que mon attention se concentre sur « fourbi » et sa sonorité ridicule.

— Pourquoi j'aurais tué Raphaël ?

— Je ne vois personne qui aurait pu en vouloir à Raphaël, et quand on ne soupçonne personne, on est obligé d'envisager tout le monde.

Le commissaire pose une main pseudo amicale sur mon épaule. La tentation de me dégager est grande.

— L'autre question, Hugo, c'est pourquoi votre nom a été hurlé au moment où Raphaël est mort ?

Je n'ai plus aucune envie de répondre à leurs interrogations. Même si je comprends que ce soit étrange, mon nom surgi de nulle part. La figure de Raphaël est triste, une tristesse sidérée. Il n'a pas la sérénité des morts tranquilles. On ne peut pas déjà mourir quand on porte des costumes trop grands. L'absurdité me dépasse et la céphalée m'empêche de réfléchir. Je m'apprête à sortir de cette pièce où j'étouffe mais je suis retenu dans mon élan par la porte battante qui s'ouvre en grand. Deux policiers aux regards graves escortent un être recroquevillé. Je mets plusieurs secondes à reconnaître Loraine Desreumaux.

Un frisson glacial me traverse. Sa fraîcheur splendide a disparu sous une masse de douleur qui la vrille, elle ressemble à un torchon mouillé qu'on aurait trop essoré. Elle s'avance, hésitante, et s'arrête devant le visage de son amant. Elle est aussi pâle que lui. Sa bouche s'ouvre en quête d'air qui ne vient pas. Elle suffoque entre des hoquets incontrôlables. De la salive coule de la commissure de ses lèvres et vient s'écraser sur le bras nu de Raphaël. Elle se penche et caresse ses cheveux en arrière, sans se soucier du trou béant qui interrompt son crâne.

Ses gestes sont doux, éparpillés, érotiques. Elle cherche le corps puisque l'âme n'est plus là. Elle touche ses joues, ses lèvres, elle veut réveiller l'homme, retrouver l'amant. Les veuves perdent plus que les autres, il y a la chair qui disparaît, la complicité des anatomies qui ne savent plus vivre l'une sans l'autre. Loraine prend une inspiration profonde et lente, comme un enfant avant de plonger la tête dans l'eau, et elle pousse un hurlement déchirant qui secoue ses cordes vocales dans des trémolos inhumains.

Son gémissement furieux rappelle celui des masses métalliques de la décharge courbées sous la chaleur. Aucun de nous n'ose bouger, personne pour la prendre dans ses bras, sa souffrance est trop lourde. Ce n'est qu'au bout de son souffle, quand ses poumons se sont vidés d'horreur, qu'elle est pliée en deux, que Côme vient la soutenir. Elle pleure enfin et tout le monde est soulagé.

Je quitte la pièce sans qu'on me remarque et je m'enfuis en courant vers la lumière du jour et la ville moins étouffante que cette chambre glaciale. Devant l'entrée de l'institut médico-légal, notre chauffeur policier fume une cigarette en secouant son col de chemise, adossé à sa voiture. Il m'observe m'éloigner vers le cœur du CHU, hésitant un instant à me retenir. La solitude ne me tente pas, cette fois, j'ai besoin d'une présence familière. Alors je marche vers les urgences et la seule personne que je connaisse dans les environs : Jimcaale.

J'ai désormais une bonne connaissance du parc zoologique et du CHU de Lille, je me faufile facilement parmi les bâtiments jusqu'à la chambre de l'adolescent. Les infirmières physionomistes me laissent circuler avec des sourires. Je m'attends à trouver le lit vide et qu'on m'annonce que le petit Jim a basculé dans l'autre monde pour de bon, mais il est toujours là, dans sa *Terra nullius*. Avec sa petite cage thoracique qui soulève le drap. Son visage d'ébène me rappelle ma gueule de bois.

Je prends la main tiède du petit bonhomme dans la mienne et je me laisse envahir par son aura rassurante. Les images de Raphaël notant tout minutieusement dans son téléphone à l'aide de son fin stylet, avec son air angélique et ses costumes amples, viennent m'assaillir. Son accueil à la gare, son excitation de rencontrer ma mère, la complicité avec Loraine, son regard naïf qui touche… Heureusement, j'ai un ami qui me tient la main.

— On m'a dit que je vous trouverais là.

Le docteur Huc se tient dans l'embrasure. Il est fatigué, usé. Son visage me rappelle le coude d'un pull en laine qui a vécu trop d'hivers.

— Le petit Gao Cheng sera réveillé ce soir, ses parents sont déjà là. Il a quelqu'un venu pour le voir vivre, alors que celui-là, il n'y aura que moi pour assister à son dernier souffle. Jimcaale n'a plus que des flics dans sa vie.

— Vous le débranchez ce soir ?

— Non. Une infirmière jure qu'il a ouvert un œil, alors on retarde encore. Il y a parfois un nerf qui débloque et qui provoque ces sursauts de vie, mais si vous voulez mon avis, inspecteur, Jimcaale n'a rien ouvert du tout. Ce gamin envoûte tout le monde. Vous y compris. Il n'y a pas un seul jour où une infirmière ne vient pas me trouver pour m'annoncer qu'un poulet, pardon, un policier est venu lui tenir la main. Alors qu'on ne peut pas dire qu'il soit causant, comme témoin.

Je m'assois sur la petite chaise qui m'avait accueilli la veille. La bille revient. Est-ce encore à cause du *poulet* que le docteur Huc vient de mentionner ? Elle est magistrale, presque agressive. Elle déferle sur sa rampe qu'elle frotte dans un festival d'étincelles. J'ai des sueurs froides. Elle va bientôt assembler les puzzles. Je suis tiré de ma contemplation intérieure par le médecin qui me prend le pouls.

— Votre cœur ne bat pas vite, inspecteur, mais je ne peux pas dire que je sois surpris. Vous avez pensé à consulter un psychiatre ? Vous faites beaucoup de crises d'angoisse.

— Je vois déjà une paléontologue. Je crois que je commence à comprendre ce qui s'est passé, Docteur. Jimcaale, Raphaël, les puzzles mélangés… Il faut que j'y aille. La course a débuté, et je compte bien la gagner.

— La course ? Contre qui ?

— Contre ma bille, elle sait ce qui s'est passé mais ne veut encore rien me dire. Je vais lui prouver que je n'ai pas besoin d'elle. Je vais résoudre cette affaire comme un flic normal. Avec de la logique et des renforts. Et avant la bille.

Je me soustrais au regard sceptique du docteur Huc qui est plus à l'aise avec les corps brisés que les esprits bancals, et je rejoins la borne taxi devant le CHU. Dans la voiture, je vérifie si le commissaire Lepoutre ou Côme ont essayé de me joindre, mais le dernier appel en absence est celui de Raphaël. Je frissonne devant Lille qui défile, la ville est différente maintenant qu'elle a perdu un des siens.

Le chauffeur me dépose devant mon hôtel et je fonce vers la salle de petit-déjeuner. Lulu et le trimoin sont assis l'un en face de l'autre et s'invectivent en chuchotant, une tasse de café à la main. Je m'assois à leur table, ce qui les arrête dans leur échange véhément silencieux. Je me sers un café, je mords dans un croissant et je leur explique.

— J'ai besoin de votre aide. Je dois me rendre à la décharge aujourd'hui. J'ai besoin que vous alliez enquêter pour moi de votre côté.

— Eh bien vous êtes pas gêné, vous. Je me suis fait kidnapper par votre collègue et après vous voulez encore que je vous rende service ?

— Vous pouvez prendre cinq ans pour faux témoignage. Étant donné la récidive et le désordre notable que ça mettrait dans les institutions, je pense qu'aucun juge n'hésiterait à vous les donner. Et ne me sortez pas qu'il y aurait des coupables en liberté si je vous dénonce, je vivrai très bien avec. Vous m'aidez ou je vous dépose au commissariat le plus proche ?

Le vieux bougon grommelle des reproches inintelligibles avant de céder à moitié.

— Qu'est-ce qui me dit que je peux vous faire confiance ?

— Il ne sait pas mentir.

L'argument de Lulu lui convient. Elle confirme sûrement une pensée déjà formulée, parce qu'il hoche la tête, satisfait, sans en demander davantage.

— Lulu, tu connais *Toque toc* ?

— Je sors pas de dix ans de coma, Hugo, oui, je connais l'émission culinaire la plus regardée de France.

— Tu vas suivre Sandrine Debavelaere, l'assistante de Dominique Lagarrigue. Il faut qu'elle te remarque, qu'elle s'inquiète. Si jamais elle te confronte, tu lui dis simplement : « Je sais tout. »

— Mais je sais quoi ?

— Rien, pour l'instant, mais je veux que tu me racontes comment elle réagit.

Antoine Dupuis pouffe en remuant son café qui doit être froid parce qu'il agite sa cuillère sans jamais le boire. Lulu s'agace et lui demande ce qui l'amuse.

— Quand je vous ai laissés tous les deux hier soir, il y avait du vouvoiement et du « inspecteur ». Maintenant on s'appelle « Hugo » et on se dit « tu », je note un rapprochement.

Le souvenir agréable du nénuphar sur le dos de Lulu me revient. Elle ne peut s'empêcher de glousser en mettant une petite tape sur le bras du trimoin qui, loin de s'offusquer, sourit en retour.

— Vous voyez, j'aurais pu être flic, moi aussi.

— Pour vous, c'est la prison.

Antoine Dupuis se décompose. Je précise avant qu'il ne suffoque.

— Comme vous avez une voiture, vous allez vous rendre dans une maison d'arrêt en banlieue de Lille. Vous allez faire une visite à un prisonnier en particulier.

— Et qu'est-ce que je dois lui demander ?

— Vous lui dites simplement : « Je sais tout. »

— On peut pas dire que vous ayez beaucoup d'imagination.

Je termine la corbeille de pain en imbibant la mie de miel pour me donner de l'énergie. Je commande ensuite une nouvelle cafetière pour tenir debout. Mon programme des heures à venir promet d'être épuisant. Je vais fouiller la décharge à la recherche du fantôme noir et du trésor de Jimcaale sans être certain de trouver aucun des deux. Je sens que je m'approche et je ne laisserai pas passer cette chance de doubler la bille. Des bribes de vérité se manifestent doucement et je m'efforce de ne pas penser à ce nouveau mystère : pourquoi mon nom a été crié au moment de la mort de Raphaël ?

— Retrouvez-moi à la décharge en fin de journée. Je ne connais pas l'adresse exacte, demandez à l'hôtel comment se rendre à la *Terra nullius*.

— Et toi Hugo, tu vas faire quoi ?

— Une chasse au trésor. Dès que j'aurai rempli mon étui à chocolat.

Je congédie mon équipe improvisée et je monte me préparer dans ma chambre. Le jet bouillant de la douche me revigore même si Raphaël souriant dans son costume trop grand revient sans cesse bousculer mes pensées. J'enfile des habits propres, je charge mon sac à dos de toutes les bières de Snick du mini-bar et je me mets en route.

Je déambule dans la rue Basse près de l'hôtel à la recherche de matériel pour mon excursion en décharge gémissante. Une lampe de poche, un manteau de pluie car les nuages prennent des teintes inquiétantes, des sandwichs et des chocolats millésimés. Les bières de Snick tintent dans mon sac tandis que je sillonne le quartier.

En croisant un panneau qui indique la rue du Cirque, je repense au docteur Huc et à son regard affligé quand ma bille déambulait. Je masse le petit plomb niché entre mes doigts en me promettant que je vais la devancer. C'est peut-être à cause d'elle que Raphaël est mort. Parce qu'elle a pris son temps et que je n'ai pas cherché à aller plus vite qu'elle.

La vendeuse de la boutique de chocolats, d'abord ravie de voir débarquer un client en ces temps de canicule où le cacao est boudé, déchante lorsque je lui tends un étui à cigarettes en lui demandant de le remplir.

— Je n'aime pas la menthe.

Mon sac d'explorateur enfin complet sur le dos, je m'engouffre dans un nouveau taxi dont le propriétaire est moyennement content à l'idée de me déposer à la *Terra nullius*. J'en profite pour lui demander dans quelle ville elle se trouve, mais un coup de tonnerre violent retentit au-dessus de nos têtes qui nous fait lever les yeux. Je passe le reste du trajet à écouter les explications météorologiques du chauffeur qu'il conclut par un solennel et attendu :

— Je n'ai jamais rien vu de pareil en soixante ans.

Je ne sais pas s'il fait référence à la chaleur ou au fait de déposer un client à la *Terra nullius*. Je récupère la carte que me tend le taximan météorologue.

— Personne ne vient ici par hasard. Surtout pas un taxi. Appelez-moi, si je suis disponible, je viendrai vous sortir de là.

Comme je m'y attendais, des rubans « Police » ferment la décharge désormais scène de deux crimes, dont un commis sur un flic. En me voyant m'en approcher d'un pas décidé, Béranger trottine à ma rencontre ; il me fait signe de m'arrêter.

Il n'a plus la jovialité du premier jour. Sa froideur me fait dire que tout le monde est au courant que mon nom a été hurlé au moment de l'assassinat de leur collègue. Il n'a pas oublié non plus mon arrivée imprévue tandis qu'il fouillait sous le vaisselier de la cabane. Il a beaucoup à me reprocher. D'autant que je crois savoir maintenant à quel puzzle il appartient.

— Je ne peux pas vous laisser entrer, inspecteur. Il y a une enquête en cours, et comme j'imagine que vous le savez déjà, vous êtes impliqué, au moins indirectement. Je vais vous demander de faire demi-tour.

Je sors un chocolat de mon étui et je le suçote en contemplant le ciel presque noir. On entend le grondement de l'orage au loin, sans que la pluie ne se soit encore décidée à tomber de notre côté. La chaleur moite imprègne les habits. Je me sens comme un quignon de pain resté dehors par temps de pluie. Béranger est mal à l'aise, je le laisse mariner encore quelques secondes avant d'attaquer.

— Vous l'avez récupérée ?

Le visage du policier se décompose. Ses oreilles trahissent sa gêne en se gorgeant de sang dans une progression verticale du bas vers le haut. Un cramoisi impressionnant qui les remplit toutes les deux à une vitesse constante. Béranger tente de sourire pour garder le contrôle, mais il a remarqué que j'observe ses oreilles, probable point faible récurrent dont il ne parvient pas à se défaire. Il s'éponge le front, pour tenter de dissimuler en vain ses lobes bordeaux derrière son bras, et parce qu'il transpire abondamment.

— Quand je vous ai vu sous le bahut, hier, alors que tout le monde cherchait Padmini et Suraiya, vous avez sursauté. La culpabilité gravée dans les oreilles, comme maintenant. J'ai d'abord voulu vous faire entrer dans le grand puzzle. Comme si vous apparteniez au contexte visible. Mais dès que j'ai décidé de ne plus compter sur ma bille, j'ai compris que vous faisiez partie de la face cachée. Un autre puzzle plus petit qui se mêle aux autres pièces.

Il a saisi l'essentiel, il sait où je le situe dans le fouillis de mon explication. J'étais certain qu'un élément manquait pendant que nous cherchions les deux Indiennes dans le camp. Mon instinct approximatif m'a envoyé sur une fausse piste. Je scrutais à trois cent soixante degrés une omission massive alors que l'absent tenait dans le creux de la main.

— Ça fait combien de temps, vous et Clémentine ?

— En quoi ça vous regarde ?

— Je l'ai croisée un peu avant de vous trouver à quatre pattes dans la réserve. Elle m'a salué poliment. Ce n'est que plus tard que j'ai réalisé qu'elle n'avait plus sa grosse bague métallique. Celle qu'elle fait tourner autour de son doigt pour traverser les moments de stress. Elle doit lui manquer.

Les oreilles de Béranger prennent des teintes de plus en plus foncées, elles virent au noir inquiétant.

— Vous savez ce que je pense, Béranger ? Je pense que vous ne vous attendiez pas à voir débarquer vos collègues pour cette chasse à l'homme. Clémentine et vous étiez en train de passer un moment tranquille dans la cabane et vous avez dû vous interrompre précipitamment. La bague a glissé sous le meuble mais vous ne pouviez pas prendre le risque qu'on vous voie tous les deux sortir en même temps. Vous avez promis à votre collègue de venir chercher la bague plus tard. Et je vous ai surpris quand vous y êtes retourné.

J'aurais préféré lui tenir tête avec une cigarette à la bouche plutôt qu'avec un chocolat belge sous le palais.

— Voilà ce que je vous propose, Béranger. Vous me laissez aller et venir dans la décharge et le camp comme si je n'existais pas et personne ne saura jamais que vous vivez une histoire d'amour sur vos heures de travail avec votre collègue Clémentine.

— Vous me faites chanter ?

— Absolument.

Ne pas savoir mentir présente l'avantage de gagner du temps sans errer dans les tergiversations hypocrites. Béranger me tourne le dos et s'éloigne en suivant exactement ma suggestion : ignorer mon existence.

Avant de m'enfoncer dans la décharge pour une chasse au trésor sans doute longue et désagréable, je m'en vais en quête de quelques pièces de puzzle à assembler du côté de la vieille Sara. Je déambule entre les abris sans croiser beaucoup de monde. La plupart se sont mis à l'abri de la pluie qui s'apprête à tomber. Des éventails de fortune s'agitent parfois à l'entrée des cabanes. On craint la pluie, on maudit la chaleur. Je reconnais sans problème la tente de la vieille Éthiopienne, en bordure de la décharge. Je peux ajouter la *Terra nullius* au zoo et au CHU dans ma connaissance de la région lilloise.

La vieille Sara est assise sur un petit tabouret planté dans le sol à moitié sous sa tente, les yeux vers le ciel, prête à s'engouffrer à la première goutte. Elle désigne une bûche du menton pour m'inviter à m'installer en face d'elle. Elle reste prudemment semi abritée.

— J'ai appris pour votre collègue. C'était un gentil gamin.

— On dirait que la décharge n'aime pas les gentils gamins.

Elle regarde instinctivement vers les monticules tout proches qui lui ont ravi son petit Jim. Elle acquiesce sans manifester d'émotion.

— Comment va votre maman ?

Je regarde vers la décharge en essayant d'adopter le même visage inexpressif. Je n'ai aucune intention de parler de ma mère.

— Deux morts, c'est beaucoup. Je ne peux pas revenir en arrière mais j'aimerais éviter qu'il y en ait d'autres.

Ses pensées se perdent dans le gigantesque tas de ferraille que je m'apprête à fouiller.

— Quand nous sommes venus vous voir avec ma mère et l'inspecteur Desreumaux, vous avez dit que vous auriez pu éviter le drame qui est arrivé à Jim. J'ai besoin que vous m'expliquiez.

Elle acquiesce à nouveau, toujours sans émotion apparente. Elle est prête à confesser ce qu'elle a sur le cœur. Je pensais que ce serait plus difficile. Côme le Messie serait fier de moi s'il ne pensait pas que je tenais un rôle dans la mort de son ami.

— C'était il y a des jours, ou des semaines, je ne sais plus, le temps s'écoule différemment ici. Un homme est venu me voir. Il travaillait pour les services sociaux et m'a posé des questions. Il disait que Jim ne pouvait pas rester avec moi, qu'il avait besoin d'un foyer. Il voulait que je lui confie mon Jimcaale mais je l'ai chassé en lui promettant les pires malheurs si je le revoyais. Il n'est pas revenu et Jim est mort. Le ciel m'a punie pour mon égoïsme.

Ni Côme ni Raphaël n'ont fait mention d'un type des services sociaux malmené dans le camp. Il aurait dû y avoir un rapport confié à la police. Il a pu se perdre dans les méandres administratifs mais c'est difficilement imaginable qu'avec cette enquête retentissante personne ne se soit manifesté.

— Vous pouvez me décrire cet homme ?

— Il était jeune, avec une barbe courte comme les Français en ont souvent. Il était bien habillé, avec une cravate.

— Est-ce qu'il avait un accent ?

— Oui, c'est vrai. Il parlait bizarrement, comment vous le savez ?

Un frisson glacial me traverse le corps. Les pièces s'assemblent plus vite que prévu. Je remercie la vieille femme et lui annonce mon intention d'aller fouiller la décharge.

— Vous savez qu'il va dracher ?

— Dracher ?

— Il va tomber de la pluie. C'est comme ça qu'ils disent, ici.

Les nuages de plus en plus menaçants s'accumulent dans le ciel. J'envoie un message à Côme pour lui demander s'il est au courant pour le type des services sociaux, même si je suis certain qu'il n'en a jamais entendu parler. Je veux qu'il sache que je n'abandonne pas et je veux qu'il cesse de me trouver un lien avec la mort de son ami. J'ai besoin par ailleurs qu'il m'aide à accéder aux prises de notes dans le téléphone de Raphaël.

Au moment où je me faufile sous le ruban de police qui interdit le passage, une première goutte de pluie s'écrase sur le bout de mon nez, comme un avertissement. J'enfile mon imperméable qui sent le neuf et je me munis de ma lampe de poche dernier cri. J'avance prudemment. Les geignements des déchets qui plient sont peu à peu recouverts par le martèlement des gouttes de pluie encore timides. J'explore minutieusement chaque monticule, balayant les intérieurs du faisceau de ma lampe. Je n'aperçois chaque fois que des enchevêtrements de tiges et déchets qui barrent le passage vers le cœur de ces montagnes. Malgré la puissance de ma torche, je ne parviens pas toujours à scruter jusqu'au centre de certains de ces amas devenus trop imposants. Les montagnes les plus volumineuses doivent avoir plusieurs décennies d'existence. Je me contorsionne, je soulève des rebuts d'objets pour mieux y voir, en prenant soin d'éviter les clous rouillés et les bords coupants. Certaines profondeurs semblent inatteignables à jamais. L'endroit parfait pour dissimuler un trésor.

J'ai conscience qu'en explorant chaque parcelle, il me faudra plusieurs jours pour parvenir à baliser toute la zone. Je crois pourtant que ce que je cherche n'est pas si loin. Jim s'aventurait dans tous les recoins de la décharge, mais la personne qui a caché le trésor devait trouver un moyen de le récupérer facilement.

J'ai trop chaud sous mon imperméable et la pluie redouble d'intensité. L'atmosphère tropicale rend ma quête délicate. Le faisceau a du mal à éclairer les intérieurs ruisselants. Il y a maintenant plusieurs heures que je me promène sous la pluie et mes fouilles n'ont rien donné. Je me trouve un abri incertain sous une tôle ondulée tenue par deux tas branlants de vieux appareils ménagers. Un endroit parfait pour déguster un sandwich à l'abri des gouttes. Dès que je m'assois, la pluie cesse, comme un avertissement.

J'entends l'eau qui s'écoule dans les ventres de ferraille, créant des ruisseaux intérieurs inaccessibles. Je croque dans mon sandwich en réfléchissant à la suite de mes fouilles. Je n'ai pas d'autre moyen que d'y aller au hasard. Je suis confiant, je finirai par percer le secret de cet endroit.

Un léger bruissement m'interrompt dans ma mastication. Un cliquetis à peine audible dans le claquement des perles d'eau qui tombent. Je ne parviens d'abord pas à identifier l'origine de ce bruit au milieu de la forêt métallique. Je me penche en avant, risquant une tête en dehors de mon abri sous les nuages qui ne déversent plus rien. Le bruissement se rapproche et je prends conscience que je suis venu sans arme alors qu'il y a déjà eu deux meurtres. On a pu me suivre, attendre que je sois isolé pour m'attaquer. J'attrape le premier objet qui passe sous mes doigts, paré à lutter contre un hypothétique ennemi.

Je me redresse, mon cintre à la main, en espérant que je n'aurai pas besoin de me défendre. Le murmure se rapproche. Pourquoi avoir tué Jim ? Et Raphaël ? Pourquoi vouloir m'éliminer à mon tour ? La bille choisit mal son moment pour surgir de nulle part, au milieu de mes pensées en fouillis. Je n'étais déjà pas vaillant, un cintre fatigué à la main, je deviens une cible sans défense. Je m'accroche au bout de tôle ondulée tandis que la bille me sillonne. Je la supplie de se dépêcher en gardant un œil sur les environs. Elle repart finalement sur sa rampe et disparaît dans un brouillard sans avoir fait « ding ». En même temps qu'il surgit devant moi.

Il m'observe de ses yeux mauvais et vitreux. Je suis à peine remis de mon remous interne et nous nous jaugeons en silence. Finalement, Magnétophone se lasse le premier de ce jeu de regard inutile et vient s'installer dans mon abri de fortune. La pluie recommence à tomber à cet instant précis, dans une averse aussi soudaine que violente, comme un avertissement.

Je me réfugie auprès de Magnétophone qui glapit de mécontentement quand je bute dans sa collerette. C'est vrai qu'il a une tête de mégaphone, mais on ne se débarrasse pas d'un surnom, même forgé sur des bases erronées. Je me recroqueville au maximum pour éviter le rideau de pluie qui s'abat. Le tonnerre gronde et les jaillissements lumineux des éclairs zèbrent parfois l'atmosphère grisâtre. J'espère qu'il y a suffisamment de plastique dans mon abri pour limiter la propagation de l'électricité s'il venait à servir de paratonnerre. Pourquoi la bille s'est pointée quand j'ai pensé aux morts ? Elle avait disparu depuis

Douve, voilà qu'elle revient trop souvent depuis que je me suis penché sur cette *Terra nullius.* Raphaël avait peut-être raison, ce n'est qu'une encombrante crise d'angoisse et Côme avait peut-être raison aussi, il faut que je m'en méfie.

Je m'éponge le front sans savoir si c'est de l'eau de pluie ou de la sueur qui trempe ma manche. La lumière grise opaque aux airs de crépuscule nous promet un long moment à voir tomber les trombes. Alors j'ouvre mon sac à dos et j'en sors une bière de Snick que je décapsule à l'aide de mon cintre de métal. Elle n'est pas suffisamment tiède pour atténuer mon plaisir. Magnétophone et moi attendons que le ciel calme sa furie météorologique en la contemplant. Il se lèche les babines les yeux rivés sur ma Snick. Je verse une lampée sur le sol qu'il lape aussitôt. J'ignorais que les chiens aimaient la bière. Peut-être que c'est une particularité canine lilloise. Il tente un air de chien battu mais sa dent qui pointe et ses yeux méchants le rendent plutôt menaçant. Je lui accorde malgré tout une ration supplémentaire de lambic authentique qui tombe à pic. Je préfère le prévenir :

— En fait, c'est pas vraiment une lambic.

Un coup de tonnerre fait trembler les monticules et l'éclair illumine presque immédiatement les alentours. Nous sommes sous l'orage exactement et pour l'instant, notre abri tient. Magnétophone interrompt son lapement frénétique et se met à grogner en essayant de montrer les dents sous ses babines tordues.

Je cherche l'origine de son mécontentement soudain. Il se tient à l'arrêt, sa collerette tournée vers le cœur de la montagne contre laquelle nous sommes abrités. Nous tournons tous les deux le dos à la pluie, les yeux rivés sur l'intérieur du monticule de déchets et je ne vois rien d'autre qu'un amas compact de câbles et rebuts divers recouvrant l'obscurité. L'écho de l'eau qui s'écoule et la luminosité fade confèrent une ambiance sinistre à ces entrailles profondes. Rien ne sied à cette décharge, ni le soleil caniculaire, ni la pluie battante.

Je balaie le faisceau de la lampe dans les méandres insondables sans parvenir à comprendre ce qui turlupine mon camarade. Magnétophone redouble ses grognements, j'ai l'impression qu'il me reproche mes efforts modérés. Je tire sur un morceau de métal pour dégager le passage et me permettre d'éclairer plus loin. Une pelote de fils électriques obstrue encore mon champ de vision. Je m'enfonce dans le tas de déchets jusqu'au bassin. Plongé au cœur de cette poubelle profonde, j'entends à nouveau les grincements qui se mêlent au clapotis de la pluie. La chaleur est également plus pesante, humide, prisonnière dans sa cage d'acier et de plastique. Si cette décharge est un aperçu du purgatoire, comme l'affirme Clémentine, je ne veux pas savoir à quoi ressemble l'enfer.

Mon tunnel un peu plus dégagé, je me réarme de ma lampe torche pour identifier enfin ce qui fait grogner Magnétophone. J'éclaire au-dessus de ma tête, pour m'assurer que la structure tient bon, puis je pointe le trait lumineux devant moi.

Magnétophone hurle à la mort de sa voix rauque quand l'image effroyable apparaît dans la lumière. Je bloque ma respiration, incapable de crier, tétanisé par l'horreur du spectacle sinistre à quelques mètres de nous. Mon sang glacé d'effroi m'empêche tout mouvement, je suis figé entre les vestiges métalliques, subjugué par l'abomination de cette vision.

Le fantôme noir est là, devant nous, assis en tailleur au cœur de ces ténèbres de ferraille. Il nous regarde de ses orbites vides et sombres, un sourire maléfique sur son visage funeste. Les tiges, fils et fragments qui l'encerclent l'indiffèrent et il semble satisfait de nos airs effrayés, comme s'il se délectait de notre terreur avant de nous aspirer avec lui dans son antre infernal.

Une main saisit ma cheville et cherche à me tirer violemment hors de mon tunnel. Je m'accroche, dans un réflexe, à une ancienne porte de micro-ondes qui cède sous la puissance du bras qui tente de m'arracher à la tanière du fantôme noir. Un grondement sinistre m'avertit que j'ai déstabilisé le fragile équilibre de cette tour de rebuts. Juste avant d'enfouir ma tête dans mes mains pour la protéger des centaines de kilos de déchets qui s'apprêtent à céder, je croise une dernière fois le regard amusé du fantôme noir. J'aurais préféré voir défiler ma vie.

*

* *

Lulu la stagiaire guette le retour du trimoin depuis la terrasse du bar en face de l'hôtel. Elle a essayé d'appeler Hugo plusieurs fois mais il ne répond pas. Elle a hâte de lui raconter sa rencontre avec Sandrine Debavelaere, elle prend goût aux tribulations policières. Au départ, son stage au commissariat était un prétexte pour accéder aux archives judiciaires sans être dérangée. Dans une cour de justice, on aurait profité de l'aubaine de sa présence pour lui coller un tas de dossiers, mais elle avait pensé qu'on la laisserait tranquille dans un commissariat. On ne l'enverrait pas courir après des délinquants avec pour seule formation un master de droit. Et pourtant, elle n'avait pas hésité quand Hugo Boloren l'avait envoyée à Brou enquêter auprès de son trimoin. Certes, elle s'était laissée happer par la colère et l'injustice, elle avait kidnappé Antoine Dupuis et l'avait amené de force à cinq cents kilomètres de chez lui, mais durant cette escapade, elle s'était sentie incroyablement vivante. Beaucoup plus que lorsqu'elle est penchée sur ses livres et ses dossiers, même les plus passionnants.

Ce frisson l'avait à nouveau saisie quand elle avait suivi Sandrine Debavelaere. Elle avait attendu sous un porche à l'abri de la pluie que la jeune femme sorte du restaurant de son patron pour aller déjeuner. Durant les longues minutes d'attente, Lulu avait pensé à mille choses, à son avenir, au trimoin, à Mathilde, à sa nuit avec Hugo, elle avait pensé aussi que c'était étrange, quand on est au service d'un chef cuisinier, de mettre son travail en pause pour aller déjeuner. Lulu avait suivi Sandrine Debavelaere sans se cacher, la serrant de près dans les ruelles pavées de ce quartier chic de Lille, et quand elle avait senti que la pauvre femme commençait à s'inquiéter de cette ombre qui la collait, elle avait obéi aux ordres de l'inspecteur. Enfin, presque. Elle avait un peu modifié le texte.

— Vous en savez beaucoup plus sur le meurtre de Jimcaale que ce que vous voulez nous faire croire. Dites-moi ce que vous cachez ou je balance dans la presse à scandale que l'équipe de *Toque toc* couvre un meurtrier.

L'assistante de Dominique Lagarrigue s'était décomposée. Adossée au mur d'un bâtiment en brique rouge, elle avait cherché une échappatoire. Elle avait réfléchi, pesé le pour et le contre. Et elle avait fondu en larmes, exténuée par les mensonges, lassée des combines pour que tout brille. Lulu avait eu pitié de cette femme tourmentée, vivant dans l'ombre d'un chef adulé et porteuse de tous ses secrets.

Au milieu de reniflements bruyants et tandis que son maquillage impeccable bavait sous les larmes, elle avait lâché quelques informations sporadiques et difficilement compréhensibles. Elle avait parlé de la décharge, cité des noms que Lulu ne connaissait pas, mais la stagiaire avait fait semblant que tout était limpide, sans jamais se départer de son visage sévère. Elle avait retenu les aveux par cœur et Hugo saurait sûrement quoi en faire.

Le trimoin se gara maladroitement devant l'hôtel et klaxonna un coup bref pour sortir Lulu de ses pensées. La jeune stagiaire traversa la rue en courant et s'engouffra côté passager.

— Tu sais où elle est, cette *Terra nullius*?

— J'ai trouvé les coordonnées sur internet, je te guide. Comment c'était, avec ton prisonnier?

— Il était surpris de me voir. Moi aussi du reste, je me demandais ce que je foutais là. On est restés un moment face à face sans avoir rien à se dire. J'ai hésité à lui lancer « je sais tout » comme il voulait, ton Hugo. J'ai pas pu. J'ai improvisé.

Lulu sourit. Antoine Dupuis trois fois témoin en a connu, des interrogatoires. Il a pratiqué les cours de justice et appris à maîtriser l'art du mensonge. Elle n'a aucun doute quant à ses capacités à balader un auditoire. Et elle sait qu'il aime se plonger dans cet univers de mensonge et d'entourloupes judiciaires. Elle en a pour preuve qu'il n'a pas manifesté d'envie particulière de rentrer à Brou.

— Et toi, avec la dame de *Toque toc*?

— Pareil, « je sais tout », j'ai pas pu.

Antoine Dupuis sourit. Cette jeune femme en a dans le ventre. Il ne l'imagine pas se laisser embarquer ailleurs que là où elle l'a décidé. Lui-même en a fait les frais. Il avait voyagé de Brou à Lille dans le coffre de sa propre voiture pour l'avoir contrariée. Les trombes d'eau qui s'abattent sur le pare-brise le contraignent à ralentir. Les essuie-glaces peinent à repousser le flot continu qui coule inlassablement devant son champ de vision.

Il songe à ce flic bizarre errant dans sa décharge au milieu du déluge. Il n'a pas encore décidé s'il trouve l'inspecteur un peu en marge ou complètement abruti. Il opterait plutôt pour la première hypothèse. Il aurait pu rentrer chez lui, à Brou, son village tranquille d'Eure-et-Loir, il a préféré rester à Lille obéir à ses ordres. Ce n'est pas la menace de la prison, il n'y croit pas. Non, c'est ce flic et cette fille. Ils possèdent un truc indéfinissable qui pousse à rester quand la raison aurait dicté de s'enfuir loin. Et puis, il faut bien admettre aussi qu'à Brou, il s'emmerde.

Il y a pensé quand le prisonnier lui racontait plus que ce qu'il était venu chercher. Un charabia pas tout à fait compréhensible sur la décharge avec des noms qu'il ne connaissait pas. L'inspecteur saura quoi en faire. Pendant que le taulard soulageait sa conscience, Antoine Dupuis avait pensé qu'à Brou, il avait ses habitudes et que les habitudes, ce sont des bouts de cercueil qu'on assemble jour après jour jusqu'à ce que la grande boîte soit prête à nous accueillir. Il se sent revivre dans sa voiture, sous la pluie tropicale lilloise, avec cette jeune fille arrogante. Il se remémore les temps délicieusement agités où il était témoin dans des affaires criminelles retentissantes. Les projecteurs, la presse, les plaidoiries.

— Tu veux pas accélérer un coup ? On se traîne.

— Si je nous mets dans le fossé, on n'arrivera pas plus vite.

Il a aussi des côtés petit vieux exaspérants, songe Lulu. Ses façons sans gêne peuvent excéder à la longue, pense Antoine Dupuis. Chacun s'irrite et bougonne sous la pluie. Quand ils atteignent enfin la décharge et le camp qui la jouxte, le trimoin gare sa voiture sur le trottoir en face de la ligne de démarcation entre les déchets et les hommes. Ils contemplent l'inhumanité à travers les fenêtres maculées de gouttelettes. Ils ne s'étaient pas attendus à l'ampleur de cette désolation. Comment pouvait-il exister une zone sinistrée de cette taille à la frontière entre deux pays démocratiques et développés ?

Lulu profite d'une accalmie pour ouvrir sa portière et observer la *Terra nullius* sans le filtre des vitres humides. Antoine Dupuis l'imite et ils traversent la rue vers la décharge dans laquelle Hugo Boloren mène son enquête. Un bandeau estampillé « Police » bloque le passage et Lulu soulève le ruban pour laisser le trimoin se faufiler. Elle s'apprête à le suivre quand un policier surgit en courant, les sommant, main sur son arme, de quitter la scène de crime.

— Je suis de la police.

L'argument de la stagiaire n'a pas l'air d'impressionner le flic en uniforme qui attend toujours qu'elle s'éloigne.

— Je connais l'inspecteur Hugo Boloren.

Une lueur de mépris dans les yeux de l'inflexible policier fait comprendre trop tard à Lulu que c'est un argument qui n'ouvre pas de porte. Elle a oublié qu'il est certainement plus facile de trouver Hugo Boloren exaspérant qu'irrésistible.

— Je sais tout.

Dans une tentative désespérée, et tandis que le policier a déjà saisi Lulu la stagiaire par le bras, le trimoin lance la sentence chère à l'inspecteur Boloren. Il ne s'explique pas ce choix étrange mais ces trois mots ont un effet immédiat. Les oreilles de l'homme en uniforme se teintent d'un rouge carmin en une montée fulgurante. Puis il soupire, grommelle et s'éloigne.

Lulu lance un regard interrogateur au trimoin qui hausse les épaules. Il gravite manifestement une aura un peu mystique autour de l'inspecteur parisien et ses formules magiques.

Devant eux se dressent des montagnes de déchets à perte de vue, ruisselant sous la pluie. Ils contemplent ce paysage dévasté sans savoir où aller, attendant une nouvelle illumination pour emprunter le bon chemin. Elle ne tarde pas à arriver. Un vacarme retentit au loin, comme si on avait fait chuter une armoire remplie de vaisselle.

*

* *

Je me recroqueville, mains sur la tête, impuissant au milieu du fracas de métal qui s'effondre. Je visualise déjà mon corps transpercé de toutes parts par les vestiges de la société de consommation et je pense à ma mère. Je m'apprête à une mort stupide, enseveli avec un chien à collerette et un fantôme souriant, mais contrairement à elle, je meurs sans oublier que j'ai vécu.

On tire à nouveau sur ma cheville, je m'abandonne à cette main désagréable mais qui cherche à m'expulser de mon abri qui s'écroule. J'ai le souffle coupé quand je tombe sur le sol, la cage thoracique en point d'impact, arraché de justesse à l'empalement multiple. Magnétophone aboie de son timbre raté contre notre abri détruit et le fantôme noir. La pluie redouble d'intensité, les gouttes coulent dans mes yeux et j'aspire l'air à grosses goulées pour déployer mes poumons figés par le choc. Je me redresse à quatre pattes et une douleur fulgurante me broie le ventre. Un coup de pied violent m'a arrêté dans mon déploiement. Je retombe, plié en deux. Je n'ai pas le temps de réitérer, un nouveau coup, dans le dos cette fois, me cloue au sol. La pluie aveuglante m'empêche de deviner les traits du visage de mon agresseur.

— Alors, Boloren, on se promène ?

Il n'y a pas de bienveillance dans la question, on ne peut pas dire que je sois surpris. J'ouvre les yeux à m'en arracher les paupières pour identifier mon bourreau, qui est aussi mon sauveur.

— J'allais pas te laisser crever sous ce tas de déchets alors qu'il existe mille morts plus douloureuses.

L'homme me frappe encore, dans les jambes, les côtes, le ventre, le dos, la figure, il évite soigneusement le crâne pour que je continue d'entendre les promesses de souffrances qu'il me réserve. Une fois que je ne suis plus qu'un corps désarticulé qui ne sait pas où il a le plus mal, il me soulève et me jette contre le nouveau monticule qui s'est formé après l'effondrement du précédent.

— Regarde-moi, Boloren.

Je me concentre sur ce visage presque collé au mien et que je reconnais enfin. Narong Vacarme. Le chambellan de Mani la nantie, l'espion vietnamien qui voulait sauver la France. Qu'est-ce que j'ai bien pu faire pour le mettre dans cet état de rage ?

— Je vais te poser une question simple : qui t'a envoyé ici ?

Mes yeux qui ne comprennent pas l'agacent et il regarde Magnétophone d'un air entendu, comme si le chien à collerette avait non seulement un avis mais que c'était de surcroît le même que le sien.

— Je suis fatigué, Boloren. J'ai passé les deux derniers jours caché dans cette décharge à cause de toi et je n'ai plus de patience. Tu bosses pour qui ? Un pays ? Une organisation terroriste ?

Il pose sa main sur mon épaule et presse un point qui me propulse dans les strates aiguës de la douleur. Ma vue se trouble et je tremble de tout mon corps quand il retire ses doigts.

— Je te ferai parler, Boloren, je suis très bon dans cet exercice. Tu vas résister un peu, je vais te faire mal, beaucoup. Et tu vas tout me dire. Pourquoi ta mère a grillé ma couverture ? Comment elle savait qui j'étais ? Des mois d'enquête gâchés par une vieille sénile, je n'y crois pas, Boloren. Tu vas me dire qui vous envoie, sinon je vais demander directement à ta mère et crois-moi, je saurai la convaincre.

Les coups répétés dans la mâchoire ont altéré mes capacités d'articulation mais malgré ma prononciation difficile, il comprend que je lui explique posément qu'il peut aller se faire foutre.

— Tout va bien, Hugo ?

Narong Vacarme se retourne et jauge le couple mal assorti qui a surgi de nulle part. Lulu la stagiaire détaille ma mine cabossée d'un air interrogateur et le trimoin reste sur ses gardes. Je n'ai pas besoin de faire d'efforts pour les prévenir que ça va moyen. Sous les boursouflures des coups qui racontent déjà beaucoup, mon visage continue de ne pas mentir. Narong Vacarme ramasse une barre de fer et s'approche du duo qui ne bouge pas. Je voudrais leur crier de courir, de chercher de l'aide, ils restent immobiles. L'espion vietnamien s'approche encore et au moment où il lève son bras armé, il pousse un cri, s'effondre et roule sur le sol. Lulu a vaporisé un jet de gaz au poivre au milieu de sa figure en même temps que le trimoin lui envoyait une décharge dans le bas-ventre à l'aide de l'embout d'une matraque électrique sortie de sa manche. Ils s'observent, surpris, l'attaque n'ayant pas été coordonnée.

— Tu avais ta matraque électrique quand je t'ai mis dans le coffre de ta voiture ?

— Je l'ai toujours sur moi.

— Tu t'en es pas servi pour m'empêcher de te kidnapper…

— Jamais sur les femmes.

— Tu as donc quelques principes.

— Ça veut dire quoi ?

Je me remets péniblement debout pendant que le ton monte entre Lulu et Antoine Dupuis. Narong Vacarme rampe au hasard, l'entrejambe endolori et le visage en feu. Un sac en bandoulière glisse entre ses omoplates à chaque mouvement. Je ramasse une pelote de fils de fer rouillés et je le tire par une cheville avec la même douceur dont il a fait preuve envers moi un peu plus tôt. Je lui attache jambes et poignets en serrant jusqu'au sang. Je m'assois ensuite à côté de sa tête, sous la pluie tiède qui continue de marteler la décharge. Je n'ai pas de rancœur, je veux juste aller plus vite que ma bille. J'ouvre son sac en toile et j'en sors l'unique objet qu'il contient : l'ordinateur de Mani avec ses autocollants colorés.

Magnétophone grogne contre le monticule effondré, Lulu et le trimoin grognent l'un contre l'autre, je m'apprête à grogner contre Narong Vacarme.

— Je ne sais pas comment ma mère vous a identifié. J'aimerais le savoir aussi. Je me dis parfois que la maladie d'Alzheimer s'est lancé un défi en s'intéressant à une femme de sa trempe. Pourquoi aller s'attaquer à un cerveau aussi bien conçu ?

L'espion cesse de se tordre de douleur, les liens de métal lui déchirant la chair à chaque mouvement. J'ai toute son attention.

— Est-ce que vous avez tué l'inspecteur Raphaël Desreumaux ?

— Moi aussi, je suis au service de la France, j'ai aucune raison de m'en prendre à un flic. Quand je les ai entendus débarquer ce matin, j'ai cru que c'était pour moi, je suis parti me planquer à l'autre bout de la décharge. J'ai rien vu.

L'espion franco-vietnamien tousse violemment. Il a avalé de l'eau dans la petite flaque qui s'est formée sous sa joue. Il rampe quelques centimètres pour s'éloigner mais les cavités du sol irrégulier se gorgent toutes peu à peu de l'eau de pluie qui tombe drue comme si un grand pommeau était dressé au-dessus de nos têtes. Je suis obligé de m'approcher de son oreille et d'élever la voix.

— Votre chef dit que vous êtes un peu le Don Quichotte de l'espionnage. Vous chassez des dragons à vent. Il n'y a pas de complot, pas de risque majeur pour la France dans ce camp. On vous a mis là pour cette raison, parce que c'était sans vague possible. Et pourtant, vous avez réussi à créer du remous parce que vous ne pouvez pas vous en empêcher. Vous allez croupir en prison pour le meurtre de Jimcaale, les journalistes vont vous traîner dans la boue, vous allez passer pour un espion un peu bêta qui se croyait dans un film. On se souviendra de vous comme de l'espion ridicule.

Narong Vacarme se met à grogner aussi. Il n'aime pas le portrait que je dépeins, il sait que j'ai raison. Les services secrets l'enfonceront pour s'en sortir pas trop entachés.

— Je n'ai pas tué Jimcaale. J'ai secoué les parents de Gao Cheng pour qu'ils dissuadent leur enfant de faire des vagues. Et j'ai demandé à ce crétin de CRS de bousculer un peu les deux gamins, c'est tout.

— Pourquoi ?

— Ils avaient prévu de dénoncer Mani. Je ne pouvais pas les laisser faire, j'étais sur le point de faire tomber un réseau.

— Quel réseau ?

— Je te fais pas confiance, Boloren.

— Je veux savoir pourquoi vous avez fait surveiller Germain Payelleville et ce que les gamins reprochaient à Mani. Si vous répondez à ces deux questions, je ne dis rien à la DGSI sur notre rencontre. Ça vous laissera le temps de poursuivre votre enquête.

Narong Vacarme réfléchit, la tête sur un morceau de plastique, le corps tout entier trempé par la pluie.

— Mani vend des papiers d'identité à des migrants.

— Des faux papiers ?

— Non, des vrais. C'est Germain Payelleville qui les fournit. Grâce à son travail, il a accès aux logiciels de la mairie et s'est débrouillé pour imprimer des papiers d'identité à l'aide d'une vieille machine remisée à la cave.

— En quoi ce trafic dérangeait Jim et Gao Cheng ?

— Jim prétendait qu'il avait trouvé un trésor qui allait sauver les habitants du camp, mais que les combines de Mani risquaient de tout gâcher. C'était un trésor pur, il disait.

Un trésor pur qui ne peut pas côtoyer le crime. Il y a de quoi donner raison à Côme : ce trésor commence sérieusement à ressembler à une métaphore à la con. Pourtant, j'ai toujours du mal à y croire. À quoi bon cacher une parabole au fond d'une décharge ?

— Pourquoi vous parlez de réseau si le trafic n'impliquait que Mani et Germain ?

— Parce que Mani ne se soucie pas beaucoup de savoir à qui elle fournit ces papiers tant que ça paye bien. Il y a la liste de ses acheteurs dans l'ordinateur et c'est éclectique. Et d'après toi, qui a moyen de s'offrir ce genre de graal ? Les organisations terroristes.

— Il y a des preuves dans l'ordinateur ?

— Non, mais tôt ou tard, ils allaient attirer les regards de ces types.

— C'est une théorie.

— C'est de l'instinct. Je fais ce boulot depuis quarante ans, je sais quand je renifle un truc. Tu n'as pas d'instinct de flic ?

— J'ai une bille.

Lulu et le trimoin ont terminé de grogner, seul Magnétophone poursuit ses glapissements rauques perdus dans la pluie. Lulu me tend mon sac à dos abandonné près du monticule effondré. Je l'ouvre et en sors trois bières de Snick que je remplace par l'ordinateur de Mani. Mes deux assistants hésitent avant d'accepter l'invitation à boire sous la pluie torrentielle au milieu de la décharge hostile.

— J'ai l'impression que vous aimez diluer vos contrariétés dans la bière, je me trompe ?

Je savoure la première gorgée les yeux fermés, le visage tourné vers le ciel qui déverse son averse. La mousse amère panse les blessures et j'ajoute un carré de chocolat pour compenser l'évocation de ma mère. Je réponds à la question d'Antoine Dupuis par le silence.

— Vous vous entendriez bien avec mon neveu. Il est zythologue. Il dit que c'est le plus beau métier du monde.

— C'est quoi, un zythologue ?

— C'est comme un œnologue, mais pour la bière.

— Le plus beau métier du monde.

Je retourne les puzzles dans tous les sens, je secoue les pièces, je tente de les imbriquer pour y glisser le trafic de papiers d'identité de Mani et Germain. Cela peut expliquer pourquoi Mani n'a pas cherché à se débarrasser de Jim en le dénonçant aux services sociaux. Il avait de quoi la faire tomber. C'est un bon mobile de meurtre. Pourtant, d'après la vieille Sara, il y a bel et bien un employé des services sociaux qui s'est déplacé. Est-ce que Jeanne était au courant de ce que trafiquait Germain ? Et la vieille Sara ? Le hippie repenti ? Mani jouait-elle aussi un rôle dans les trafics de drogue de Padmini et Suraiya ? Tout le monde cherche à survivre dans cette *Terra nullius* abandonnée entre la Belgique et la France.

La bille tente une arrivée en force, je la repousse en inondant mon esprit d'une lampée de bière à la limite de l'étouffement. Je veux transformer la bille en bout de puzzle, faire du concret avec de l'abstrait. Elle a repéré un nouvel élément dans le fouillis de mes pensées, elle va se perdre, elle se réveille trop souvent en ce moment. Je termine ma Snick et me tourne vers Lulu et le trimoin.

— Vous avez des choses à me raconter ?

Le trimoin regarde autour de lui. Il préférerait discuter ailleurs que dans une décharge glauque inondée par la pluie qui ne s'arrête plus de tomber. Les petits cours d'eau qui résonnaient dans les monticules s'écoulent désormais dans des rigoles qui sillonnent entre les montagnes de déchets. Je me lève et je fais signe à mes deux assistants de me suivre vers la civilisation rassurante et abritée. Ils hésitent un instant parce que Narong Vacarme est toujours ligoté au milieu de morceaux de plastique. L'espion ne bronche pas, il sait que je ne peux pas prendre le risque de le libérer.

Je sors mon téléphone et je découvre de nombreux appels en absence de Lulu la stagiaire et du commissaire Grosset. Aucune nouvelle de Côme, il n'a pas répondu à mon message. Je réitère avec un cadeau d'apaisement : « *Narong est ligoté dans la décharge, j'ai besoin du téléphone de Raphaël pour accéder à ses notes* ». J'ai promis à l'espion de ne pas le livrer à la DGSI, je n'ai rien précisé concernant la PJ. En rangeant mon téléphone dans ma poche trop encombrée, je sens une boulette de papier qui confirme la surpopulation de l'endroit. Je la déplie et reconnais le récépissé de mandat cash de la vieille Sara. Je m'apprête à le ranger quand un détail attire mon attention. Je relis plusieurs fois les noms griffonnés à la main au milieu des lettres imprimées. Je suis sorti de mon examen par les geignements de Narong Vacarme qui ne parvient pas à trouver une position confortable. Je range le morceau de papier en gardant son contenu dans un coin de ma tête.

Je m'attarde sur les tatouages mal exécutés à la base de chacune des mains de l'espion vietnamien. Je n'ose pas appeler le docteur Pouchain pour lui demander si ma mère a réagi en voyant les mots « Quiet Thane », le baron silencieux. Il va me conseiller de lui demander moi-même et il aura raison. Mais je ne peux pas laisser tomber l'enquête maintenant. Raphaël est mort et je suis près du but. L'image de ma mère assise sur son lit et parlant à l'infirmière souriante m'apparaît. L'orage gronde au même instant, un éclair fissure le ciel au-dessus de nos têtes et Lulu la stagiaire me prend par le bras, elle veut nous emmener loin de cette décharge de plus en plus hostile. Elle ne parvient pas à me faire bouger d'un centimètre.

La bille a encore surgi et zigzague sous mon crâne. Elle virevolte, fuse sur ses rails imaginaires, elle file à une allure que je connais, à un rythme insolent parce qu'elle sait désormais. Elle tourbillonne pour le principe, aussi parce que je l'ai déconsidérée, elle veut que je sache que sans ses roulements à révélations, je ne suis rien. Elle a trouvé la réponse que je cherche depuis plusieurs jours et elle s'apprête à me la gifler au visage. Alors vient l'illumination. Ma mère, l'infirmière, le poulet. Le poulet, encore lui, c'était lui depuis le début, j'aurais pu y arriver sans la bille. Si j'avais eu une logique minutieuse, moi aussi, un raisonnement posé, plutôt qu'une bille arbitraire. Je suis soulagé de savoir et dévasté que la bille ait gagné. J'observe les montagnes de déchets autour de nous, l'âme de Raphaël est peut-être encore là, quelque part, qui nous observe et qui attend qu'on la gonfle à coups de vérité pour s'envoler là où vont les esprits qui reposent en paix. Je m'adresse à elle, cette âme qui flotte dans un costard trop grand, devant le trimoin et Lulu qui font semblant de ne pas entendre :

— Ça y est. Elle a fait « ding ».

*

* *

L'inspecteur Côme Lasselin aurait aimé rester plus longtemps auprès de Loraine. Il a prévenu sa fille, Fantine, lui a demandé de les rejoindre à la morgue. Fantine connaît Loraine depuis toujours, elle lui apportera un peu de réconfort, même s'il y a des tristesses que rien ne peut soulager.

Côme reproche à sa fille de ne pas s'amuser suffisamment, aujourd'hui il ne va pas lui faciliter la tâche. Il abandonne à contrecœur Loraine à son chagrin et à sa fille pour suivre le commissaire Lepoutre. L'IGPN les attend au commissariat pour auditionner Côme.

Les deux hommes s'affaissent à l'arrière du véhicule qui les ramène vers le siège de la PJ, au nord de la ville. Chacun se mure dans le silence assourdissant des pensées qui se bousculent. Lorsque la voiture arrive à destination, les deux hommes profitent encore quelques secondes de l'agitation intérieure avant de devoir affronter un commissariat en ébullition et la police des polices qui ne va pas les ménager.

Le bel écrin à emmerdes les attend dans la salle d'interrogatoire accompagnée d'un collègue austère, un grand type filiforme avec des cernes qui descendent jusqu'aux narines. Ils sont tous les deux en sueur et agitent frénétiquement leur chemise pour glaner de l'aération. La clim ne fonctionne pas, précise le commissaire Lepoutre même s'ils l'ont largement constaté. Mylène Remous accueille Côme et le commissaire avec un visage compatissant. Quand elle est venue la veille, l'inspecteur Raphaël Desreumaux était encore vivant et c'est toujours une sensation étrange, la mort qui fauche par surprise une âme à peine croisée. Elle a tout juste le temps de présenter des condoléances sincères que le grand type filiforme pose déjà ses premières questions. Il a une tête aussi déplaisante qu'elle a une mine à faire chavirer les cœurs. Au moins celui de Côme.

L'homme aux cernes qui tirent vers le bas veut connaître le déroulé exact des événements et Côme coopère sans laisser paraître d'émotion. Le Messie excelle autant dans l'art de répondre que dans celui de questionner. Il explique comment Raphaël et lui sont partis explorer la décharge, comment ils se sont séparés, et ce cri de « Boloren ! » poussé d'une voix déformée au moment où on jetait un four sur la tête de Raphaël. Il ne croit pas à l'accident, il y avait l'ombre, le cri, et ce four qui n'est pas tombé tout seul.

Le type filiforme s'intéresse beaucoup à l'inspecteur Hugo Boloren qui apparaît comme une coïncidence à lui tout seul, l'homme qui débarque en même temps que les problèmes. Côme le présente tel qu'il est ou du moins tel qu'il le voit. Sympathique, lunaire, agréable, indépendant… Et il se cale confortablement dans sa chaise avant le dernier adjectif, parce qu'il sait ce qu'il va déclencher : préoccupé.

— Préoccupé ? Qu'est-ce que vous entendez par là ?

— Il a toujours l'air ailleurs, perdu dans ses pensées, il fait des crises d'angoisse parfois. Il raconte qu'il a la bille.

L'enquêteur longiligne est de plus en plus intéressé par le portrait que dresse l'inspecteur Lasselin.

— Préoccupé, sujet aux angoisses… Est-ce que vous diriez qu'il a des tendances paranoïaques ?

— Je n'en sais rien. Il y a une chose, pourtant, qui m'étonne.

Le commissaire Lepoutre observe son inspecteur avec intérêt, tout comme les deux membres de l'IGPN.

— Il dit être venu à Lille pour s'occuper de sa mère, mais il l'a confiée à la clinique Pierre-Dambricourt et depuis, il est beaucoup plus concerné par l'enquête.

Le type filiforme ne pose plus que quelques questions sporadiques, il laisse le flot de Côme se déverser. Parfois, l'inspecteur mentionne Narong Vacarme, Serge Winckler, la vieille Sara, Maman Jeanne et Papa Germain, Mani, Padmini et Suraiya, Gao Cheng et ses parents, et même Mégaphone, le chien à collerette.

— Et pour revenir à Hugo Boloren…

Chaque fois qu'il mentionne le nom de l'inspecteur parisien, les deux membres de la police des polices se redressent, plissent les yeux, manifestent un intérêt plus net qu'à l'évocation des habitants de la *Terra nullius*. Côme, en expert de l'interrogatoire, remarque le moindre frémissement corporel.

— Il m'a envoyé un message peu après avoir quitté la morgue, il semble très intéressé par les notes prises par Raphaël. Il voudrait les lire. Elles sont dans son téléphone.

Le bel écrin à emmerdes fouille dans le carton qui contient les affaires de l'inspecteur Desreumaux et en sort son téléphone enveloppé dans une pochette plastique. Côme lui donne le code pour déverrouiller l'écran. L'interrogatoire se poursuit pendant que Mylène Remous détaille les notes de Raphaël à la recherche d'un élément qui jaillirait comme une révélation.

Le policier aux cernes oblongues accuse maintenant l'inspecteur et son commissaire d'une trop grande complaisance à l'égard d'Hugo Boloren. Un type qu'ils ne connaissent pas et qui débarque dans leur enquête sans que cela n'inquiète personne. Il réitère les reproches de Mylène Remous vingt-quatre heures plus tôt. Le manque de professionnalisme, la légèreté des décisions, la naïveté coupable… L'homme aux cernes étirées prend plaisir à enfoncer les deux hommes, à les écraser sous les reproches. Le commissaire Lepoutre s'en fout, il en a vu d'autres. Le petit pouvoir pousse aux grandes phrases chez les petites personnes. Ce n'est pas ce qui le préoccupe le plus. Non, ce qui l'interpelle, c'est qu'en les invectivant avec cette hargne, le type de l'IGPN ne cache plus une évidence pourtant bancale à ce stade de l'enquête : selon lui, le flic parisien est coupable.

— Est-ce que vous savez au moins où se trouve Hugo Boloren en ce moment ?

*

* *

J'indique à Antoine Dupuis le grand bâtiment de la PJ lilloise. Il se gare sur le trottoir d'en face et nous attendons tous les trois, concentrés, tandis que les nuages s'effacent à nouveau pour laisser place au soleil qui revient plus dardant que jamais. Seuls nos habits trempés nous rappellent les torrents déversés par les nuages il y a encore une heure. L'image de mon visage tuméfié apparaît furtivement dans le rétroviseur. Je préfère oublier les coups de Narong Vacarme et me focaliser sur le cheminement de mes pensées. Je réévalue chaque étape de mon plan qui n'en est pas un parce qu'il y a trop d'incertitudes.

— Hugo, tu sais que l'IGPN est là-dedans et qu'ils sont en train de parler de toi ? Ton nom a été gueulé au moment d'un crime commis contre un flic. Ils vont te cuisiner un bon moment et sûrement t'interdire de rester à Lille.

— Je n'ai pas le choix. J'ai besoin d'avoir accès au téléphone de Raphaël pour vérifier la plus grosse pièce du puzzle.

Je me retourne vers mes deux assistants et je les félicite pour leur travail d'enquêteurs. Ils m'ont chacun rapporté de leurs missions respectives beaucoup plus que ce que j'espérais. J'ai encore un service à leur demander.

— J'ai besoin que vous alliez voir Germain Payelleville. Je ne sais pas où il habite, sa petite amie s'appelle Jeanne Deheul. Trouvez-le et dites-lui…

— « Je sais tout ? »

Antoine Dupuis et Lulu ont répondu en même temps et éclatent d'un rire exagéré. Un esclaffement sonore qui dissimule mal leur inquiétude. Aucun des deux ne veut me voir pénétrer dans la PJ lilloise. Ils savent que je serai hors circuit les prochaines heures. Leur sollicitude muette me touche.

— C'est exactement ce que vous allez lui dire, mais cette fois-ci, c'est vrai.

Je leur explique le trafic de pièces d'identité organisé par Germain et Mani via son travail d'informaticien à la mairie de Lille et l'avantage que nous allons en tirer.

— Lulu, tu vas insister sur tout ce qu'il risque, prison, amendes, il doit être tétanisé. Ensuite, le trimoin et toi, vous allez lui proposer de se racheter. Il doit trouver tout ce qu'il peut dans les fichiers de la mairie et de la préfecture sur un type en France et un autre en Angleterre. Je vous ai noté les noms sur ce bout de papier.

Je tends le ticket de caisse de ma lampe torche achetée le matin et sur lequel j'ai écrit les noms l'un au-dessous de l'autre. J'ouvre la portière, Lulu m'arrête dans mon élan.

— Comment il va trouver des infos sur un type en Angleterre ?

— Je n'en ai aucune idée, la trouille donne des ailes. Je te fais confiance pour lui en foutre une qui lui fera traverser la Manche.

Antoine Dupuis fronce les sourcils, contrarié. Il se tourne vers Lulu. J'entends leur dernier échange au moment où je claque la portière derrière moi.

— Vous m'appelez vraiment « le trimoin » ?

— Estime-toi heureux, moi c'est « Lulu la stagiaire ».

*

* *

L'accueil à la PJ est beaucoup plus froid que les jours précédents. Le policier derrière son sas ne répond pas à mon salut. Même mon visage bosselé ne le pousse pas à la compassion. Il se contente de me suivre du regard tandis que je traverse le hall. Dans les hôtels de police aussi, le concierge à l'entrée est au courant de tout. Je me raccroche en vain au parfum familier commun à tous les commissariats bien que l'effluve rassurante ait perdu de son aura. Je me sens comme un poisson dans l'eau mais au milieu des requins.

Dans les couloirs qui mènent au bureau du commissaire Lepoutre, je retrouve un anonymat bienvenu. J'avance tête baissée, on me remarque à peine. J'en profite pour envoyer un message à l'inspecteur Bergeron. Je demande à mon collègue parisien d'éplucher une liste d'appels sur un téléphone précis. Avant qu'il ne me pose la question, j'ajoute ne disposer d'aucune autorisation, mais que j'en ai besoin pour résoudre un crime. Je me faufile jusqu'au bureau du chef et son cabinet des curiosités. En passant près d'une pièce dont la porte est restée ouverte, j'entends une phrase qui m'interpelle.

— Est-ce que vous savez au moins où se trouve Hugo Boloren en ce moment ?

Je me glisse dans l'embrasure pour apporter une réponse en chair et en os, quatre visages se tournent vers moi. Je reconnais le commissaire Lepoutre et l'inspecteur Côme Lasselin, c'est la première fois que je vois les deux autres ; les enquêteurs de l'IGPN, sans doute. La jolie jeune femme à la chevelure rousse doit être le bel écrin à emmerdes, et l'homme aux cernes violettes qui descendent aux narines, son collègue.

Les deux agents m'identifient sans m'avoir jamais vu. J'aimerais savoir ce qu'on raconte sur moi pour que tout le monde me reconnaisse toujours comme si on s'était rencontrés la veille. D'autant que mon visage a été légèrement modifié par Narong Vacarme. Côme Lasselin détaille les hématomes qui constellent ma figure amochée puis il se lève et sort de la pièce sans prononcer un mot, en me frôlant dans l'embrasure. Il n'a rien à ajouter et si j'en crois son attitude glaciale, il ne m'a pas épargné. J'hésite à lui rappeler qu'il y a un espion franco-vietnamien en train de prendre l'eau dans la décharge.

— Je m'appelle Mylène Remous et voici mon collègue…

— C'est le téléphone de Raphaël ?

Le bel écrin à emmerdes hésite un instant avant d'acquiescer d'un mouvement de tête.

— Je peux vous l'emprunter ?

L'homme cerné prend le téléphone des mains de sa collègue et joue avec en le faisant tournoyer entre ses doigts. La même acrobatie que je pratique avec mon étui à chocolat. Je le sors de ma poche, l'ouvre et attrape un carré que je laisse fondre sur ma langue pour un peu d'apaisement avant les hostilités. Ils m'observent, évaluant le niveau de suspicion d'un homme qui possède un étui à cigarettes rempli de chocolats.

— Monsieur Boloren, est-ce que vous pourriez nous expliquer les raisons exactes de votre venue à Lille ?

— Mon chef a pris rendez-vous pour ma mère avec l'un des plus grands spécialistes de la maladie d'Alzheimer, qui a sa clinique ici. La veille de notre départ, j'ai entendu parler de l'agression de Jimcaale à la radio et du trimoin par la stagiaire du commissariat. Ces deux affaires ont remué quelque chose en moi, mon instinct m'a dit de m'y intéresser. Depuis que je n'ai plus la bille, je me raccroche à ces petits ébrouements qui me bousculent. Et justement, la bille est revenue mais je ne suis plus sûr que ce soit une bonne chose. Les inspecteurs Lasselin et Desreumaux m'ont averti : cette bille, ce n'est pas un atout, c'est un piège. Ils ont sûrement raison alors je me suis mis en tête de résoudre cette affaire sans l'aide de cette bille, pour m'en débarrasser et me prouver que je n'ai pas besoin d'elle. La mort de Raphaël a provoqué un choc mais qui fut tristement nécessaire pour me donner le coup de fouet dont j'avais besoin. J'ai malgré tout été trop lent et la bille m'a livré l'essentiel il y a un peu moins d'une heure. J'ai conscience pourtant d'avoir œuvré, moi aussi, à la quête de la vérité et je peux encore prouver à la bille qu'elle est secondaire. Il existe des zones de flou, des faces cachées encore trop cachées sous les contextes visibles, mais je sens que les puzzles sont sur le point de s'assembler. Et pour résoudre une fois pour toutes les mystères autour de ce double meurtre, j'ai besoin d'accéder au téléphone de Raphaël parce que je crois que la solution est là.

Le commissaire et les deux agents de l'IGPN restent silencieux. Les pans intelligibles de mon histoire sont noyés dans des brumes moins limpides. Ils doivent penser qu'avoir la bille revient au même qu'avoir un grain. Je ne sais pas comment mieux expliquer. Côme Lasselin fait irruption dans la salle d'interrogatoire, l'occasion pour l'incompréhension qui plane de s'accorder un délai de réflexion.

— Commissaire, j'ai envoyé Béranger arrêter Narong Vacarme. Il était caché dans la décharge…

Il marque un silence, hésite, puis me désigne d'un mouvement de tête.

— C'est grâce à Hugo, c'est lui qui m'a prévenu.

— J'ai interrogé Narong Vacarme avant de venir. Ce n'était pas prévu, on s'est croisés par hasard. C'est à lui que je dois cette gueule cassée.

L'enquêteur de l'IGPN fronce les yeux de mécontentement, parvenant ainsi à faire descendre ses cernes encore plus bas.

— Comment avez-vous réussi à pénétrer dans la décharge ? Personne d'autre que les inspecteurs responsables de l'enquête ne sont censés y entrer, c'est une scène de crime.

Je ne veux pas trahir Béranger, et comme je ne sais pas mentir, je bifurque.

— Je ne sais pas si c'est Narong Vacarme qui a tué l'inspecteur Desreumaux, mais il était présent dans la décharge ce matin, au moment du meurtre.

— Et vous, Monsieur Boloren ?

— Moi ?

— Vous étiez dans la décharge, au moment du meurtre ?

— Je ne me suis pas réveillé.

Je l'agace. Il paraît que je suis exaspérant. Plusieurs femmes me l'ont dit, la dernière hier soir. Il a cessé de jouer avec le téléphone, il est posé sur la table à un peu moins d'un mètre de moi. J'espère que je ne me suis pas trompé, la bille m'a rarement mal aiguillé. Je ne sais pas comment les convaincre de me laisser pianoter cinq minutes l'instrument de travail de Raphaël.

Côme se tient toujours dans l'embrasure de la porte, il n'a pas terminé de délivrer ses messages.

— Béranger ramène aussi Padmini et Suraiya, les deux femmes se sont rendues quand elles l'ont vu embarquer

Narong Vacarme. Elles étaient cachées dans la décharge, près de la Belgique. Apparemment, elles se sont toutes les deux ouvert cuisse et bras en escaladant un monticule de déchets. Dès qu'elles sont recousues, on nous les amène.

Côme s'éclipse au dernier mot prononcé. Le grand cerné referme la porte derrière l'inspecteur lillois. Il ne veut plus être dérangé pendant qu'il me cuisine.

— Monsieur Boloren…

Il met un point d'honneur à me rappeler qu'ici, je ne suis pas officiellement policier. Mon père me parlait parfois de l'IGPN, « ces types qui font semblant de ne pas comprendre ». Il leur donnait ce surnom un peu long. Il disait que vouloir être flic, c'était une vocation de taré, et que flic de flic, c'était un choix de connard. De connard qui fait semblant de ne pas comprendre. Mon père n'aimait pas qu'on lui fixe de limite, comme ma mère. Ils en ont franchi quelques-unes.

Le grand cerné imagine que j'y suis pour quelque chose dans le meurtre de Raphaël parce que ça arrange son schéma. Pour cet enquêteur de la police des polices, si c'est la police qui a tué la police, tout se recoupe, les puzzles s'assemblent, c'est plus simple. Je le comprends, c'est enivrant, les pièces de puzzles qui s'emboîtent bien. Je suis si proche, moi aussi, d'imbriquer les pièces. Si seulement il voulait bien m'accorder une exploration rapide du téléphone de Raphaël.

— Monsieur Boloren, vous avez écouté ce que je viens de vous dire ?

— Je pensais au puzzle.

Il lève au ciel des yeux exaspérés, ce qui fait remonter ses cernes qui s'écrasent horizontalement sous ses paupières fermées.

— Vous ne semblez pas réaliser ce que vous risquez. Un policier est mort et la seule piste que nous ayons, c'est une ombre et votre nom crié.

— Laissez-moi regarder dans ce téléphone et je pourrai vous aider.

Une lueur mauvaise a brillé au-dessus des poches violettes. Il prend le téléphone dans ses mains parce qu'il en a le droit. Il veut me montrer qu'il est du bon côté de la table, celui des détenteurs de pouvoir. Il aime le pouvoir, c'est peut-être même ce qui l'empêche de dormir la nuit et qui lui fait d'aussi vastes cernes aux nombreuses nuances de violet.

— Reprenons depuis le début.

Je ne sais pas combien de temps il perd à reprendre l'affaire depuis le début, à mettre en doute chacune de mes paroles. La salle d'interrogatoire n'a pas de fenêtre et je m'empêche de regarder mon téléphone pour ne pas paraître encore plus exaspérant. Le plus piètre menteur de tous les Hauts-de-France est assis en face de lui et il s'acharne à gratter mon contexte visible à la recherche d'une face cachée qui n'existe pas. Je suis transparent comme un fantôme. Beaucoup plus translucide que cette silhouette effrayante qui me revient à l'esprit, le fantôme noir dans l'amas ferrailleux de la décharge. Même Magnétophone a glapi d'effroi.

— Boloren ? Vous m'écoutez ? Ou vous êtes encore en train de penser à vos puzzles ?

Je suis sauvé d'une réponse exaspérante sur la non-opacité des fantômes par mon téléphone qui vibre au fond de ma poche. Comme il est collé à l'étui à chocolat, le bourdonnement est retentissant. Le nom de Lulu la stagiaire apparaît sur l'écran.

— C'est une collègue, elle sait que je suis avec vous. Si elle m'appelle, c'est qu'il y a une urgence. Peut-être une information qui nous arrangera tous.

— Vous voulez dire qu'il y a d'autres policiers parisiens qui enquêtent sur cette affaire, hors de leur juridiction, sans aucune autorisation ?

Le commissaire Lepoutre tape une main ferme sur la table en formica qui tremble au diapason de sa colère.

— L'inspecteur Boloren veut juste nous donner un coup de main et vous tâtillonnez sur de l'administratif ! Laissez-le répondre et arrêtez de faire semblant de ne pas comprendre.

Le commissaire lillois se serait bien entendu avec mon père. J'ai à peine décroché que Lulu débite sans tergiverser. Elle a du mal à dissimuler son excitation. Germain Payelleville a tremblé face à la liste des menaces énoncées par le code pénal pour les vendeurs et receleurs de fausses pièces d'identité et il les a aidés avec une volonté exacerbée. Il a effectué des recherches plus ou moins légales sur le type français et découvert d'étranges coïncidences. Pour ce qui est de l'autre bonhomme outre-Manche, elle s'est débrouillée toute seule : il est ultra actif sur internet et rêve visiblement d'une carrière d'influenceur. Elle précise, au cas où je serais trop vieux pour connaître, que c'est un métier à la mode qui consiste à gagner de l'argent en postant des publicités déguisées sur les réseaux sociaux. Sa vie est à portée de clic.

Lulu ajoute qu'elle commence à y voir plus clair et qu'elle comprend vers où je me dirige. Elle me demande si c'est ma bille qui m'a mis sur la piste. Je ne réponds rien parce que trois paires d'yeux m'observent, dont une furibonde, auxquelles j'ai plus ou moins promis de l'essentiel.

Lulu conclut en me donnant les deux réponses que j'attendais, et je les énonce à voix haute, pour répondre à l'attente environnante.

— Le Français a travaillé pour Dominique Lagarrigue et l'Anglais ne manque visiblement pas d'argent.

Un silence embarrassant s'ensuit et le duo de l'IGPN décide de mettre fin à mon interrogatoire. L'exaspération a laissé place à la lassitude.

— Vous ne quittez pas Lille jusqu'à nouvel ordre, Monsieur Boloren. Et il est hors de question que vous ayez accès au téléphone de la victime. Vous n'enquêtez pas dans cette affaire et vous restez par ailleurs suspect jusqu'à preuve du contraire.

Je n'ai toujours pas raccroché et Lulu a écouté attentivement les recommandations agacées de l'agent aux cernes violettes. Elle propose de me retrouver dans le bar en face de l'hôtel, pour faire le point autour d'une Snick.

— Parfait.

Il faut une seconde au duo pour réaliser que je réagis à la proposition de ma collègue et non au fait que je suis un suspect.

*

* *

— Laisse-moi deviner, tu les as exaspérés ?

Je sirote ma lambic authentique qui tombe à pic en regardant la même serveuse que les autres soirs distribuer des Snick à tour de bras, en précisant aux non-initiés qu'elle n'a de lambic que le nom. Lulu soupire et rit sans attendre ma réponse : elle sait bien que je les ai exaspérés.

— C'est si important d'accéder au téléphone de Raphaël ?

— Je ne sais pas. Je crois. J'ai besoin de certitudes, on tâtonne. On se rapproche, mais on tâtonne. Et j'ai la conviction qu'il pourrait y avoir de graves conséquences si on découvre la vérité trop tard.

Le trimoin tousse après une gorgée de Snick trop généreuse. Il reprend son souffle pour intervenir.

— Avec tout ce qu'on vous a rapporté aujourd'hui du prisonnier, de l'assistante de Dominique Lagarrigue, du Français, de l'Anglais… vous devez bien avoir un truc, non ?

— On se rapproche, mais on tâtonne.

Le trimoin et Lulu se remémorent leur journée riche en émotions, se congratulant mutuellement pour leur témérité, la façon dont ils ont maîtrisé Narong Vacarme dans la décharge, leurs interrogatoires réussis… La nuit a commencé à tomber. Sur la terrasse du bar en face de notre hôtel, les discussions sont plus animées, l'alcool a propagé son onde d'optimisme. Les inconnus se sourient, s'abordent, rient ensemble. L'orage est passé, le soleil est revenu, plus vif encore, avant de retourner se coucher, laissant la chaleur intense reprendre sa place des derniers jours. Seule l'odeur résiduelle de la pluie sur les pavés rappelle les ondées de l'après-midi. Une parenthèse humide qui aura duré le temps de mon exploration dans la décharge, dans une ambiance de descente aux enfers.

Ma mâchoire récupère plus vite que prévu. J'ai des bleus sur le visage et ailleurs sur le corps, mais rien de cassé. Narong Vacarme savait où il frappait, il avait prévu de me garder entier. Dans un premier temps, du moins.

Au moment où je glisse un carré de chocolat dans ma bouche, une ombre vient se planter devant notre table. Je la détaille tandis que le cacao millésimé se répand sur mes papilles. On s'observe en silence. Lulu et le trimoin ont cessé de parler.

— Lulu, Antoine Dupuis, je vous présente l'inspecteur Côme Lasselin. Côme, voici mon équipe d'enquêteurs improvisée : Lulu et Antoine Dupuis.

— Je peux m'assoir ?

Je lui fais signe de se joindre à nous, il s'installe sur la petite chaise en métal et commande une Snick d'un geste de la main à la serveuse qui l'a reconnu. Il a droit au sourire des habitués auquel Côme répond par un autre, plus crispé. La dernière fois qu'il est venu dans ce bar, c'était avec un ami, mort le matin même.

— Le commissaire Lepoutre dit que vous avez bien avancé dans l'enquête, que vous êtes proches de la vérité.

Notre trio reste silencieux. Lulu et le trimoin observent avec défiance ce flic habillé en jean de la tête aux pieds, une chaînette dans la poche, et qui ne respire pas la sérénité.

— Si c'est le cas, si vous détenez vraiment la vérité sur toute cette affaire…

Il marque une pause et remplit le silence avec une gorgée de sa Snick qui vient d'atterrir devant lui. Nous l'imitons tous les trois religieusement.

— Parce qu'en ce qui me concerne, Hugo, je suis un peu perdu.

Des larmes lui montent aux yeux, il prend une profonde inspiration pour les faire ravaler par ses canaux lacrymaux.

— L'IGPN va reprendre les choses en main, maintenant. Elle est jolie, hein ? L'écrin à emmerdes. Pardon, je ne me sens pas très bien…

Côme se lève et il nous fait signe de nous assoir quand nous nous redressons dans un élan solidaire. Il s'éponge le front, il a pris dix ans en une journée.

— Je vais me passer de l'eau sur la figure. J'en ai pour cinq minutes.

Il nous tourne le dos et vacille, se tient au dossier de sa chaise puis, au moment de se diriger vers les toilettes, il glisse la main dans sa poche, en sort un objet qu'il pose sur la table et s'éloigne.

Nous observons le pas chancelant du policier lillois et attendons qu'il disparaisse à l'intérieur du bar pour nous pencher sur l'offrande, même si j'ai déjà une idée de sa nature. Côme vient de m'accorder cinq minutes avec le téléphone de Raphaël, il a pris soin de noter le code pour le déverrouiller sur un papier scotché au dos. Je l'allume et le parcours, fébrile, à la fois impatient et gêné de cette intrusion dans la vie fraîchement écourtée de Raphaël.

Tandis que je suis plongé dans la résolution de mon puzzle, Lulu et le trimoin guettent sur mon visage transparent la lueur réjouie de la révélation. Je fouille dans une direction précise à la cherche d'un élément en particulier avec la dextérité de l'impatience concentrée. Je pianote ensuite du côté d'internet, ce coin du monde impalpable et truffé de réponses à des questions qu'on n'aurait jamais pensé se poser. Je sors mon petit carnet avec le stylo coincé à l'intérieur et je recopie consciencieusement. Je compare, je recoupe et je pose la dernière pièce. Bingo, comme s'était écriée Lulu quand le trimoin avait surgi. La bille est restée dans son coin, elle ne vient pas se planter au milieu de mon crâne au moment où le puzzle finit de s'assembler. Son silence est un soulagement, j'ai trouvé sans elle. La réponse à la plus grande des questions était bien là, dans le téléphone de Raphaël. Je n'ai aucun sentiment de fierté ni de gloire, un double meurtre ne se célèbre pas.

Côme se tient debout près de moi, je ne l'ai pas entendu revenir, il fait peut-être semblant depuis un moment de ne pas voir que je manipule une pièce à conviction sans autorisation. Il s'empare furtivement du téléphone de Raphaël qui disparaît au fond de la poche de son jean.

— Côme, je crois savoir ce qui est arrivé à Jim et Raphaël, mais il y a des détails à préciser. J'ai besoin de tout le monde dans la décharge demain en fin d'après-midi.

— Tout le monde ?

— Tous ceux qui font partie des puzzles qui gravitent autour de Jim et de Raphaël : le CRS, Mani, Narong, Padmini... J'ai besoin de Béranger et Clémentine aussi, de Loraine... Sandrine Debavelaere, Dominique Lagarrigue, Gao Cheng et ses parents qui ont échappé à leur nouvel interrogatoire avec la mort de Raphaël... tout le monde. Et il faudra beaucoup de policiers en soutien.

J'appelle en même temps le commissaire Grosset qui répond dès la première sonnerie.

— C'est pas trop tôt, Boloren ! J'ai essayé de vous joindre une bonne quinzaine de fois, qu'est-ce que c'est que ce merdier ? Un flic assassiné ?

— J'ai besoin de votre aide, commissaire. Est-ce que vous pouvez m'envoyer Bergeron et Chloé Vidal ?

— À Lille ?

— Demain après-midi, à la *Terra nullius*, Lulu vous enverra l'adresse.

— Lulu est avec vous ?

— Oui.

— Comment vous faites, Boloren, pour être à ce point exaspérant ?

— Alors, commissaire ? Vidal et Bergeron ?

Il raccroche après avoir lâché un soupir d'agacement qui équivaut à un « oui » à contrecœur dans son langage que tout le monde maîtrise à la brigade. Côme est toujours debout, le regard vide, il plane de tristesse.

— Pourquoi tu as besoin de beaucoup de policiers, Hugo ?

— Je ne veux prendre aucun risque, il y aura parmi nous une personne que je crois particulièrement dangereuse.

— Qui ?

— La vieille Sara.

Côme hoche la tête, il ne parvient même pas à être surpris que le danger vienne de l'Éthiopienne. L'esprit toujours ailleurs, il disparaît comme il est venu, volatilisé sans prévenir. Lulu et Antoine terminent leur bière en silence, puis Antoine annonce en s'étirant qu'il a sommeil et que la journée du lendemain sera longue. Il nous quitte avec empressement vers l'hôtel et son lit.

Lulu m'observe d'un regard qui creuse, elle cherche à comprendre où je veux en venir, ce que je mijote avec la *Terra nullius.* L'image de son tatouage de nénuphar dans un poumon surgit dans mon esprit. Les traits fins de ce dessin poétique sur sa peau douce me donnent envie de m'y abandonner. Antoine Dupuis a raison : la journée de demain s'annonce longue. Tout ce qui est doux me fait envie.

— À quoi tu penses, Hugo ?

— J'aimerais revoir ton tatouage.

Lulu éclate d'un rire spontané qui me fait sourire à mon tour.

— Il cache bien son jeu, l'inspecteur Hugo Boloren, derrière ses airs innocents…

Je ne lui dis pas que ma demande est innocente et que je pourrais contempler son tatouage toute la nuit pour repousser l'angoisse d'être à demain. Elle se lève en me tirant par la main. Elle continue de rire en me jetant des œillades qui font semblant d'être outrées. Je me laisse entraîner en essayant de ne pas penser à la journée qui s'annonce. Se perdre dans la douceur de son tatouage sans réfléchir à rien d'autre. Et on verra demain.

Jour 5

Je croque dans un carré de chocolat en contemplant le lever du soleil par la fenêtre. La lumière rose se reflète sur les vitres dans la rue et monte jusque dans la chambre. Elle éclaire le dos nu de Lulu, profondément endormie. J'ai passé une bonne partie de la nuit auprès du nénuphar de *L'Écume des jours*, à y puiser la force nécessaire pour affronter les heures qui viennent. L'innocence feinte qui tue son hôte à petit feu en fleurissant de l'intérieur. Le mal qui ronge sous des airs angéliques.

Je relis une dernière fois mes notes dans le petit carnet qui loge au fond de ma poche depuis que ma paléontologue me l'a demandé. Tous les préparatifs y sont détaillés, mon plan est bancal mais je n'en ai pas d'autre et l'urgence d'agir m'empêche de tâtillonner. Je m'habille et m'éclipse sans réveiller le tatouage. J'ai laissé un mot avec des instructions, une liste de courses et un point de rendez-vous.

Dans la salle du petit-déjeuner, je me sers un café puis je cherche dans mes poches trop pleines la carte du chauffeur de taxi qui m'a conduit la veille dans la *Terra nullius*. Je l'appelle et lui explique que je veux réitérer ma visite. Je peux presque l'entendre hausser les épaules au téléphone.

À son arrivée un quart d'heure plus tard, je quitte l'hôtel et m'engouffre dans le véhicule agréablement climatisé.

Le chauffeur me salue en silence et démarre dans le ronronnement à peine audible de sa voiture moderne. Il m'espionne dans son rétroviseur, il se demande après quoi je cours dans cette *Terra nullius,* dernier endroit sur terre où on voudrait se rendre deux jours d'affilée. Ou alors il s'interroge sur l'origine de mes hématomes que je n'arborais pas la veille.

— J'ai plusieurs personnes à voir aujourd'hui, vous pourriez faire navette ?

Il hausse encore les épaules, le mouvement de sa tête ressemble à un acquiescement. Il abandonne ses vains questionnements intérieurs et entame la discussion sur un terrain qu'il maîtrise : les tribulations météorologiques.

— Ce sera une année à cèpes...

Il se gare près de l'entrée du camp, ma plongée dans les eaux troubles de cette journée peut commencer. Je me rends d'abord dans le studio photo de Serge Winckler. Il lève des yeux fatigués quand j'entre dans sa boutique. Le hippie a le visage las. Il referme le journal qu'il était en train de lire et me fait signe de m'assoir sur un petit tabouret qui sert aux clients venus pour des photos d'identité.

— Café ?

— Je veux bien.

Il verse le contenu d'un gros thermos dans deux tasses ornées de photos de couples souriants. Sûrement des commandes que des clients ne sont jamais venus récupérer.

— Il paraît que je suis convoqué à la *Terra nullius,* ce soir ?

Côme a lancé les invitations, il n'y a plus de retour en arrière possible. J'attaque dans le vif de ce que je suis venu chercher.

— Germain Payelleville n'a pas vraiment le profil d'un délinquant.

— En quoi ça me concerne ?

— Il manque des bouts de puzzle. J'ai besoin de savoir pourquoi Germain fournissait des pièces d'identité à Mani.

Serge Winckler fixe un point derrière moi. Je me retourne pour identifier ce qui attire son regard. C'est une photo d'un petit garçon en armure, de dos, au sommet d'une montagne de ferrailles.

— C'est à cause de Jimcaale ?

Le hippie se roule une cigarette, je m'avale un chocolat.

— Jeanne et Germain voulaient adopter le petit Jim par tous les moyens. Ils ont proposé à la vieille Sara un genre de garde partagée, mais elle a refusé. Elle savait qu'elle le perdrait, elle ne pourrait pas lutter contre un appartement et une paire de parents. Mani a tiré profit de la situation.

Il allume sa cigarette, des bouts de tabac brûlé tombent sur son genou, il les chasse d'un geste habitué. Il tire une taffe profonde et gourmande qui me fait déglutir d'envie.

— Comment elle s'y est pris ?

— Elle leur a proposé un arrangement financier et ils ont accepté.

— Jimcaale en échange de papiers d'identité ?

— Non, Mani est une femme plus intelligente qu'elle ne le laisse croire. Quand Germain et Jeanne ont accepté de donner de l'argent en échange de la promesse qu'ils auraient Jim, Mani avait un enregistreur dissimulé sur elle. Vous êtes mieux placé que moi pour savoir ce qu'on risque à être poursuivi pour trafic d'enfant.

— Comment êtes-vous au courant ?

— Mon studio photo et mon appartement sont trop près de la *Terra nullius* pour que je n'en fasse pas partie. Mais vous le savez déjà, sinon vous ne seriez pas venu me voir.

Serge Winckler vient de poser une pièce de plus au puzzle. Je le remercie pour le café et sors de sa boutique. Je parcours une cinquantaine de mètres jusqu'au taxi, une distance suffisante pour tremper ma chemise de sueur. En pénétrant dans le véhicule, je regarde ma montre. Il est presque dix heures. J'ai vingt-quatre heures de retard.

— Vous pouvez m'emmener à la clinique Pierre-Dambricourt ?

*

* *

Lulu se redresse dans le lit et balaye la chambre du regard. Hugo est parti, il ne reste que son odeur et un mot abandonné sur l'oreiller. Elle se frotte les yeux pour le déchiffrer dans la brume matinale de son esprit encore somnolent. C'est une liste de courses qui se conclut par un point de rendez-vous à la *Terra nullius*.

— Tout ce romantisme, Hugo… Fallait pas.

Son rire se perd dans la petite chambre, étouffé par l'excès de moquette et de tissus qui permet aux clients de l'hôtel d'oublier l'existence de leurs voisins. Elle se glisse sous la douche et fait couler un jet d'eau presque froide. Elle réfléchit aux demandes d'Hugo, cherche à percer ses intentions à jour, mais l'inspecteur qui ne sait pas mentir a également la vérité opaque.

Avant de se rendre à la salle du petit-déjeuner, Lulu passe devant la chambre d'Antoine Dupuis et frappe sans obtenir de réponse. Elle descend les marches quatre à quatre, pressée d'avaler un café avant d'affronter cette journée qui s'annonce longue. Seule dans la salle de restaurant à souffler sur la fumée au-dessus de sa tasse, elle continue de s'interroger sur les intentions d'Hugo. Elle repense à leurs conversations en quête d'une révélation dans le compte-gouttes de ce qu'il leur a raconté. Que sait-il ? Qu'est-ce qu'il ignore ? Où est passé le trimoin ?

*

* *

Une boule grandit dans ma gorge au fur et à mesure que nous nous rapprochons de la clinique haut de gamme qui ne sent pas l'hôpital. Le docteur Pouchain m'avait donné rendez-vous la veille, j'ai posé un lapin aux soins de ma mère. Pendant que le chocolat fond sur ma langue dans une vaine quête de rédemption, mon chauffeur m'explique que si la météo continue à déconner, dans quelques années il n'y aura plus rien qui poussera dans le Sud et les meilleurs vins seront produits dans des vignobles des Hauts-de-France.

Ses considérations botaniques ont l'avantage de me faire oublier momentanément ma mère et de me ramener à ma forêt tropicale du cinquième arrondissement de Paris. J'envoie un message à ma paléontologue. J'ai besoin qu'elle se tienne prête pendant ma reconstitution à la *Terra nullius*. Je lui explique ce que j'attends d'elle et l'heure précise à laquelle il faudra qu'elle réponde à mon appel vidéo. Elle accepte sans hésitation : je tiens mes promesses de glisser du concret dans ses journées passées à quelques millions d'années.

— En même temps, je vais vous dire, je m'en fous pas mal de nos futurs grands crus lillois : je préfère la bière.

C'est sur cette conclusion qui réveille en moi des envies de Snick que mon chauffeur se gare sur une place handicapés devant la clinique Pierre-Dambricourt.

La jeune femme de l'accueil me sourit quand je pénètre dans l'impeccable bâtiment. Sans que je ne prononce un mot, elle m'invite à emprunter l'ascenseur. Je frappe à la porte du bureau du chef de clinique le ventre noué.

— Monsieur Boloren, je vous attendais.

Le docteur Pouchain m'indique le fauteuil en cuir en face du sien avec un sourire rassurant et s'empresse de me parler de ma mère sans mentionner mon retard de vingt-quatre heures.

— Votre maman est un exemple de combativité et de ténacité. Je pense qu'en associant son courage à nos méthodes de soin révolutionnaires, nous pourrons l'aider. Cette antenne lilloise est avant tout un lieu d'étude, nous accueillons ensuite nos résidents dans une maison avec un parc du côté de Saint-Omer. Vous connaissez Saint-Omer ? Une jolie ville située dans le Pas-de-Calais, ancienne capitale des Flandres. Elle va beaucoup s'y plaire.

Son sourire figé aux dents d'un blanc maculé s'estompe légèrement. Il réfléchit à la manière d'aborder la suite. J'encaisse de mon côté la proposition qui se dessine. Est-ce que je peux confier ma mère à une ville du Nord où je n'ai jamais mis les pieds ?

— Nous ne sommes pas une maison de soin comme les autres, les frais peuvent sembler élevés, même s'ils sont justifiés… Nous serions cependant honorés de nous occuper d'une personnalité publique comme votre maman. Ce serait une belle vitrine pour notre clinique et la direction est prête à un effort financier conséquent pour la recevoir.

Il n'a pas encore réussi à tout dire, il garde le plus délicat pour la fin.

— Il faut cependant que vous compreniez, Monsieur Boloren, qu'il est primordial pour le patient que sa famille soit présente… Nous ferons tout ce qui est en notre pouvoir pour aider votre maman à retarder le processus, mais nous aurons besoin de votre engagement.

Il déploie à nouveau son sourire de carte postale devant ma mauvaise conscience transparente qui défigure mon visage cabossé. Il doit trouver mon mal-être rassurant parce qu'il se détend peu à peu. Sans doute une culpabilité aussi ostentatoire ne peut-elle se concevoir sans désir de rédemption.

— J'aimerais la voir.

Le docteur Pouchain me conduit en personne jusqu'à la chambre de ma mère. Nous croisons dans le couloir l'infirmière au poulet qui me salue sans rancune. Ma mère est en train de lire à sa table. Son visage s'illumine quand elle m'aperçoit. Elle se lève de sa chaise et vient me tirer par la main jusqu'à son lit. Nous nous asseyons côte à côte. Ses yeux brillent de malice, elle les plonge dans les miens avec une excitation enfantine.

— Tu trouves ce que tu cherches, dans ta décharge ?

Je bafouille, surpris et heureux par ce saut dans le présent qui me prend de court. Je lui raconte les avancées de l'enquête, ma bille, les révélations, le piège que j'ai mis en place pour resserrer l'étau dans la *Terra nullius*… Elle m'écoute avec passion tandis que le docteur Pouchain s'éclipse pour nous laisser partager en famille cet instant judiciaire. Saisi par l'ivresse de son regard ancré dans le réel, je poursuis mon flot de paroles jusqu'à ce que je remarque la feuille sur sa table de nuit. Le tatouage de Narong Vacarme, « QUIET THANE », le baron silencieux, est inscrit sur toute la largeur en lettres capitales.

Je tends le papier à ma mère et lui demande ce que ces deux mots lui évoquent. Elle détaille chaque lettre, mobilise toute son énergie à déchiffrer l'association de ces syllabes qu'elle connaît. Elle fouille dans son esprit, le force à se souvenir, elle sait qu'elle sait sans résultat. La frustration laisse place à une colère furtive remplacée rapidement par de la tristesse. Je serre ma mère contre moi, son corps est raide, il refuse la consolation qui serait l'acceptation de son sort. Elle se dégage doucement, me sourit sans joie et retourne à sa lecture, assise à son bureau.

Je la contemple depuis son lit confortable. De dos, elle ne change pas, elle conserve sa silhouette maternelle qui me rassure. Je me perds dans sa colonne vertébrale insensible au temps qui passe. J'abandonne mon esprit à ce verso rassurant. Lulu la stagiaire, ma mère ; j'aime m'abandonner dans le dos des femmes. On les contemple sans être vu, on n'y croise pas de regard, on n'y lit pas le chagrin ou la désillusion. Dans la pièce ne résonne plus que le froissement des pages qui se tournent. Ma mère se réfugie là où son cerveau oublie qu'il oublie.

Je l'embrasse sur le haut du crâne et je quitte sa chambre. Mes mains tremblent quand j'attrape mon étui à chocolat. J'en gobe deux d'un coup, un qui fond pour répandre l'amertume et l'autre que je croque pour combler l'impuissance. Je retourne dans le bureau du docteur Pouchain.

— Saint-Omer, ce serait quand ?

— Une place s'est libérée récemment, vous pouvez l'y emmener dès demain.

Il renouvelle son sourire de publicité pour dentifrice et me fixe droit dans les yeux afin de me détourner de la question qu'il ne faut pas se poser : de quelle façon se libèrent les places ?

J'aurais volontiers marché au hasard dans les rues de Lille jusqu'à trouver une Snick capable de me débarrasser du poids de la culpabilité. Mais j'ai un cap à suivre jusqu'au rendez-vous dans la *Terra nullius*. Alors je repousse la lambic authentique à plus tard et je rejoins mon taxi.

— Vous pouvez me conduire au restaurant de Dominique Lagarrigue ?

Il démarre sans un mot et la clinique s'éloigne dans son rétroviseur, avec ma mère à l'intérieur qui disparaît à petit feu. Demain, je l'emmène à Saint-Omer pour qu'on s'occupe de son esprit à la dérive. Jusqu'à ce qu'elle libère la place.

Le chauffeur me tapote le genou pour me faire réagir : nous sommes arrivés à destination. J'ai vagabondé entre ma mère et la décharge sans voir défiler la route ni le temps qui passe. Mon taximan, à court de certitudes météorologiques, m'a laissé somnoler.

À l'étage du restaurant abrité dans un vieil édifice moyenâgeux, Sandrine Debavelaere m'observe par la fenêtre. Même à travers les carreaux déformants des vitres anciennes, je devine son teint gris, couleur des corps fatigués.

Je grimpe l'escalier depuis la salle du restaurant, la jeune femme m'attend en haut des marches, plus usée encore sans le filtre du verre gondolé.

— Il y a quelqu'un dont je voudrais parler avec vous, mais je crois que vous le savez déjà.

*

* *

Antoine Dupuis n'aime pas finasser. Il en est certain, s'il est vivant aujourd'hui alors que son frère et sa femme ne sont plus là, c'est parce qu'il a toujours privilégié l'action à la tergiversation. Les décisions prises ne sont pas toujours les bonnes quand on agit sous l'impulsion mais elles permettent de se sentir vivant et de le rester.

Il se convainc ainsi, sur les rues pavées de Lille, du bien-fondé de sa décision. Il sait ce qui se joue ce soir, à la *Terra nullius*. Il n'a pas droit à l'erreur, son avenir en dépend. Et quand on a plus de soixante-dix ans, un avenir, c'est rare, et donc précieux. Il suit les indications sur son téléphone et se faufile parmi les ruelles sinueuses du Vieux-Lille.

Il s'arrête parfois à l'ombre d'un auvent pour se protéger du soleil de midi. Il jurerait que l'astre solaire a profité de la pluie de la veille pour revenir encore plus caniculaire. Il sort une gourde de son sac en bandoulière et boit à petites gorgées avant de reprendre son chemin. Il fait confiance à son GPS et suit la route proposée sans se soucier du coin de ville dans lequel il se trouve.

Au détour d'un croisement, alors qu'il tourne son téléphone dans tous les sens pour s'assurer qu'il bifurque dans la bonne direction, un taxi surgit et s'arrête, crachant sur le trottoir la silhouette reconnaissable de l'inspecteur Hugo Boloren. Antoine Dupuis se dissimule sous le porche d'un vieux bâtiment médiéval fait de pierres et de poutres, à l'image du restaurant dans lequel s'engouffre le policier. Ce n'est pas le moment d'être vu, alors il patiente quelques secondes, le temps d'un éventuel demi-tour de l'inspecteur.

Le trimoin s'apprête à sortir de sa cachette quand il aperçoit une ombre s'échapper d'un abri similaire au sien. L'homme frôle les murs et s'arrête devant le restaurant où est entré Hugo Boloren. Il lève la tête et recule de quelques pas pour regarder à l'intérieur, à l'étage supérieur. Antoine Dupuis le reconnaît. Il l'a rencontré la veille au soir, avec Hugo et Lulu : l'inspecteur Côme Lasselin.

Le trimoin modifie l'itinéraire sur son téléphone afin d'éviter de passer près du policier et du restaurant. Il n'est pas intéressé par les raisons pour lesquelles le flic lillois espionne le flic parisien. En suivant le nouveau trajet proposé par son téléphone, il lui reste un peu moins de cinq cents mètres avant d'atteindre l'armurerie.

*

* *

Mani se fiche pas mal des regards que les habitants du camp lui lancent en passant devant sa tente, tous ces yeux écarquillés à cause du feu qu'elle a allumé en plein jour, en pleine canicule. Elle n'est pas sotte, elle sait bien qu'une flambée pareille alors qu'il fait une chaleur à tondre les poules, ça va attiser les curiosités. Mais elle n'a pas le choix. Elle est convoquée ce soir par les flics de Lille pour une reconstitution des meurtres. Elle prend les devants. Ils ne l'auront pas. Ils ont eu Narong Vacarme, son bras droit, elle ne se laissera pas faire. Pas après tout ce qu'elle a donné à la *Terra nullius*. Ils vont lui parler de cupidité parce que c'est facile de ne voir qu'une facette, l'accuser de n'avoir pas vu plus loin que son intérêt personnel, mais elle n'est pas devenue riche, elle n'a pas un pavillon à Marcq-en-Barœul, juste une grosse yourte dans une *Terra nullius* coincée entre la Belgique et la France et dont personne ne veut entendre parler.

Elle en a commis dont elle n'est pas fière, elle a franchi des lignes très rouges, c'est vrai. On ne va pas lui reprocher de ne pas avoir respecté les règles dans un coin du monde qui en est exempt. Alors elle brûle. Elle crame tout, les souvenirs, les documents, les preuves, les cadeaux, les dessins des enfants, les lettres d'insultes, et ce soir, quand elle se dressera devant les flics, quand ils la fouilleront, ils ne trouveront rien que sa fierté. Ils vont essayer de la lui prendre, même son honneur ils vont chercher à le gifler. Elle connaît les hommes. Ils l'attaqueront, comme tout le monde, là où ce n'est pas compliqué. Son obésité qui fait rire, sa carrure qu'on lui reproche sous des rictus de dégoût parce qu'elle n'est pas foutue de faire trois pas sans s'essouffler.

Elle transpire, coincée entre les braises à ses pieds et le soleil au-dessus de sa tête. Il y a l'angoisse aussi, même si elle ne veut pas se l'avouer. Elle a peur de ce qu'ils ont trouvé, elle redoute ce qui va advenir d'elle à partir de ce soir. C'est peut-être la dernière fois qu'elle verra sa *Terra nullius*.

*
* *

La vieille Sara a entendu les voix s'élever, les murmures sont venus jusqu'à elle. On raconte que Mani a perdu la raison. Elle a allumé un feu alors qu'il fait quarante degrés à l'ombre. La vieille Sara a tout de suite compris. Les habitants du camp ignorent que la police les a convoquées pour comprendre ce qui est arrivé à Jimcaale et l'inspecteur à l'air gamin. Sans doute qu'elle devrait aussi brûler ce qu'elle peut, mais elle n'en a pas la force. Et l'idée de fuir la fait presque rire. Ce policier de Paris qui ne paye pas de mine, elle aurait dû s'en méfier depuis le début, agir tant qu'il était temps. Maintenant, c'est trop tard.

La vieille Sara s'est mêlée à la petite foule hypnotisée par le feu de Mani. Ses pensées se perdent dans le crépitement des braises et les lambeaux de papier brûlé qui tourbillonnent. Cette convocation, c'est le coup de la dernière chance, les policiers les rassemblent sur les lieux du crime dans la perspective désespérée d'en tirer une révélation surprise. S'ils échouent, ils abandonneront, l'affaire sera classée. Et le camp retrouvera son rythme lancinant et sa sempiternelle torpeur.

Elle se raccroche à cet espoir, celui de leur ignorance. Ce soir plus que jamais, elle doit jouer le rôle de la grand-mère éplorée, se plier, se morfondre, s'aplatir sous le poids de la tristesse et du déchirement. Passer entre les mailles, comme elle l'a toujours fait, feindre l'innocence qu'elle a perdue à jamais. Piétinée par des années de guerres, de fuites, d'errance et de misère.

*

* *

Germain n'a presque pas bougé du canapé depuis la veille. Il est livide et Jeanne peine à afficher un sourire de soutien. Elle savait que les trafics de pièces d'identité de son mari finiraient par se retourner contre lui un jour ou l'autre. Il peut s'en sortir avec l'aide qu'il a apportée à la police, sa bonne volonté, son casier vierge. Elle aimerait le secouer, lui expliquer que ce n'est pas le plus grave. Il ignore encore qu'il risque certainement plus à cause de ce qu'elle a fait. Elle a réfléchi déjà, il plongera avec elle. Ce n'est pas seulement pour diluer sa culpabilité face à la justice, mais parce qu'à ses yeux, il est réellement complice. Il ne l'a jamais empêchée, il l'a toujours encouragée dans sa folie.

Elle veut pourtant y croire, à la fausse piste de la police, à leur incapacité à comprendre cette *Terra nullius*.

Si seulement elle pouvait se réjouir de cette perspective ! Hélas, la terreur de Germain lui rappelle la fragilité de leur situation. Et sa peur à elle aussi, elle ne peut pas le nier. Une peur qui voit plus loin que ce soir, qui puise dans les jours d'après, quand il va falloir revivre normalement. Car si la police les laisse là où ils sont aujourd'hui, sans que la vérité ne sorte, que va-t-il advenir d'eux ? Jusqu'à maintenant, avec l'enquête comme une épée de Damoclès, son quotidien était tracé. Elle zigzaguait entre les gouttes, elle se préparait au pire, toujours sur la défensive.

Elle regarde Germain, prostré dans le canapé, qui attend la reconstitution comme on attend la mort, en cherchant un fatalisme apaisant qui ne vient pas. Comment fera-t-elle pour vivre quand tout sera terminé ?

*

* *

Il paraît qu'elle a avalé quelque chose ce matin. Fantine l'encourage à recommencer, elle ne s'en souvient plus. Loraine Desreumaux navigue au milieu des heures qui s'écoulent à des vitesses différentes. Certaines filent, d'autres se traînent. La veille au soir, et ce matin aussi, elle a regardé par la fenêtre tandis que Fantine lui tenait la main. Elle ne peut pas la lâcher. Elle a besoin de ce contact doux parce que ses doigts s'agitent, ils sont sans cesse en quête d'une occupation, d'un endroit où s'agripper. Elle n'a pas le souvenir d'avoir un jour eu besoin d'occuper ses mains pour qu'elles se tiennent tranquilles. Les paumes des deux femmes sont moites à force de s'écraser l'une contre l'autre. Elle s'accroche à Fantine, la petite fille qu'elle a gardée et qui veille sur elle maintenant qu'elle est veuve.

L'air lui manque à cette pensée du mot « veuve ». Elle aimerait que Raphaël ouvre la porte et lui annonce que ce n'était qu'une erreur regrettable de sa part, que tout est rentré dans l'ordre, qu'ils reprennent où ils en étaient, en mieux. Ou alors qu'on lui accorde une grâce, Raphaël surgirait dans la pièce, un peu agacé, et lui offrirait une heure de son temps infini avant de retourner mourir. Elle aimerait tellement revoir son visage de poupon agacé. Elle fond en larmes et Fantine lui serre la main plus fort.

La jeune étudiante a ouvert les fenêtres de son bras libre, la chaleur entre dans l'appartement et apporte un peu d'air, lourd mais bienvenu. La tristesse rend l'atmosphère viciée, leurs chagrins combinés l'empoisonnent. Elles n'ont pas parlé de la reconstitution de ce soir. Fantine surveille l'heure, son père lui a défendu d'être en retard. Il avait l'air préoccupé. Lui aussi aurait besoin de sa main moite et affectueuse dans la sienne, mais il ne fonctionne pas de cette manière.

Loraine a haussé les épaules quand elle lui a annoncé, avec mille précautions, qu'elles devraient se rendre sur les lieux du meurtre de son mari et du petit Jimcaale. Elle a simplement murmuré que c'était bizarre, une reconstitution si peu de temps après le crime. Fantine n'a pas commenté même si elle est d'accord. Il y a quelque chose d'étrange et son instinct l'avertit en sourdine de se préparer à vivre un nouveau mauvais moment.

*

* *

Ce n'est qu'un mauvais moment à passer, voilà ce que Béranger se murmure en boucle. Il n'ose rien dire à

Clémentine qui est aussi préoccupée que lui. Cette *Terra nullius* ne leur a apporté que du malheur. Il essaie de dissimuler sa fébrilité à leur prisonnier. Narong Vacarme est assis, menotté dans un coin de la réserve de nourriture. Leurs regards se croisent parfois et le vieil espion tente de le désarçonner d'un sourire qui semble tout savoir. Ils ont passé la nuit à le surveiller à tour de rôle et la fatigue se fait sentir.

Le commissaire Lepoutre leur a demandé de le garder dans le camp plutôt qu'à la PJ en attendant la reconstitution, pour qu'il n'apparaisse nulle part comme gardé à vue. Officiellement, Narong Vacarme est libre d'aller et venir et l'espion ne s'est pas opposé à ce traitement illégal. Béranger soupçonne le commissaire Lepoutre de vouloir dissimuler leur prise à la DGSI. Le policier se fiche des combines de son chef. Il a des problèmes autrement plus graves à régler et les solutions ne se bousculent pas.

Ils ont senti l'odeur de brûlé, Narong Vacarme leur a suggéré d'aller voir qui a bien pu allumer un feu par une température pareille. Sans se déparer de ce sourire énervant. L'espion vietnamien s'amuse avec les deux policiers impressionnables. Il aime lire l'inquiétude dans leurs yeux, à ces petits Français gâtés qui ont grandi dans l'insouciance d'un pays paternaliste. Il a lutté toute son enfance, avec son visage pas net, à cheval entre deux nations. La beauté des métis, c'est un argument de vente de magazines féminins, à l'armée au Vietnam on lui a fait payer ses yeux pas tout à fait ovales et son visage trop allongé. Alors il a opté pour la France, il s'est engagé dans leurs rangs comme espion. Il a tout donné pour ce pays qui lui coule à moitié dans le sang. Pour le remercier de ses années de sacrifices, on l'a envoyé dans une décharge et on l'a traité de menteur.

— Vous couchez ensemble ?

Clémentine sort de la cabane en faisant tourner sa bague autour du doigt. Elle va jeter un œil au brasier, marmonne-t-elle. Béranger sent la colère froide de la jeune femme mais se retient de tout geste d'affection. Le policier reste seul avec Narong Vacarme. Il a une envie féroce de lui balancer un coup de pied au visage. Hugo Boloren l'a déjà un peu amoché, un hématome de plus ne se remarquerait pas. Il jure contre ce flic parisien qui a pris les rênes de leur enquête. On ne leur a apporté aucune précision, pas d'autre consigne que de se tenir prêts. Il y aura un bataillon de policiers pour assurer la sécurité. Béranger n'a jamais vu pareil déploiement pour une reconstitution à huis clos. Il n'aime pas ça.

— Qu'est-ce qu'elles ont, tes oreilles ? On dirait deux coquelicots cramoisis…

Le talon de Béranger lancé à pleine vitesse s'écrase sur le nez de Narong Vacarme dans un craquement sourd. L'homme menotté s'affaisse sans avoir pu conclure son analogie florale.

*

* *

Padmini et Suraiya tambourinent contre la porte de la cellule à coups de pieds. Depuis qu'elles ont appris qu'il y aurait une reconstitution à la *Terra nullius*, elles mettent un point d'honneur à ne pas laisser un instant de répit aux flics. Elles n'en sont pas à leur première arrestation, elles connaissent les méthodes policières qu'elles ont pratiquées depuis l'Inde jusqu'à la France. Elles savent que les inspecteurs en charge de l'enquête n'ont rien de concluant, les interrogatoires étaient trop vagues. Personne ne comprend le fonctionnement de la *Terra nulllius.* Il y a juste ce policier parisien dont elles ont entendu parler, on raconte qu'il emprunte des chemins pas communs. Les flics sont des abrutis, il n'empêche, elles restent sur leurs gardes. Il y a toujours des exceptions, dans ce monde. Elles en sont l'exemple.

Dans les familles où elles ont grandi, au milieu de cette terre indienne reculée où s'appliquent encore des lois ancestrales intransigeantes, leur amour n'avait aucune chance. Toutes les femmes qui ont tenté de vivre comme elles sont mortes ou ont été anéanties d'une façon ou d'une autre. Alors elles savent ce que c'est qu'une exception. Elles sont elles-mêmes l'exception qui confirme la règle intangible : ce monde est pourri.

Les deux femmes ont appris à lutter pour tracer leur chemin et elles ne craignent pas les remous. Elles vont saborder la reconstitution par tous les moyens pour éviter que la vérité ne sorte. Comme ces poissons qui remuent leur corps dans le sable pour troubler l'eau avant de disparaître loin de leur prédateur. Elles vont remuer l'eau, elles aussi. Agiter le bocal pour s'assurer que la vérité reste planquée à jamais dans le sable qui ne retombe pas.

*
* *

Le commissaire Lepoutre a envoyé la jeune interprète chinoise au restaurant des parents de Gao Cheng. Accompagnée d'un policier, elle leur a expliqué qu'ils étaient convoqués à la *Terra nullius* pour une reconstitution. Ils ont crié que leur fils était à peine remis de son agression sauvage, l'interprète a crié qu'elle n'y était pour rien, et elle s'est assise à une table avec le policier parce qu'on leur a demandé de s'assurer qu'ils les suivraient au moment voulu.

Song Mei s'active en cuisine pendant que son mari, Gao Li, joue aux échecs avec leur fils. Ils veulent s'assurer que le cerveau de Gao Cheng n'a pas été atteint davantage par le coup à la tête du CRS. Le gamin est né avec le cordon ombilical autour du cou, un défaut d'oxygène de quelques secondes et c'est toute une vie au ralenti. Il est beau, son Gao Cheng, songe Song Mei, il aurait pu faire de grandes choses. Condamné par pendaison avant même d'avoir vécu. Elle essaie de ne pas y penser trop souvent, sinon elle se lamente. Dans des instants fugaces, elle peut lire dans ses yeux l'intelligence tapie au fond de son esprit, celle qui s'est endormie à tout jamais.

Par la porte ouverte sur la salle du restaurant, elle a vue sur l'interprète et l'homme en uniforme qui patientent. Chacun le regard plongé dans son téléphone. Song Mei soupire. Ils pourraient fuir sans se faire remarquer, par la porte de derrière. Elle a vérifié dans la rue, l'air de rien, il n'y a pas de renfort.

Gao Li se concentre sur le plateau et conseille son fils quand il n'avance pas les bonnes pièces. L'esprit déficient de Gao Cheng lui fait commettre beaucoup d'erreurs. Le père n'a pas pour autant l'impression que le cerveau de son fils s'est dégradé après son coma. Il ne s'est pas amélioré non plus.

Gao Cheng avance ses pièces en souriant, impatient qu'on lui annonce que son ami Jimcaale s'est enfin réveillé. Il l'a vu à l'hôpital, dans son lit, avec les tuyaux partout et sa cage thoracique qui se soulève. Gao Li et Song Mei ont lu sur le visage du médecin que le gamin n'était plus vivant, mais Gao Cheng pense qu'il fait un coma comme le sien, qu'il a besoin d'un peu plus de temps pour se remettre parce qu'il est plus jeune et moins fort que lui.

Gao Li et Song Mei n'ont pas eu le courage de dire à leur fils qu'il ne jouera plus jamais avec le petit Jim. Ils préfèrent le voir sourire. Gao Li envie parfois l'innocence de son fils, la naïveté de son monde. S'il avait la même sérénité, les mêmes certitudes que tout finit toujours par aller bien, il ne serait pas inquiet à l'idée d'aller à la *Terra nullius* avec tous ces policiers.

*

* *

Sylvain Pasquier est allongé sur son lit ; il fixe le plafond, les yeux brûlés par le manque de sommeil. Le CRS n'a presque pas dormi ces cinq derniers jours, malgré les cachets. Des images reviennent en boucle chaque fois qu'il sombre. Jimcaale, Gao Cheng, Narong Vacarme, l'inspecteur Raphaël Desreumaux, sa mission pour la DGSI. Il les chasse, en vain. Il y a d'autres images qui restent coincées au fond de lui, qui ne veulent pas sortir. Il a des absences, des pans entiers de ses journées, ou plutôt de ses nuits, qui ne reviennent pas.

Plusieurs fois, ces derniers jours, il a fermé les yeux, avec l'impression de ne pas parvenir à s'endormir ; et pourtant, quand il les rouvrait, il n'était plus chez lui. Il émergeait de son black-out dans la rue, dans le métro, dans un parc ou même à la *Terra nullius*. Il a parcouru des kilomètres à pied vers des buts inconscients. Il essuie ses larmes, il est en train de devenir fou.

L'inspecteur Côme Lasselin l'a appelé ce matin, il est convoqué à la *Terra nullius*, encore elle. Il attend sur son lit que les heures passent en s'empêchant de sombrer pour ne pas se réveiller ailleurs.

Il a entendu ses voisins, Jeanne Deheul et Germain Payelleville, parler au téléphone avec l'inspecteur. Ils sont attendus eux aussi à la reconstitution. Depuis qu'il a percé un trou en bas du mur de son salon pour espionner Germain, il peut suivre toutes leurs conversations. C'est à cause d'eux qu'il a fait ce qu'il a fait.

*

* *

Côme Lasselin hésite devant le restaurant de Dominique Lagarrigue. Il arpente la rue pavée sous le soleil, il réfléchit aux différentes options sans cesser de faire les cent pas en zigzaguant comme un ivrogne. Le chauffeur de taxi climatologue est sorti de sa voiture et s'est mis à l'abri sous un porche. Il fume une cigarette en observant le flic au drôle de look tout en jean.

Des larmes de colère rougissent les yeux de l'inspecteur lillois. Il a suivi Hugo Boloren depuis sa sortie de l'hôtel dans tous ses déplacements : chez Serge Winckler, à la clinique Pierre-Dambricourt et ici, dans les bureaux de Dominique Lagarrigue. Il hésite à entrer dans le restaurant, à grimper à l'étage, à interrompre l'échange.

Le chauffeur de taxi ne tire plus sur sa cigarette, il s'est figé, fixant Côme Lasselin transpirant sous le soleil. Il faut quelques secondes à l'inspecteur avant de comprendre pourquoi le taximan le dévisage : il a sorti son arme qui pend au bout de son bras tremblant. Il lève la main en signe d'apaisement, ce qui effraie davantage le chauffeur qui recule d'un pas. Côme Lasselin sort son insigne et bafouille qu'il est en mission. Il ne s'est pas changé depuis la veille, ses boucles blondes sont en pagaille, il n'a pas une apparence rassurante.

Il a chaud, la tête lui tourne, il s'assoit devant l'entrée du restaurant et s'adosse à la vieille porte en bois. Il essuie les gouttes sur son visage, de la sueur ou des larmes, il ne sait plus. Des pensées nombreuses et décousues l'agitent, aucune ne l'apaise.

— C'est pas un temps à réfléchir de trop.

Le taximan s'est allumé une nouvelle cigarette qu'il vient fumer debout entre le soleil et le policier à qui il offre ainsi un peu d'ombre.

— À la télé, ils ont dit que les jours de canicule, les gens avaient tendance à se dézinguer plus sûrement les uns les autres. Alors quand la canicule se répète, je vous raconte pas le carnage. Remarquez que moi, c'est plutôt la pluie qui me fout le bourdon. À la première goutte, je suis mélancolique. Je sais ce que vous pensez, vous vous dites que je dois être un peu fou de rester à Lille, il y a de quoi s'assécher les glandes lacrymales avec ce qui tombe par ici. Quand je dis la pluie, je parle pas de la neige, parce que la neige par contre, ça me met le baume. S'il se mettait à neiger, là tout de suite, je serais tellement heureux, je pourrais vous faire rire. Notez que ce serait pas bon signe, parce qu'alors quand il se mettrait à neiger pendant les canicules, on serait foutus. Il y aurait un truc pas net façon plaie d'Égypte. Je vais pas vous énumérer tous les épisodes météorologiques possibles, c'est juste pour dire qu'il faut pas croire que ce qui se passe dans le ciel ça n'a pas d'influence sur le bourdon. Je vous vois vous balader avec votre pétard à la main et votre tronche d'enterrement. Avec le même soleil, dix degrés de moins et un cumulonimbus en forme de tête de caniche, vous auriez peut-être le sourire. C'est la beauté de la France du reste, c'est un pays varié parce qu'on a des météos variées sur tout le territoire. C'est une chance, mais la perfection n'existe pas, il y a toujours un revers. À météo variée, humeur variable…

Côme Lasselin se laisse bercer par les élucubrations du chauffeur de taxi. Il l'observe, à contrejour, et l'écoute en se rafraîchissant dans son ombre. Il a compris que le taximan gagnait du temps, qu'il lui racontait ses théories météorologiques pour retarder toute mauvaise décision qu'il avait l'air d'être parti pour prendre. Le chauffeur s'égare avec aisance dans les digressions. À la façon de Shéhérazade racontant son histoire sans fin pour repousser sa condamnation à mort, le chauffeur attend que le flic parisien sorte du restaurant pour se taire. Il a confiance en ce type étrange qui a l'air tombé du ciel. Et il s'y connaît, en ciel.

*

*   *

Sandrine Debavelaere lève les yeux au ciel dans un mouvement d'humeur. Elle s'est retenue de pleurer au fil des questions de l'inspecteur Hugo Boloren et elle a craqué à la dernière. C'était pourtant la moins intrusive, mais elle lui a rappelé tout le chemin parcouru. Ses années de galère, les coups encaissés parce que, jeune agente de célébrités en devenir, elle croyait au potentiel d'un cuistot de Tourcoing. Ses camarades masculins n'ont pas connu les mêmes humiliations. Ils étaient combatifs quand elle était obsessionnelle, ils suivaient leurs rêves alors qu'on s'exaspérait de ses lubies.

Un chef venu des Hauts-de-France, même étoilé, la télévision n'en voudrait jamais. Elle avait bataillé pour l'imposer dans une émission confidentielle sur une chaîne qui l'était tout autant. Puis on avait repéré le charisme particulier du cuisinier, sa douceur énergique, son flegme bienveillant à l'opposé de ces chefs autoritaires qui dirigent leur cuisine comme un pays en guerre. Avec une telle personnalité, lui construire une stature n'avait présenté aucune difficulté. Il avait suffi d'ajouter quelques traits distinctifs comme ce mantra, « Faut que ce soit bien grilloché », devenu une signature au fil du temps. Avec son air de grand-père de dessin animé chaque fois qu'il le prononce.

Ils ont vendu des milliers de produits dérivés, tasses, tabliers, batteries de cuisine avec cette expression devenue populaire imprimée dans toutes les typographies. Elle a transformé ce petit restaurateur tourquennois en entreprise fructueuse. Dominique Lagarrigue sait ce qu'il lui doit. On reconnaît désormais qu'elle a du talent, on l'accuse pourtant d'être ambitieuse, prête à tout, sans scrupule, se frayant un chemin comme un requin au milieu d'un banc de daurades. La jalousie a remplacé le mépris. C'est vrai qu'elle ne se fixe aucune limite quand il s'agit de son protégé.

— Dominique Lagarrigue est là ?

Elle a hésité trop longtemps avant de répondre. Il y a un délai à ne pas dépasser pour qu'un mensonge soit crédible. Elle acquiesce, méfiante. Son protégé est dans sa cuisine un étage en dessous, en train de travailler à sa prochaine carte. Il fait partie de ces rares chefs célèbres qui conçoivent encore les menus en solitaire, de l'amuse-gueule au digestif.

— Sa présence est requise, tout à l'heure, à la *Terra nullius*. Vous lui en parlez ou vous préférez que je m'en charge ?

C'est à cet instant qu'elle a fondu en larmes et levé les yeux au ciel dans un mouvement d'humeur. Elle n'a pas d'autre fierté dans la vie que Dominique Lagarrigue. Elle aurait tellement aimé ne l'avoir jamais mêlé à la *Terra nullius*. C'est à cause de ce gamin, elle maudit l'enchaînement des événements qui les ont menés à croiser son chemin.

Elle essuie ses larmes et déploie l'énergie exagérée de celle qui s'est ressaisie.

— Il sera là.

*

* *

Le docteur Huc s'allumerait volontiers une cigarette. L'odeur ne peut pas déranger le petit Jim et le môme ne risque plus de développer de maladie. Il n'existe pas de maladie plus grave que celle d'être déjà mort.

Il tire des taffes sur son stylo et souffle des volutes imaginaires au-dessus du corps de Jim. Il est obligé de se l'avouer, lui aussi a un faible pour ce gamin. C'est une chose étonnante que de s'attacher à un être qu'on n'a pas connu et qu'on ne connaîtra jamais. Il n'est pas un jeune interne émotif, il a de l'expérience. Dans cinq ans tout au plus, il est bon pour la retraite. Pourtant, il n'a jamais ressenti cette empathie envers un mort. Même un mort qui respire encore. Le magnétisme de ce gosse est un mystère. Demain, il le débranchera. Plus rien ne s'y opposera. Ses organes seront envoyés à travers la France et il sauvera des vies.

Le docteur Huc a entendu dire que Jimcaale aimait les histoires de super-héros, qu'il s'élançait sur les collines de sa décharge en imaginant s'envoler. « Pauvre gosse, avoir des poubelles pour terrain de jeu », murmure le médecin en recrachant sa fumée invisible. Ce n'était pas encore la mode quand il était enfant, les super-héros. Il est content de ne pas connaître d'histoire avec des types aux pouvoirs extraordinaires, il aurait été tenté de lui en raconter une. Alors il fume son stylo en silence en contemplant le buste du petit bonhomme qui se soulève à intervalles réguliers sous son visage angélique et apaisé. Il a l'air d'être quelque part où c'est agréable.

*

* *

Au moment où l'inspecteur parisien ouvre la porte du restaurant, Côme Lasselin, déséquilibré, tombe sur ses chaussures. Il reste allongé sur le dos sans chercher à se relever, la tête posée sur les jolis carreaux anciens du petit couloir de l'entrée. Il dévisage Hugo Boloren d'un air lointain, la mine défaite, le corps mou. Le chauffeur se tient dans l'embrasure et se contente de hausser les épaules quand leurs regards se croisent.

Hugo replace dans son holster l'arme négligemment enchevêtrée entre les doigts de Côme puis il ramasse l'inspecteur lillois. Le taximan l'aide à le charger dans sa voiture. Il se blottit aussitôt contre la portière et commence déjà à regarder par la fenêtre. C'est toujours rassurant, un paysage par la fenêtre. Même quand il n'a pas encore commencé à défiler.

— On va à la *Terra nullius*.

— Si vous y tenez.

Le chauffeur hésite à distraire les deux flics au bout du rouleau avec sa théorie sur le dérèglement climatique causé par l'acharnement de l'humanité à empêcher les pandas de s'éteindre. D'habitude, elle fait sourire le client. Il s'abstient pourtant, conscient que ces deux-là ne sont pas immédiatement déridables. De toute façon, il a compris que le policier parisien aime le silence.

Il a entendu parler comme tout le monde de ce qui s'est passé à la *Terra nullius*. Ce ne sont pas seulement les meurtres qui ont miné la population dans la région ; c'est aussi la honte de n'avoir rien fait pour les éviter, une honte qu'on ne peut apaiser que mollement, en rejetant la faute sur les politiques. Les deux flics ne s'y rendent pas de gaieté de cœur. L'un qui joue avec son arme les yeux hagards sous la canicule, l'autre qui a le visage boursouflé de coups… À force d'enquêter dans les parages, ils commencent eux-mêmes à avoir des gueules de *Terra nullius*. Alors quand le chauffeur zyeute dans son rétroviseur les deux visages usés perdus dans la contemplation des bords de nationale qui les rapprochent de ce monde abandonné, il en est certain, il ne racontera pas les pandas.

*

* *

Le bel écrin à emmerdes et son collègue au corps longiligne ont accepté la proposition du commissaire Lepoutre de les conduire à la *Terra nullius*. Ils n'approuvent pas cette convocation par un inspecteur parisien sans légitimité, hors de sa juridiction et à l'attitude suspecte, il y a des pans entiers de procédures piétinés, mais ils pataugent en même temps qu'ils marchent sur des œufs. Voilà, pense le bel écrin à emmerdes, c'est exactement la situation dans laquelle ils se trouvent : ils pataugent sur des œufs.

L'inspecteur filiforme frotte ses cernes en réfléchissant aux options qui se profilent. Si le flic parisien se plante, ils enfonceront tout le monde et ils mettront l'échec sur le dos du commissaire. Dans le cas contraire, ils se débarrasseront une fois pour toutes de cette affaire à l'arrière-goût politique et social nauséabond. Ils entendent en sourdine les instances qui s'agitent, la *Terra nullius* commence à faire des bosses visibles sous le tapis et ce n'est jamais bon de rester dans les parages d'un coin qui brûle.

Le nez collé à la vitre de la voiture, le commissaire Lepoutre vit les pires instants de sa carrière. Il se remémore les derniers jours sans parvenir à comprendre comment les événements ont pu s'enchaîner d'une manière aussi catastrophique. Il a perdu un de ses meilleurs hommes, l'inspecteur Côme Lasselin erre en plein cauchemar, et voilà qu'ils s'en remettent à un flic lunaire qui suit une bille imaginaire pour atteindre la vérité. Il a hésité à interdire cette reconstitution surprise susceptible de tourner au grand-guignol. Une hypothèse plausible si l'inspecteur Boloren s'avère aussi fêlé qu'il a l'air de vouloir le faire croire. Sans les recommandations de son ami le commissaire Grosset ni cette tétanie qui a saisi sa brigade, il aurait dit au flic parisien d'aller au diable avec sa bille et ses puzzles.

*

* *

J'avais prévu que ma convocation à la *Terra nullius* secoue les convives. Je l'espérais, du moins. Je tente de me convaincre que devant ce parterre chamboulé, j'aurai une meilleure maîtrise de leurs réactions quand j'entamerai mes explications sur l'inexplicable. J'ai eu un aperçu encourageant grâce au hippie fébrile, à l'assistante de Dominique Lagarrigue désarçonnée et à l'inspecteur Côme Lasselin, neurasthénique sur mes chaussures.

Le taximan se gare devant la décharge, coupe le moteur et joue avec ses pouces sur le volant en simili cuir de sa voiture au moteur silencieux.

— Si vous démêlez tout ce merdier, les courses sont pour moi.

J'entraîne Côme Lasselin, apathique, vers le cœur de la décharge et son fantôme noir. Ni Béranger ni Clémentine ne viennent nous barrer la route, rien n'a changé depuis ce matin à part une odeur de brûlé qui émane du camp. L'inspecteur se laisse traîner jusqu'au monticule effondré, abri du fantôme noir. Je l'assois contre un vieux sèche-linge coupé en deux et je sors de mon sac à dos un morceau de pain, un bout de fromage et une Snick. Je pose le festin à ses pieds et je me cale contre un stock de ventilateurs rouillés, vestige ironique sous le soleil moqueur.

J'aimerais que Côme retrouve son sens de la conversation inépuisable, qu'il me raconte des anecdotes sur le Nord, sa vision de l'équilibre du monde ou de ma bille néfaste. N'importe quel sujet qui le ramènerait dans le présent et qui couvrirait le bruit lugubre de la décharge qui geint. J'aimerais qu'hier n'ait jamais eu lieu, j'aimerais ne pas avoir à dire ce que mon parterre va devoir entendre.

Je m'accorde la même collation que celle déposée en offrande auprès de l'inspecteur. Au moment précis où je décapsule ma fausse lambic, Magnétophone surgit de nulle part et vient s'assoir sur un lambeau de papier à bulles à mi-chemin entre Côme et moi, et à bonne distance de l'abri du fantôme noir. Je lui jette un morceau de fromage qu'il dévore goulûment, sa collerette sale s'agitant sous ses coups de canines plantées de travers. Il vient ensuite se coucher à mes côtés, notre amitié scellée par la mimolette.

Côme se décide à ouvrir sa bière quand je décapsule ma seconde. Il me dévisage un long moment et lève sa bouteille dans un geste poli avant de l'avaler d'un trait. Il est de retour.

— J'espère que tu sais ce que tu fais, Hugo.

Sa sentence résignée sonne le coup d'envoi de mon plan approximatif. Des voix s'élèvent du côté de la route. Les premiers invités arrivent.

Magnétophone me suit pour accueillir le commissaire Lepoutre, les deux inspecteurs de l'IGPN, Clémentine, Béranger et leurs trois prisonniers, Padmini, Suraiya et Narong Vacarme qui a le nez plus mal en point que dans mes souvenirs. À leurs côtés, un groupe d'une quinzaine de policiers en uniforme attend les ordres. Je ne peux plus reculer.

J'indique le chemin qui les mènera à Côme Lasselin sans prêter attention à leurs regards hostiles, angoissés ou condescendants. Magnétophone ouvre la marche, guide inquiétant dans cette décharge sinistre. Je donne ensuite quelques ordres aux policiers en faction afin qu'ils escortent toutes les personnes attendues jusqu'à notre point de ralliement. Mon chauffeur de taxi m'observe en fumant une cigarette, adossé à sa voiture silencieuse. Il lève un pouce d'encouragement.

Un nouveau véhicule vient se garer juste derrière le sien. Bergeron, Chloé Vidal et le commissaire Grosset en sortent, s'étirent et trottinent à ma rencontre. Grosset me jauge de la tête aux pieds.

— Boloren, j'ai l'impression que dès que je vous laisse tout seul quelques jours, on vous cabosse.

Le commissaire n'a pas pu s'empêcher d'accompagner les deux inspecteurs que je lui ai réclamés. Il n'aime pas abandonner ses équipes dans la nature. J'espérais sa présence sans oser la demander. Le commissaire préfère être l'instigateur des décisions, surtout quand elles sont mauvaises. Ça lui permet de se sentir pleinement responsable en cas de dérapage. Il est plus à l'aise quand il encaisse les coups à la place de son équipe. Si je me plante, il veut être là pour me repêcher.

Bergeron me serre la main en laissant un bout de papier plié dans ma paume. Je devine que ce petit mot est le relevé téléphonique qu'il a imprimé à ma demande dans une légalité relative. Il lève des yeux intrigués vers l'immense décharge grinçante qui semble s'étendre à l'infini. Chloé Vidal se contente d'une tape amicale sur l'épaule. Elle est concentrée, prête à exceller dans son domaine de prédilection : prévoir le danger avant qu'il ne jaillisse et l'anéantir. Dans une décharge ou ailleurs, le cadre importe peu.

Au milieu de mon étrange clairière cerclée de montagnes de déchets, les flics de Paris rencontrent les flics de Lille. Les deux commissaires échangent une accolade de circonstance, grave et pleine de retenue, tandis que les autres représentants de l'ordre restent impassibles. L'inspecteur longiligne de l'IGPN joue l'exaspération exagérée pour que chacun sache qu'il n'a rien approuvé de bonne grâce.

Des policiers en uniforme accompagnent les protagonistes de la *Terra nullius* au fur et à mesure de leur arrivée. La vieille Sara, Mani la nantie, Jeanne, Germain, le hippie repenti, Gao Cheng et ses parents, le CRS amaigri…

La foule s'agrandit lentement, en silence, préoccupée. Ils ont tous à se reprocher et le poids de la culpabilité mêlé à la peur de voir leurs secrets dévoilés les accablent. J'apaise ma nervosité en caressant Magnétophone qui a trouvé refuge dans mes bras au parfum de mimolette.

Grosset m'entraîne à l'écart, le regard sombre.

— Une convocation en pleine zone apocalyptique, un chien à collerette à la laideur remarquable qui a l'air de vous avoir adopté… Je vous connais, Hugo. Je le vois à votre tronche, dites-moi tout que je vous aide à vous sortir de ce merdier.

— Je sais où je vais, commissaire. Il y a un petit hic, rien de plus.

— Il est petit comment, ce hic ?

Je lève les yeux vers le soleil qui a entamé sa descente. Grosset soupire.

— Rassurez-moi, vous tenez votre coupable ?

— Je sais exactement ce qu'il s'est passé…

— Mais ?

— Je n'ai aucune preuve.

Le commissaire pâlit et caresse machinalement Magnétophone pour profiter de ses vertus antistress.

— Commissaire ?

Lepoutre et Grosset se retournent en même temps vers Lulu la stagiaire qui vient déposer des cartons à mes pieds, aidée de quelques agents serviables. Pince coupante, lampe torche, barre de démolition, bières de Snick : tout ce qui était sur ma liste de courses s'y trouve.

— Vous êtes venu assister au grand déballage ?

Le commissaire Grosset ne répond pas à la question enjouée de Lulu. Il a remarqué les corps qui se crispent autour de nous : Loraine Desreumaux vient de pénétrer dans la clairière aux bras de Fantine. À la manière de Raphaël à mon arrivée cinq jours plus tôt, je présente les nouveaux venus dans le creux de l'oreille du commissaire Grosset. Côme Lasselin se redresse péniblement en prenant appui sur son demi sèche-linge. Fantine fond en larmes en découvrant l'état de son père qui n'est pas du genre à se laisser aller dans ses ensembles en jean habituellement impeccables. Il serre sa fille dans ses bras et Loraine soudainement esseulée vacille légèrement, comme si le monde n'était plus un point d'appui fiable.

Les deux derniers convives font une entrée tout aussi remarquée que celle de Loraine et Fantine mais pour des raisons opposées. Les sourires ont du mal à être dissimulés. Bergeron et Chloé Vidal échangent des coups de coudes et certains policiers en uniforme manquent de glousser. C'est le professionnalisme et le contexte morbide qui réfrènent les envies de sortir son téléphone pour photographier Dominique Lagarrigue. Le chef étoilé et star de *Toque toc* vient de faire irruption dans ce monde incongru. Il observe d'un air intéressé ce lieu étrange dans lequel l'a mené sa fidèle assistante Sandrine Debavelaere, bien moins détendue. Elle avale le contenu de sa bouteille d'eau à petites goulées. Pour lutter contre la déshydratation autant que pour occuper son corps transi de nervosité.

La petite foule attend que j'explique le but de sa présence. Son mutisme est d'autant plus pesant que le silence des voix qui se taisent est comblé par les grincements de la décharge qui geint. Le commissaire Lepoutre me lance un regard appuyé. Il est temps de livrer le secret des crimes de la *Terra nullius* pour les laisser derrière nous une fois pour toutes. Les visages transpirants convergent dans ma direction, certains s'éventent ou sirotent, d'autres s'impatientent. Il faut que je commence quelque part.

— C'est à cause des puzzles.

Le commissaire Grosset remue sa mâchoire de gauche à droite, en signe d'exaspération manifeste. Il décompose le balancement pour s'assurer que je lis la contrariété dans ses maxillaires en mouvement. Qu'il soit prêt à endosser les égarements de ses équipes ne l'empêche pas d'attendre quelques efforts de leur part.

— L'inspecteur Raphaël Desreumaux est le premier à avoir pris conscience que dans cette affaire, le problème n'était pas d'assembler les pièces du puzzle mais de déterminer combien il y en avait, de ces puzzles. Il est mort d'avoir compris avant tout le monde.

Je pose l'encombrant Magnétophone au sol et j'ouvre une Snick tiède tirée du carton de Lulu. J'esquive de mon champ de vision le menton du commissaire et avale une rasade la tête levée vers le soleil qui a commencé à virer jaune foncé.

— Il y a cinq jours, la police et les CRS débarquent à la *Terra nullius* parce que la réserve de nourriture du camp a été pillée. Dans le même temps, Jimcaale est frappé mortellement à la tête exactement là où nous nous trouvons, après avoir dévalé la pente de cette montagne de déchets.

La vieille Sara détourne le regard tandis que le reste de la foule lève les yeux vers le sommet du monticule que je viens de pointer du doigt, probable point culminant de la décharge.

— Nous avons d'abord pensé que la réserve vandalisée avait servi à détourner l'attention pour assassiner le petit Jim, qu'il s'agissait donc d'un seul et même puzzle. Mais en y réfléchissant bien, cette hypothèse est absurde. La France entière et toute la Belgique détournent les yeux de la *Terra nullius* depuis qu'elle existe. On peut y assassiner à l'abri des regards à tout moment. La réserve pillée et l'agression de Jim sont deux puzzles distincts mais qui se rejoignent par un détail d'importance : c'est parce que la réserve a été vandalisée que Jim a été tué.

L'assistante de Dominique Lagarrigue chancelle et se retient à une plaque de tôle ondulée plantée dans un matelas. Elle sirote toujours frénétiquement sa bouteille d'eau désormais vide.

— Je pense que c'est vous, Sandrine Debavelaere, qui avez saccagé la réserve.

Aucune exclamation de surprise, personne n'ose regarder la jeune femme à l'exception de quelques policiers en uniforme qui se demandent s'ils doivent l'embarquer. Elle baisse la tête, sans chercher à nier ou à se défendre.

— Je voulais en savoir plus sur la recette de Jim qui avait envoûté Dominique. Le petit génie de la cuisine qui sort d'un bidonville, c'est trop beau pour être vrai.

Dominique Lagarrigue interroge son assistante d'une voix douce sans reproche.

— Pourquoi ?

— Pour te prouver que ce gamin lumineux n'était pas qui il prétendait être, qu'il y avait une fraude quelque part. Je voulais qu'on se concentre sur le restaurant, sur la prochaine émission.

Je termine ma Snick d'un trait en laissant parler la jeune femme, puis je reprends le fil de mes explications.

— Ce n'est pas la seule raison, Madame Debavelaere. Je sais à cause de quoi, ou plutôt de qui, vous vouliez éloigner votre protégé de la *Terra nullius*. Nous y reviendrons.

Mani murmure des reproches en chti, accusant l'assistante d'avoir mis « l'bren » dans le camp. Le visage de Sandrine Debavelaere vire au rouge et ses yeux s'emplissent de larmes. Elle se lève, ragaillardie par la colère.

— L'arrogance, inspecteur, je l'ai si souvent croisée que...

— C'est à cause de l'agent des services sociaux que vous vouliez en finir avec la *Terra nullius*, n'est-ce pas ? Celui qui est venu voir la vieille Sara, inquiet du sort de Jimcaale. Vous l'avez croisé ce jour-là, alors que vous apportiez la paire de chaussures de sport au gamin.

Je perçois les légers mouvements des corps dans la foule déployée en arc de cercle devant moi. Il y a des yeux qui cherchent une échappatoire, mais les policiers sont partout, le commissaire Lepoutre n'a pas lésiné.

Côme Lasselin a retrouvé de sa pétillance quand il s'exprime d'une voix forte pour qu'on l'entende.

— Nous avons contacté les services sociaux. Ils n'ont jamais envoyé personne, ni pour Jimcaale, ni pour qui que ce soit. Il n'y avait pas de raison qu'ils le fassent puisque ce lieu n'existe pas.

La vieille Sara répond d'un timbre plus cassant qu'à son habitude.

— Il y a pourtant bien un homme avec des papiers qui est venu me voir pour me prendre Jimcaale. Heureusement, il jouait dans la décharge.

— Pourquoi il n'est pas revenu plus tard ?

Côme et la vieille Sara sont sortis du cercle pour se défier dans un face-à-face étonnant. La vieille Éthiopienne en djellaba contre l'Occidental rétro en denim. Je m'incruste dans leur duel pour les mettre d'accord.

— D'une certaine manière, il est revenu le chercher, parce que cette personne qui s'est présentée comme envoyée par les services sociaux est la même qui a tué Jimcaale et l'inspecteur Desreumaux.

Cette fois-ci, des murmures agités s'élèvent dans mon parterre ensuqué. Les policiers en uniforme postés aux quatre coins de la clairière se raidissent, prêts à intervenir. Même les inspecteurs de l'IGPN, mal à l'aise, portent la main à leur arme. Le commissaire Lepoutre prend la parole à son tour, soucieux d'apaiser les tensions.

— Hugo, si ce que vous dites est vrai, alors l'assassin de Jim n'est pas ici ?

Mais je ne suis pas là pour apaiser les tensions.

— Si, commissaire. Il est dans cette clairière et me regarde au moment où je vous parle.

Les chuchotements se muent en exclamations, on s'espionne en coin, on remue sur place dans un festival d'œillades suspicieuses. Je profite de l'affolement pour ouvrir une Snick. Je suis sur la bonne voie.

— Revenons à nos puzzles. Le plus important d'entre eux, celui qui aurait pu éviter la mort de Raphaël si nous avions assemblé les pièces plus tôt : pourquoi avoir tué Jim ? Au début, nous avons pensé que le mobile du meurtre pouvait être lié au trésor qu'il disait avoir trouvé dans la décharge. En réalité, le trésor n'a été qu'un déclencheur de certains puzzles qui ont eux-mêmes indirectement conduit à la mort de Jimcaale… Comme le pillage de la réserve.

— Vous l'avez trouvé, ce trésor ?

Serge Winckler me pose la question surtout pour faire la conversation quand il s'approche de mon carton et s'empare d'une fausse lambic.

— Non.

— Alors le gamin a emporté le secret dans la tombe.

— À moins que la vieille Sara ait raison et que Jimcaale ait révélé à Gao Cheng l'emplacement du trésor pendant leur coma commun.

Je jette un œil à mon téléphone tandis qu'on me jauge avec scepticisme et qu'on lorgne du côté du jeune Chinois qui sourit sans comprendre. Il ne me reste plus beaucoup de temps avant que le soleil ne se couche et j'ai besoin de lumière. Le hippie repenti décapsule sa Snick avec un briquet et s'apprête à rejoindre sa place dans l'arc de cercle quand je l'interromps dans son élan.

— Vous appartenez chacun à un puzzle qui a égaré ses pièces dans ceux des autres. Vous avez tous une responsabilité dans la mort de Jim et de Raphaël.

Les deux commissaires observent, fascinés, l'absence de réaction de la petite foule : personne ne cherche à se dédouaner. Pas un murmure désapprobateur, pas une voix qui s'insurge. Ils ont accepté mon invitation à ce rendez-vous étrange parce qu'ils savent chacun le rôle qu'ils ont tenu. Certains sont venus pour se débarrasser du poids de la culpabilité, d'autres pour s'assurer que leur puzzle est un secret bien gardé.

— Commençons par vous, Serge Winckler. Vous avez des classeurs entiers de photos de la décharge et de Jim.

— Oui, il y a une galerie intéressée...

La vieille Sara marmonne, Mani crache par terre. Le mot « pédophile » circule et le photographe s'en fout.

— Pas une seule pause déjeuner sans que vous ne preniez au moins un cliché de la décharge, à l'exception justement du jour de l'agression de Jim. Pourquoi ne pas avoir pris de photo ce jour-là ?

— J'ai déjà répondu à cette question…

Le hippie s'éponge le front, son flegme s'évapore face à la terreur que lui inspirent les deux Indiennes. Même ligotées et inoffensives aux mains de la police.

— Padmini et Suraiya.

Les deux femmes menottées se débattent et tentent de se ruer vers moi à l'évocation de leurs noms. Elles sont retenues par des policiers obligés de les plaquer contre le sol tandis qu'elles m'insultent, un peu en français et beaucoup en ce que j'imagine être de l'hindi.

— Elles vous ont demandé de ne pas prendre de photo et vous avez obéi.

— Elles m'ont menacé.

Les deux Indiennes poussent des cris, tentent de se dégager des étreintes policières, elles monopolisent l'attention pour couvrir mes paroles. Devant leur détermination à m'empêcher de poursuivre, le commissaire Lepoutre intime l'ordre de les bâillonner. Elles cessent bientôt leurs cris étouffés dans des bandes de tissus, haletantes et à bout de forces.

— Padmini et Suraiya auraient donc bousculé Serge Winckler pour qu'il s'abstienne de photographier la décharge au moment où elles assassineraient Jim. C'est tentant de le penser, mais c'est une fois encore peu probable. Elles prenaient le risque que le photographe en parle à la police, ce qui représentait une preuve plus accablante encore qu'une hypothétique photo… Elles n'avaient pas l'intention de tuer Jim. En revanche, elles avaient prévu de le conduire dans la décharge, loin des regards. Elles n'en ont pas eu le temps : il était déjà mort.

— Pourquoi elles voulaient voir Jim ?

Le hippie repenti préfère me poser des questions dont il se fout des réponses plutôt que de retourner dans le cercle, près des deux Indiennes.

— Pour qu'il les mène à son trésor, à la demande de leur chef.

Les deux femmes ivres de colère ne parviennent plus qu'à émettre un grondement étouffé à peine audible qui se perd dans les grincements de la décharge.

— Ce trésor représente une menace pour le trafic de drogue. Il risque d'attirer une lumière non désirée sur la décharge qui sert probablement de planque transitoire pour une partie du stock. Peut-être même que ce trésor n'est rien d'autre qu'un sac rempli de drogue et que Jim s'est approprié ? Impossible de le savoir puisqu'il refuse de révéler la forme de ce trésor. Padmini et Suraiya avaient pour mission de le bousculer un peu pour qu'il arrête de se vanter partout qu'il allait sauver le camp. Leur chef avait essayé aussi, sans succès.

Côme Lasselin observe Mani et tente de l'imaginer, dubitatif, en dirigeante d'un cartel de drogue. Je viens en aide à l'inspecteur lillois.

— Celle qui tient les rênes dans l'ombre et qui organise la pérennité du trafic de drogue est la même qui nous a mis sur une fausse piste en présentant Mani comme la reine de la *Terra nullius*.

L'inspecteur lillois détourne les yeux de l'énorme femme qui a l'habitude de trôner devant sa yourte en souveraine de pacotille. Il observe maintenant l'Éthiopienne flétrie qui me fixe, impassible.

— La vieille Sara est la véritable cheffe de cet endroit.

Je profite de la reprise des murmures et des hurlements bâillonnés de Padmini et Suraiya pour avaler une rasade de Snick. J'ai besoin de cette sensation de tête qui tourne à l'approche du dénouement. La vieille Sara conserve sa sérénité de femme qui a tout vécu et qui n'a plus peur de rien.

— C'était habile de votre part de braquer les projecteurs sur Mani la nantie, avec sa grande yourte et ses petites combines… Comment soupçonner la vieille grand-mère discrète ? Mais vous avez commis plusieurs erreurs.

— Si j'en donne l'ordre, la *Terra nullius* se soulèvera dans la seconde, inspecteur.

Sitôt la menace de la vieille Sara prononcée, des silhouettes apparaissent sur les sommets des monticules autour de nous. Les policiers dégainent leurs armes et les deux commissaires lèvent les bras en signe d'apaisement.

— Vous jouez à quoi, Hugo ?

Grosset s'inquiète de la tournure de ma reconstitution. Il visualise l'éventuel carnage si ces hommes et ces femmes décidaient de fondre sur nous et qu'il fallait répliquer.

— Le premier détail qui m'a interpellé, c'était la terreur de Serge Winckler. J'avais du mal à comprendre cet acharnement à l'épouvanter. On sentait qu'il y avait un élément plus personnel que la simple volonté qu'il se tienne tranquille. Bon client, facile à manipuler et à effrayer… Pourquoi Padmini et Suraiya en avaient fait leur bouc émissaire ? À cause de Jimcaale. Pour que le photographe ne s'avise jamais de s'approcher du gamin. Bien sûr, s'il avait su que c'était vous, la vieille Sara, qui contrôliez les flux de drogue dans le quartier, il aurait cessé même de prendre la moindre photo de Jim, mais vous teniez à garder le secret.

Les habitants qui nous encerclent s'arment de tout ce qu'ils trouvent à leur portée. Barres de fer, radios, chaises éventrées… J'avale une gorgée de Snick en évaluant leur nombre d'un coup d'œil discret.

— Ensuite, il y a eu le reçu que j'ai ramassé sous le lit de Jim. Un récépissé de transfert d'argent entre la France et l'Angleterre. J'ai pensé que vos enfants vous envoyaient de quoi vivre, maintenant qu'ils avaient refait leur vie à Londres. Ce n'est que plus tard, en lisant attentivement les détails sur le bout de papier, que j'ai découvert que c'était vous qui envoyiez de l'argent vers Londres et non l'inverse. Grâce au nom sur le reçu, ma collègue a trouvé facilement votre fils sur les réseaux sociaux. Il aime exhiber au monde sa vie faste d'apprenti influenceur sans emploi.

Lulu la stagiaire ne relève pas la mention, trop concentrée à faire face, le poing serré, à la petite armée qui s'est déployée autour de nous. La vieille Sara se rembrunit.

— Cet argent devait aider mes enfants à se lancer. Il les a rendus oisifs.

Padmini et Suraiya rappellent une dernière fois leur présence dans des hurlements désespérés derrière leur bâillon. La vieille Sara leur lance un regard affectueux.

— C'est inutile, mes enfants. Je n'ai plus rien à cacher, maintenant. Je ne regrette pas, inspecteur. J'ai nourri ma famille et j'ai pu améliorer un peu le quotidien du camp en achetant des générateurs électriques, du bois... Mon petit Jim s'est même fait un ami.

— Qu'est-ce qu'elle raconte ?

Le commissaire Lepoutre a la désagréable sensation de n'avoir aucun contrôle sur ce qui est en train de se tramer autour de lui.

— Elle parle de Gao Cheng. Padmini et Suraiya se servaient du gamin comme mule pour acheminer la drogue via le restaurant de ses parents. Le pauvre gosse ignorait pourquoi on l'envoyait à la *Terra nullius*, mais c'est là qu'il a rencontré Jim et qu'ils sont devenus amis.

L'interprète chinoise, ouvertement outrée de la façon dont le couple s'est servi de son enfant, leur traduit les accusations proférées avec un mépris affiché. Le visage du père devient blême, celui de la mère cramoisi. Il n'y a pas besoin de comprendre le mandarin pour deviner, dans la véhémence de l'échange qui suit, que le père n'était pas au courant. Il hurle sur la mère avant de serrer Gao Cheng dans ses bras en sanglotant de rage, de tristesse, de désespoir. Les intonations de la détresse sont les mêmes dans toutes les langues.

L'emportement de Gao Li ravive les tensions des habitants qui entament leur descente vers notre clairière.

— Dites-leur de partir, Sara.

— Je veux comprendre ce qui est arrivé à Jim.

— Je sais.

La cinquantaine d'hommes et de femmes ont stoppé leur progression sur les versants des collines de déchets qui nous encerclent. Ils attendent les ordres de leur souveraine. La vieille Sara lève un bras vers le ciel et l'agite d'un coup bref. La petite armée improvisée se disperse aussitôt et s'éloigne en direction du camp. Les yeux fatigués du commissaire Lepoutre me supplient d'aller droit au but.

— Le trésor de Jimcaale n'a pas suscité beaucoup de convoitise parce que le gamin était un rêveur. Comme l'inspecteur Lasselin l'a souligné, ce trésor impossible à transporter pouvait aussi bien être une parabole, une métaphore sur la vie… Beaucoup l'ont pensé, à tort.

— Pourquoi « à tort », Hugo ? Je croyais que tu ne l'avais pas trouvé, ce trésor.

Une pointe d'agacement transparaît dans la voix de Côme.

— Effectivement, je ne l'ai pas trouvé. Mais je sais ce que c'est.

Je termine ma Snick d'un trait. Je me réserve la suivante avec un carré de chocolat quand j'aurai posé la dernière pièce du dernier puzzle. Il y a des corps agités dans mon parterre, il faut que je profite de cette fébrilité.

— Ce n'est pas le trésor qui a signé l'arrêt de mort de Jim, c'est le fantôme noir.

Magnétophone glapit à l'évocation de la créature malfaisante. Certains visages comprennent, d'autres se froncent, d'autres encore cherchent à s'évader désespérément.

— Il y a quelques semaines, Jim a commencé à raconter qu'un fantôme noir habitait la décharge. Dans les jours qui ont suivi, plusieurs personnes ont croisé cette silhouette entièrement vêtue de cuir de la tête aux pieds. Moi-même, je suis tombé sur elle en visitant cette décharge la première fois. Les habitants du camp craignaient, à juste titre, cette créature effrayante, même si Jim leur assurait que le fantôme était parfaitement inoffensif. Ce qui était vrai aussi.

La mâchoire du commissaire Grosset reste immobile malgré mes explications contradictoires.

— Le fantôme noir de Jimcaale et le fantôme noir errant dans la décharge sont deux personnes différentes. Et les deux se trouvent dans cette clairière.

— Tu nous fous la frousse, Hugo.

Lulu frissonne et Bergeron sourit en découvrant que la stagiaire me tutoie et m'appelle par mon prénom. Le soleil n'a pas encore complètement disparu, il reste suffisamment de lumière. Je confie la pince coupante, l'écarteur et la torche à Clémentine et Béranger qui les saisissent en évitant mon regard. Je leur indique le monticule effondré en bordure de la clairière.

— Vous trouverez sous cet enchevêtrement de déchets le corps d'un homme décédé il y a plusieurs semaines. Il est assis en tailleur, retenu par des tiges de métal. Grâce à la chaleur constante de sa sépulture, il s'est momifié et sa peau a viré au noir d'encre. C'est lui, le fantôme noir.

Magnétophone pousse un aboiement souffreteux. Pressé d'en finir, le commissaire Lepoutre envoie d'autres policiers aider Clémentine et Béranger à dégager les amas de plastique et de métal. Je préférerais que ses hommes restent à nos côtés au moment de la dernière pièce du dernier puzzle, mais je suis obligé de laisser un peu d'espace au commissaire lillois affolé.

— Jimcaale est mort d'avoir trouvé le corps de cet homme. L'autre fantôme noir, celui qui hantait la décharge en prenant soin de se faire voir par les habitants du camp, ne servait qu'à détourner l'attention du cadavre. Mais Jimcaale allait finir par éveiller les curiosités avec son fantôme noir innocent qu'il disait dormir sous un monticule… Et quand il a commencé à parler de son trésor, l'issue devenait évidente : la décharge allait être fouillée. Le faux fantôme a donc assassiné Jim pour dissimuler le vrai.

— Je ne vous suis plus, Hugo. Ce n'est pas l'agent des services sociaux qui a tué le gamin ?

— Il s'agit de la même personne.

Le commissaire Grosset sent la fatigue et la lassitude dans les regards. Son inquiétude évolue en une concentration accrue. Il échange un coup d'œil avec Bergeron et Chloé Vidal, qui perçoivent la même électricité. Grosset me connaît depuis suffisamment longtemps pour savoir que je ne prends pas de pincettes pour le plaisir de nous faire transpirer dans la canicule poisseuse d'une décharge franco-belge. Alors le commissaire se tourne vers moi et incline la tête d'un geste solennel. Ils sont prêts.

Je remplis mes poumons de l'air chaud suffoquant et je pose la dernière pièce du puzzle dans un souffle.

— C'est Loraine Desreumaux qui a tué Jimcaale et Raphaël.

Dans le silence qui suit, même la décharge semble laisser en suspens ses gémissements lugubres. Fantine quitte la première l'état de sidération qui a figé la clairière. Elle hurle, me traite d'incapable, de pourriture, les insultes fusent plus brutales au fur et à mesure qu'elle laisse exploser sa rage. Les pleurs se mêlent à ses invectives quand elle cherche le soutien de son père qui ne vient pas. Côme Lasselin regarde ses chaussures, le corps saisi de spasmes. Il ne prend pas la défense de son amie, il laisse enfin éclater son désespoir, le corps tordu, racorni, qui cherche à extraire sa douleur dans une forme d'essorage douloureux. Fantine découvre que mon accusation n'est pas un bluff de mauvais goût et que son père ne tombe pas des nues.

Il s'en doutait, peut-être même qu'il a aperçu Loraine s'enfuyant quand Raphaël a été tué. Il a tenté de ralentir l'enquête en faisant croire que l'assassin avait hurlé mon nom au moment de commettre son crime, une tentative désespérée et Côme Lasselin le savait. Il voulait gagner du temps, se sortir de ce cauchemar. L'inspecteur est un homme intègre qui ne m'aurait pas accablé éternellement. Il avait simplement désiré plus que tout une autre vérité, moins épouvantable. Mais une vérité alternative qui ne soit pas un mensonge, ça n'existe pas.

Immobile au milieu du cercle, la mine épouvantable, le commissaire Lepoutre me lance un regard assassin. J'ai mis le coup de grâce à son malheur déjà inouï. Il apparaît exactement comme dans ma vision après la bille à l'hôpital.

Loraine sourit et prend Fantine dans ses bras pour la rassurer. Elle s'adresse ensuite à moi de sa voix douce.

— C'est absurde, Hugo. D'ailleurs, tu as dit toi-même que le meurtrier était un homme.

— Non, j'ai dit que la personne qui a tué Jimcaale et Raphaël est la même qui s'est fait passer pour un employé des services sociaux et un fantôme noir.

La jeune veuve rit, outrée, moqueuse, légèrement exaspérée.

— C'est quoi ta théorie, Hugo ? J'ai enfilé une fausse barbe pour aller extorquer Jim à la vieille Sara ?

— Oui, c'est ça. Une barbe et un accent, probablement pour maquiller plus facilement votre voix féminine. Mais comment vous savez que l'employé portait une barbe ?

— Je n'en sais rien… Je ne vois pas d'autre moyen de cacher qu'on est une femme quand on se déguise en homme.

Fantine la serre dans ses bras en souvenir de la petite fille qu'elle a été, les yeux fermés, avec une force nostalgique qui supplie le retour en arrière. Quand le monde était simple.

— Vous vous y connaissez bien en costumes.

— Cela fait partie de mon métier…

Je m'adresse au commissaire Grosset, toujours en alerte.

— Loraine Desreumaux dirige un petit théâtre pour enfants dans le centre de Lille. Elle est également comédienne et joue parfois dans les spectacles à l'affiche de son théâtre.

— Et alors ? Je ne vois pas où tu veux en venir.

Le timbre de la voix de Loraine devient plus dur. Dans la décharge, on commence au contraire à comprendre exactement où je veux en venir. Particulièrement Jeanne Deheul, qui s'appuie sur Germain, terrorisée.

— Quand nous avons fouillé les affaires de Jim, Raphaël semblait très intéressé par un morceau de papier. Il ne m'a pas dit pourquoi il l'intriguait. Il l'a pris en photo et en parle dans ses notes : c'est un ticket de théâtre. De votre théâtre, Loraine. Jim vous a vue sur scène dans un spectacle, une version pour enfants du *Fantôme de l'Opéra*. C'est vous, Jeanne Deheul, qui avez emmené Jim.

— Peut-être... Je l'emmenais souvent voir des spectacles, des films, pour l'éloigner du camp.

Les mots ont du mal à sortir de sa gorge nouée.

— Est-ce que Jim a parlé à Loraine de son fantôme à lui, qui n'était pas de l'opéra mais de la décharge ?

Loraine Desreumaux repousse doucement Fantine et avance de quelques pas dans ma direction. Bergeron et Chloé Vidal se figent.

— Ne réponds pas, Jeanne.

Germain prend le visage de sa femme dans ses mains et interroge son regard paniqué.

— Tu la connais ?

Je brandis la liste des appels de Loraine Desreumaux et Bergeron fait les gros yeux. Il n'a pas envie que j'exhibe le fruit des libertés qu'il a prises avec les procédures.

— Voici le relevé téléphonique de Loraine. Vous voulez qu'on vérifie si votre numéro apparaît, Jeanne ?

La jeune femme repousse Germain et s'avance à son tour dans ma direction.

— Je n'aurais jamais accepté si j'avais connu ses intentions. J'aimais Jim, je l'aimais comme mon fils.

— Racontez-leur, Jeanne.

Loraine ne prononce plus un mot. Elle observe Clémentine, Béranger et les autres qui démontent le monticule pendant que Jeanne vide son cœur.

— Quand Jim lui a parlé du fantôme de la décharge après le spectacle, Loraine a paru très intéressée. Elle a dit que ce serait une belle histoire à raconter sur scène pour mettre en avant la *Terra nullius*. Nous avons sympathisé, elle était très… convaincante, gentille, compatissante. Elle m'a demandé de rester discrète sur nos rencontres, pour ne pas se faire voler l'idée. Quand elle a compris que j'étais dévastée de voir Jim grandir dans de pareilles conditions sans pouvoir rien y faire, elle a promis de m'aider. Je lui ai décrit le camp, les habitudes, les photographies quotidiennes de Serge Winckler… Elle s'est déguisée en employé des services sociaux pour aller récupérer Jim, avec de faux papiers administratifs. J'étais tellement désespérée, inspecteur… Mani nous faisait chanter, Germain et moi, à cause d'un enregistrement. Nous n'avions aucun moyen légal de faire sortir Jim. Si c'était à refaire, je le tenterais à nouveau. Encore et encore, jusqu'à ce que mon petit Jimcaale nous rejoigne…

Jeanne fond en larmes. Mani se tortille. Elle comprend que certaines vérités peu glorieuses vont la faucher avec les autres. Elle lance un regard noir à Narong Vacarme qu'elle tient responsable de sa destitution imminente. L'espion vietnamien n'est pas moins soucieux, conscient qu'il s'est fait berner. Par lui-même. Aveuglé par le besoin irrépressible d'être un héros de la République.

Loraine est toujours focalisée sur le monticule qui s'égrène progressivement autour du fantôme noir. Le commissaire Lepoutre s'éponge le front, désemparé par son inspecteur liquéfié, la veuve qui ne réagit plus et ses hommes qui démontent une montagne de déchets. Grosset se tient près de lui, à distance respectueuse mais paré à épauler son ami. Le soleil inonde la clairière de reflets orangés qui la font scintiller. Clémentine allume la torche pour éclairer l'intérieur du monticule pendant que Béranger cisaille et que les autres déblaient. La vieille Sara s'est assise sur un coussin éventré. Elle me fait signe de continuer, elle veut comprendre.

— Le jour où Loraine est venue réclamer Jim à la vieille Sara, le gamin n'était pas là, mais elle a croisé Sandrine Debavelaere venue apporter la paire de chaussures à Jim. Une rencontre imprévue et problématique : les deux femmes se connaissent. Loraine a tout de suite compris qu'elle l'avait reconnue ; Sandrine me l'a confirmé tout à l'heure quand je suis allé la voir.

— Comment se connaissaient-elles ?

Le commissaire Lepoutre pose la question en même temps qu'il pioche une Snick dans mon carton. Il sort son insigne de police de son portefeuille et décapsule la bière d'un geste habitué.

— Cyrille Castells a travaillé comme cuisinier dans le restaurant de Dominique Lagarrigue.

Le chef acquiesce, les bras croisés, sans se départer de son air intrigué. Le commissaire Lepoutre jette machinalement son mouchoir trempé au milieu des détritus qui jonchent le sol et en sort un nouveau de sa poche, qui vient aussitôt se tremper sur son front. Il me demande avec une énergie requinquée par la Snick :

— C'est qui, ce Cyrille Castells ?

— Le frère de Loraine Desreumaux, née Loraine Castells. C'était le puzzle qui manquait et que Sandrine Debavelaere a sorti de la boîte quand Lulu lui a rendu visite.

— Et il est où, ce frère ?

— Loraine a voulu que tout le monde pense qu'il était parti faire carrière à New York. En réalité, je crois qu'il est là-dessous.

Je pointe du doigt le monticule sur lequel s'acharnent les policiers. Sandrine Debavelaere porte ses mains à son visage, horrifiée par ma révélation sans détour. Le commissaire Grosset m'observe avec une pointe de fierté.

— Qu'est-ce qui vous a mis sur la piste, Hugo ?

— Ma bille.

En un éclair, la déception efface la satisfaction dans le regard de mon chef. Il n'aime pas que j'évoque la bille en public. Elle donne l'impression que je ne tiens pas la route. Et c'est sans doute vrai. Tout ce que j'ai découvert, Raphaël et Côme s'en sont approchés bien plus vite que moi. C'est leur peur de comprendre, l'envie de faire fausse piste qui a ralenti leur enquête. Sans le téléphone de Raphaël et les aveux de Sandrine, je piétinerais encore. Je masse la petite bille de plomb nichée entre mes doigts.

— J'étais avec ma mère dans sa clinique, l'infirmière a reçu un appel de son petit ami. Elle a montré le nom qui s'affichait à l'écran : « Poulet ». Ma bille m'a secoué à plusieurs reprises, sans que je comprenne pourquoi. Jusqu'à ce qu'elle fasse « ding ».

Grosset soupire. Côme redresse la tête. L'inspecteur m'écoute, les yeux rougis par son monde qu'il n'a pas réussi à empêcher de s'effondrer.

— Le soir où j'ai fait la connaissance de Loraine, elle a répondu au téléphone à un certain « Cyrille » que Raphaël m'a présenté comme le frère new-yorkais. Quand ce frère américain a de nouveau appelé avant-hier soir chez Côme, j'ai senti que quelque chose clochait. Je n'ai réalisé que plus tard, quand la bille a fait « ding », que l'orthographe avait changé. Ce n'était pas « Cyril » qui s'était affiché sur l'écran, mais « Cyrille », avec un double « l ».

— C'est tout ?

Le commissaire Grosset est déçu. Il s'attendait à une révélation tonitruante. Je l'avais pourtant prévenu qu'il y aurait un hic.

— C'est vrai qu'en soi, cela ne signifiait pas grand-chose, à part que Loraine cachait quelqu'un. Peut-être un amant ? Et puis je me suis souvenu, encore grâce à la bille, que lorsque j'ai rencontré Loraine le premier soir, elle a évoqué notre enquête sur le petit super-héros et elle a utilisé à nouveau ce terme quand je l'ai revue chez l'inspecteur Lasselin. Il n'y avait que dans la décharge qu'il était surnommé ainsi, dans la presse et à la radio tout le monde parlait du petit chevalier. Même Raphaël a semblé troublé, lui qui nous avait expressément demandé de ne pas parler de l'affaire devant sa femme fragile. Alors j'ai décidé de me pencher sur le cas de Loraine, pour vérifier. Je savais qu'elle était dépressive, qu'elle dirigeait un théâtre pour enfants et que son frère Cyrille était cuisinier à New York. J'ai trouvé facilement sur internet le nom de naissance de Loraine et je n'ai pas eu besoin de longtemps pour découvrir que son frère avait travaillé chez Dominique Lagarrigue… Beaucoup de coïncidences et aucune trace de Cyrille dans un restaurant à New York. Réseaux sociaux au point mort… Aucune information, à part cette mystérieuse petite amie : Sandrine. Comme Sandrine Debavelaere, assistante de Dominique Lagarrigue.

Mon auditoire en arc de cercle a perdu de sa rotondité mais a recommencé à m'écouter, à l'exception de Loraine, les yeux toujours braqués sur le monticule proche de livrer son fantôme. Magnétophone pousse des grognements plaintifs et se cache dans mes jambes. Sa collerette me griffe les mollets. Il ne comprend pas ce besoin qu'ont les humains de déterrer les vérités quand certaines mériteraient de rester planquées au fond d'une décharge pour toujours. Magnétophone n'a pas tort. C'est probablement la force de ceux qui ne disent jamais rien. On doit être la seule espèce animale à mentir et la seule à ne pas pouvoir se passer de la vérité.

Sandrine Debavelaere a pris le relais. Elle raconte comment son puzzle a bousculé celui de Loraine.

Dès que Cyrille a disparu, Sandrine a harcelé Loraine. La jeune assistante avait entamé une liaison avec le cuisinier et ne croyait pas à un départ soudain pour New York avec une lettre de démission en guise d'adieu. Loraine n'avait pas anticipé cette épine dans le mensonge : elle ignorait que son frère était tombé amoureux. Sandrine était inquiète parce qu'elle connaissait le fond dépressif de Cyrille. Sa sœur et lui partageaient ce fléau héréditaire. Loraine inventait toutes sortes de prétextes pour ne pas lui communiquer les coordonnées de son frère. Il ne voulait plus la voir, il avait rencontré quelqu'un… Sandrine n'y croyait pas mais se refusait à prévenir la police. Elle voulait éviter une mauvaise publicité sur le restaurant et Dominique. Alors elle venait parfois attendre Loraine au théâtre pour l'inciter à lui révéler la vérité. Jusqu'au jour où Raphaël a commencé à s'intéresser lui aussi à Cyrille.

Le jeune inspecteur trouvait sa femme préoccupée, absente. Il ne se doutait de rien, imaginait que son frère lui manquait et que sa dépression se rappelait à elle. Il voulait lui faire la surprise et l'emmener à New York rendre visite à Cyrille. Il cherchait à joindre le frère en cachette de sa femme, guettant son téléphone pour copier le numéro… Loraine s'en est rendue compte. Elle a alors eu une idée pour gagner du temps. Sandrine se ferait passer pour la petite amie de Cyrille partie à New York avec lui. En échange, Loraine lui révèlerait la vérité. Dans un premier temps, Sandrine avait refusé.

— J'ai changé d'avis après avoir croisé Loraine déguisée en homme dans la *Terra nullius*. Elle m'a raconté qu'elle travaillait sur un spectacle avec Jimcaale et qu'elle savait de quelle façon il avait triché pour bluffer Dominique Lagarrigue. Elle ne me le dirait qu'à une seule condition… J'ai accepté d'endosser le rôle de la petite amie parce que je voulais en finir avec ce gamin et ce camp, je voulais sauver la réputation de Dominique en train de se faire avoir par un môme de douze ans. Ce n'est pas tant pour connaître le sort de Cyrille que j'ai menti à Raphaël, mais par ambition. Pour satisfaire mon insatiable besoin de mener Dominique au plus haut.

Sandrine s'affaisse et le cuisinier étoilé pose une main réconfortante sur son épaule. J'envie le calme impassible et bienveillant de la star de *Toque toc*. À sa place, j'aurais eu besoin de plusieurs Snick et carrés de chocolat.

— Quand j'ai compris que Loraine m'avait menti, qu'elle ne savait rien sur la recette de Jim, j'ai fouillé la réserve à la recherche de réponses. Je ne désirais rien d'autre que de prouver que Jimcaale était un tricheur et m'éloigner le plus loin possible de Loraine et de cette *Terra nullius* maudite.

— On a quelque chose !

L'arc de cercle pivote de façon à lorgner vers le versant du monticule éventré d'où Béranger a du mal à cacher son excitation. On devine une masse noire éclairée par les rayons orange poussifs du soleil. Je me penche vers

Grosset et lui livre les derniers éléments en ma possession dans l'espoir qu'il m'aide à chasser le hic.

— Dans le téléphone de Loraine Desreumaux, je pense que le numéro de Sandrine était enregistré sous le nom de « Cyrille ». Quant à « Cyril » sans le double « l »…

Je parcours la liste d'appels apportée par Bergeron. Il y a des dizaines de numéros commençant par « 09 » ou « 08 ». Je me souviens de Serge Winckler se plaignant des appels intempestifs pour des publicités en tout genre.

— Ma théorie, c'est qu'elle enregistrait les numéros de démarchage téléphonique sous « Cyril » de façon à ce que Raphaël n'ait pas l'impression qu'elle était toujours celle qui appelle. Les quelques minutes que Côme m'a laissées avec le téléphone de Raphaël m'ont permis de vérifier que les numéros de Sandrine, la petite amie de Cyrille, et de Sandrine Debavelaere étaient identiques dans son répertoire. Quand Côme et Raphaël sont allés voir l'assistante du chef cuisinier, Loraine a su que son mari réaliserait bientôt qu'il s'agissait de la même Sandrine qu'il avait régulièrement au téléphone pour préparer leur voyage surprise à New York.

— Vous avez suffisamment de preuves pour démontrer que Loraine Desreumaux est givrée. Mais vous n'avez rien pour la relier directement aux meurtres de Jimcaale et Raphaël, c'est ça ?

— Voilà.

Grosset observe Loraine Desreumaux perdue dans la contemplation du tombeau de son frère. Il réfléchit aux moyens de la coincer.

Loraine a tué Jim pour éviter qu'on trouve le cadavre de son frère. Elle a tué son mari qui s'apprêtait à découvrir qu'elle avait tué Jim pour éviter qu'on trouve le cadavre de son frère... Elle aimait Raphaël, je l'ai vue l'adorer de toutes ses forces. Chez certains cœurs mal réglés, aimer rend fou. Loraine a préféré assassiner Raphaël que prendre le risque que la vérité anéantisse son amour pour elle. Mais quelle vérité, exactement ?

Clémentine éclaire le monticule éventré. Nous découvrons un homme desséché, assis en tailleur, le corps empalé par des tiges de métal qui le maintiennent à la verticale. Son visage et ses bras sont d'un noir d'encre irréel. Loraine pleure sans bruit. Les larmes coulent sur sa peau immobile. Sa figure impassible est encore plus belle que son sourire irradiant.

— Nous devions mourir ensemble.

La voix douce et les mots durs agissent comme un sésame sur les policiers qui s'écartent du monticule.

Clémentine continue de braquer le faisceau de la torche sur le visage de Cyrille. Entre les scintillements orange du soleil, le projecteur sur le cadavre et l'aveu morbide de Loraine, le spectacle est sinistre. J'attrape un carré de chocolat trop mou et une lampée de Snick trop tiède et je me laisse envahir par la puissance de leur double amertume maltraitée.

— Nous voulions disparaître de la surface du monde sans laisser de trace, ne jamais avoir existé, nous délivrer de ce chagrin insupportable. La décharge de la *Terra nullius* était l'endroit parfait pour nous évaporer. Le jour où nous avions rendez-vous avec notre mort, j'ai grimpé en haut de cette petite montagne de déchets à la recherche de l'emplacement idéal pour nous tirer une balle dans la tête.

Loraine marque une pause. Nous visualisons, mal à l'aise, l'explosion de son joli crâne pulvérisé par le désespoir.

À quel niveau de malheur commence-t-on à préparer sa mort sans ciller ?

— Cyrille m'a rejointe en haut de la colline et m'a annoncé qu'il avait changé d'avis. Il avait trouvé une raison de vivre. J'ai compris plus tard que c'était à cause de Sandrine. J'étais sa raison de mourir, cela ne vaut rien contre une raison de vivre. Il essayait de me convaincre d'abandonner notre projet. Et soudain, le sol s'est dérobé sous ses pieds. Il a disparu, happé au cœur de la montagne de déchets. Il n'a pas poussé le moindre cri. Au fond de sa crevasse de métal, des dizaines de tiges tordues l'avaient transpercé sans lui laisser le temps de réaliser. Il est mort, à cause de moi, le jour où il avait décidé de vivre.

Loraine a ressassé trop souvent, il n'y a plus de larme possible. Sandrine sanglote dans les bras de son chef ; le commissaire Lepoutre s'appuie sur Grosset ; je bois ma Snick.

— J'ai menti parce que j'avais l'intention de le rejoindre, de revenir sauter à mon tour à ses côtés. Je n'en ai pas eu le courage.

— Vous ne supportiez pas l'idée que Raphaël l'apprenne. Tuer Jim n'a pas suffi, alors vous avez assassiné votre mari plutôt que de devoir affronter sa déception. Morte, il aurait continué de vous aimer, meurtrière, peut-être pas.

Loraine sourit et essuie ses larmes.

— On dirait plus une opinion qu'un fait, Hugo. Tu n'as rien qui me relie à la mort de Jim ou de Raphaël.

Le hic est d'autant plus grand que Loraine a vu son mari à l'œuvre. Elle sait que, sans preuve, nous avons besoin de ses aveux.

— Béranger…

Les oreilles du policier virent au cramoisi dès que je prononce son prénom. Il m'évite depuis qu'il est arrivé dans la clairière. Peut-être qu'il craint que je dévoile sa relation avec Clémentine. Ou pire, ce qu'elle implique. Lorsque Raphaël s'est fait assassiner, il était dans la réserve avec sa collègue au lieu de monter la garde devant la *Terra nullius*. Il se sent responsable de sa mort, il fait partie des puzzles. Mais Loraine avait déjà honte d'exister avant la disparition de son frère, elle n'aurait pas supporté que son mari découvre son secret. Elle l'aurait assassiné tôt ou tard.

— Béranger, quand vous m'avez vu au volant de la voiture de Raphaël, vous avez dit que j'étais un privilégié, qu'il ne la prêtait jamais, même pas à sa femme. Vous vous souvenez ?

— Oui… Il l'a dit quelques fois au commissariat. Il préférait accompagner Loraine à son théâtre plutôt que la laisser conduire, y compris les jours où il ne travaillait pas. Cette voiture était un souvenir de son grand-père.

— Et le jour de l'agression de Jim, quand vous êtes intervenus pour le pillage de la réserve, Raphaël accompagnait sa femme au théâtre ?

Béranger se concentre pour se remémorer les événements survenus cinq jours plus tôt. Clémentine intervient, sûre d'elle.

— Oui, je l'ai vue. L'inspecteur Desreumaux était en route pour la conduire au théâtre quand on a réclamé un maximum de renforts à cause des risques de débordements. Il a dit à Loraine d'attendre dans la voiture.

La veuve ne répond rien. Elle attend chaque fois que j'attaque le premier pour esquiver mes coups avec un détachement serein.

— Loraine, depuis la voiture, vous avez aperçu Jim en haut de sa colline de déchets, habillé en super-héros. Tout le monde s'agitait du côté du camp. Le gamin était seul. Vous êtes entrée dans la décharge, vous avez ramassé une béquille de moto qui traînait là et vous avez frappé Jim. Vous avez ensuite pris soin de tremper la béquille dans le sang et de la poser en évidence parce que vous aviez peur que les policiers trouvent votre frère en fouillant la décharge à la recherche de l'arme du crime.

— Non, Hugo. J'ai attendu sagement dans la voiture, comme mon mari me l'a demandé et comme cette jeune policière vient de le confirmer.

Le commissaire Grosset s'agace de mon impuissance. J'avais lancé ma convocation dans l'espoir que la vérité se dévoilerait devant les implications évidentes de mes découvertes. J'ai échoué. Pire, on risque maintenant de s'attendrir sur Loraine. Elle est veuve, dépressive, elle a perdu son frère… Et peut-on seulement tuer avec un visage aussi joli ? Loraine m'observe, sa satisfaction à peine dissimulée. Je tente la carte désespérée de la corde sensible.

— Pensez à Raphaël.

— Tu n'as aucune preuve. Aucun témoin.

— Si, il y a moi.

Les corps fatigués par la chaleur et les émotions successives recommencent à se tortiller, on gigote à la recherche de cette nouvelle voix. Mon parterre découvre un homme à l'accoutrement étrange. Il porte un pantalon de pêche étanche et une veste de chasse pourvue de nombreuses petites poches.

— Pardonnez mon retard, inspecteur Boloren. J'ai mis du temps à vous trouver.

Loraine s'inquiète de cette irruption soudaine.

— Qui êtes-vous ?

— Je m'appelle Antoine Dupuis. Je profite de ma retraite pour sillonner la France en m'adonnant à ma passion : la chasse aux trésors. L'histoire de ce pauvre gamin est parvenue jusqu'à moi grâce à un ami journaliste. Je lui ai promis la primeur si je trouvais le trésor de Jimcaale.

La crédibilité du vieil homme est exceptionnelle. J'en viens presque à douter qu'il est arrivé à Lille contre son gré dans le coffre de sa voiture.

— J'ai entamé l'exploration minutieuse de la décharge hier matin, rapidement interrompue par cette scène terrifiante : une femme venait de pousser un four sur un pauvre type sous mes yeux. J'ai prévenu immédiatement mon ami reporter qui a mené son enquête, m'a présenté des photos, et je vous ai identifiée, Madame. Étant donné le caractère délicat d'un meurtre au sein de la police, mon ami chroniqueur m'a prudemment conseillé de me tourner vers l'inspecteur Boloren qui fait du tourisme policier à Lille, si j'ai bien compris. Il m'a convoqué et me voici.

— Vous mentez !

— Madame, vous portiez une chemise bouffante rose et un short marron. Vous vous êtes même griffé la jambe. Si je n'étais pas un gentleman, je vous demanderais de remonter votre jupe pour dévoiler la blessure de votre cuisse. Et je pense ne pas m'avancer en affirmant que ces messieurs de la police trouveront votre ADN sur la tige de fer qui a déchiré votre peau à quelques mètres de la scène de votre crime.

Antoine Dupuis et Loraine se taisent. Chacun digère son mensonge. Je devrais probablement intervenir, arrêter le trimoin en flagrant délit de faux témoignage, une petite voix intérieure me l'interdit. Je suis loin de maîtriser l'art du mensonge comme Antoine et Loraine, mais je sais apparemment être malhonnête.

Quelque chose vacille dans le regard de la jeune veuve. En une fraction de seconde, une lueur noire envahit son regard angélique. Elle se tourne vers moi, toute sa haine contenue déversée en un flot infernal au milieu de ses jolies pupilles sombres. Sa main effleure à peine la poche de sa jupe noire dans un geste rapide. Personne ne comprend, personne n'a anticipé, personne n'a le temps de la voir brandir une arme. Personne, à l'exception de Chloé Vidal qui a surgi, suivie par Bergeron, une demi-seconde trop tard. Le coup de feu retentit dans la clairière.

Les pistolets sont dégainés, les policiers n'osent pas viser en direction de Loraine Desreumaux, de peur de blesser mes deux collègues parisiens qui la maintiennent au sol tandis qu'elle hurle qu'elle nous tuera tous. Chloé la désarme et confie le revolver à Béranger, venu l'épauler.

Le commissaire Grosset beugle encore plus fort que la veuve, il demande si quelqu'un est blessé, errant au milieu de mon parterre qui n'a plus rien d'un arc de cercle. On scrute alentour, inquiets de savoir où la balle s'est logée.

En baissant la tête, je découvre du sang sur mon pantalon. Il y a aussi des éclaboussures sur mes paumes. Je ne ressens rien. Un légiste m'a raconté un jour que certains impacts de balle sont sans douleur et que c'est rarement bon signe. Il avait plusieurs anecdotes à propos de ces hommes se vidant de leur sang sans s'en rendre compte, boitillant à peine, l'artère fémorale en pleine purge. Il avait conclu, avec l'air fasciné de ceux qui aiment leur métier, que le corps humain est étrange, qu'on peut mourir en se sentant bien alors que se retourner l'orteil sur un coin de lit est un supplice.

Les regards convergent dans ma direction. Des visages pas rassurants, braqués sur mes jambes. Je me décide à évaluer l'étendue des dégâts et je baisse la tête, inquiet sans plus. C'est déjà la deuxième fois que je m'apprête à mourir dans cette décharge. Je m'attends à découvrir ma cuisse façon robinet de sang se déversant entre les déchets qui tapissent le sol. Mes jambes sont indemnes.

En revanche, Magnétophone, qui s'était allongé à mes pieds depuis que nous étions devenus camarades de mimolette, est mal en point. Sa respiration saccadée est trop rapide, sa langue pend contre sa canine horizontale, ses yeux se perdent dans le vague, il a un trou rouge au côté droit. Son sang a giclé jusque sur mon pantalon et mes mains. Je crois bien qu'il est foutu.

Je m'accroupis et lui prodigue quelques caresses qui le calment momentanément. Il grogne quand je tente de retirer sa collerette. Il n'a pas l'intention de quitter le monde sans son gri-gri autour du cou. C'est la pipe de Sherlock Holmes, la casquette à carreaux de Rouletabille, la moustache d'Hercule Poirot et la collerette de Magnétophone. Je n'oublie pas que mon camarade canin m'a mis sur la piste du fantôme noir. J'ouvre mon étui à chocolat et lui offre un carré. Il paraît que c'est mauvais pour les chiens mais il ne craint plus rien. Il apprécie ce dernier repas, cette découverte gustative juste avant le grand saut. Je gratte le haut de son crâne puis il pousse un râle à peine audible qui ressemble moins à une dernière expiration qu'à un soupir de dédain. Magnétophone s'est éteint.

Quand je me redresse, les policiers sont en train de menotter et d'emmener les différents puzzles. Song Mei, la vieille Sara, Germain et Jeanne, Narong Vacarme, Mani la nantie et Loraine… Le CRS et Serge Winckler ont interdiction de quitter la ville et le commissaire Lepoutre ne sait pas quoi faire de Sandrine Debavelaere. Grosset épaule toujours son camarade qui se remet difficilement. Je remercie Bergeron et Chloé Vidal qui m'ont empêché de me faire perforer la peau. L'inspectrice me sourit.

— Pendant un moment, on a cru que tu nous avais fait venir pour rien.

Je savais qu'en accusant Loraine Desreumaux de meurtre, la police de Lille risquait d'être fébrile. Peut-être même qu'elle le prendrait mal. J'avais besoin de flics de mon côté. Bergeron parce qu'il a le flegme rassurant et Chloé Vidal parce que Grosset répète toujours « je ne sais pas comment on ferait sans Vidal ». Et j'espérais que le commissaire les accompagnerait pour soutenir son homologue lillois.

Le grand filiforme cerné de l'IGPN déclare, l'air sévère, qu'il s'en va faire son rapport, sûrement soulagé. Le meurtre de flic n'était qu'une simple affaire de couple. Le bel étui à emmerdes ne l'accompagne pas. Elle chuchote des mots réconfortants à Côme Lasselin qui serre sa fille dans ses bras. La belle rousse parvient à le faire sourire, un rictus fugace qui va dans le bon sens.

Les policiers s'éloignent avec leurs prisonniers menottés et je rattrape Antoine Dupuis qui se mêle à la foule.

— Comment vous saviez, pour la tenue de Loraine ?

— J'ai mené ma petite enquête. Son théâtre est voisin d'une armurerie. Curieuse association, quand on y pense. J'ai acheté ma belle tenue de chasseur de trésor, j'en rêvais depuis longtemps, et j'ai interrogé les commerçants du coin sur la journée de Loraine après le meurtre. C'est la pharmacienne qui m'a parlé de sa blessure à la jambe, j'en ai profité pour demander comment elle était habillée.

— Pourquoi vous vous êtes intéressé à elle ?

— Dans les affaires de meurtre, c'est toujours du côté du couple qu'il faut chercher en premier. Mais la femme d'un inspecteur que tout le monde connaît, c'est délicat. Quand vous avez demandé à vos collègues de Paris de venir et que vous avez organisé cette convocation pleine de pincettes, j'ai compris que vous soupçonniez la femme. Et je dois confesser que j'avais une envie féroce de rejouer au témoin une dernière fois. Je me suis caché dans un coin de la décharge pour vous écouter et comme vous m'aviez l'air embourbé, j'ai opté pour cette solution gagnant-gagnant.

Antoine Dupuis me tend la main. Je la serre malgré son immoralité et les lois qu'il a enfreintes. Je suis obligé d'admettre qu'il m'a ôté une sacrée épine du pied. Quand on ne sait pas mentir, il faut savoir déléguer. Lulu la stagiaire nous rejoint et Antoine Dupuis l'enlace avec émotion. Il rentre à Brou. Mon duo d'enquêteurs a vécu trois jours qui avaient l'air d'en être au moins douze. Ils se promettent de se donner des nouvelles avec la sincérité non feinte de ceux qui ne le feront jamais. Autour de nous, certains se demandent comment ceux-là se connaissent, mais cela n'a plus d'importance. Loraine a commencé à avouer en sortant son revolver, le faux témoignage a rempli sa mission. Après cet adieu émouvant, Antoine Dupuis retourne vers la civilisation, sa silhouette s'évanouit au détour d'un monticule de carcasses de mobylettes. Ainsi disparaît le quadrimoin.

Grosset m'observe depuis un moment. Il attend que je croise son regard pour livrer le fond de sa pensée.

— Je vous connais par cœur, Hugo. Vous êtes tellement transparent que parfois, je me demande comment vous faites pour rester un bon flic.

— Je ne suis pas un bon flic, commissaire.

— Je vous interdis de dire du mal de mes équipes, Boloren. Et laissez-moi terminer. Je vous connais par cœur Hugo, vous avez votre tête qui n'a pas fini de dire ce qu'elle avait à dire. Qu'est-ce qu'il vous faut de plus ?

— Le trésor.

Je m'approche de Gao Cheng réfugié dans les bras de son père. Il ne sourit plus depuis que des policiers ont emmené sa mère. Je lui souffle quelques mots à l'oreille et son visage s'illumine à nouveau. Il se dégage de l'étreinte paternelle et s'avance dans les profondeurs de la décharge d'un pas décidé. J'enfile mon sac à dos, je m'empare du carton de Snick et j'invite les convives encore présents à suivre Gao Cheng. Dominique Lagarrigue et Sandrine Debavelaere, les deux commissaires, Bergeron et Chloé Vidal, Fantine, Côme et le bel écrin à emmerdes, Lulu la stagiaire, Gao Li et l'interprète chinoise. Grosset n'est pas rassuré à l'idée de s'enfoncer dans ce dédale inquiétant.

— Ce gamin sait où est le trésor ?

— Il a eu presque une semaine pour en parler avec Jimcaale.

Notre étonnante procession avance en silence sur les chemins escarpés de détritus qui geignent moins. Ce sont des amas plus anciens, plus ancrés et donc moins bousculés par la canicule. Le mutisme du groupe est parfois brisé par Grosset et Lepoutre qui nous appellent à la vigilance dans cette gigantesque poubelle aux pointes coupantes dissimulées dans le sol et les collines que nous frôlons. Lulu la stagiaire s'agrippe à mon bras.

— Qu'est-ce que tu as dit au gamin ?

— Je lui ai demandé de nous conduire à leur cachette secrète.

Après de multiples tours et détours, certains commencent à douter du sens de l'orientation de l'adolescent. Nous amorçons une légère descente. Gao Cheng me montre du doigt un monticule en bas de la pente, enfoncé dans un petit vallon. On aperçoit les drapeaux belges flottant au loin. Nous avons traversé la totalité de la décharge.

— C'est ici.

Gao Cheng s'approche de la petite butte encaissée entre des montagnes plus imposantes. Il tire sur une canne usée, dégage une plaque de tôle ondulée, recule un chariot de supermarché sans roue… Ses gestes sont précis, agiles, dictés par l'habitude. Il est venu souvent ici. Sa routine terminée, il nous dévoile fièrement une petite ouverture dans cette protubérance accolée à la pente derrière elle.

— À vous l'honneur, Hugo.

Le commissaire Lepoutre m'invite à entrer, le sourire triste, les yeux fatigués. Je pénètre dans l'antre de Jim et Gao Cheng, suivi par l'adolescent et le reste de notre expédition. Au bout de quelques mètres d'un couloir aménagé parmi les détritus, apparaît une grande pièce creusée au milieu de ces déchets anciens, genèse de la décharge. Cette étrange caverne a dû servir d'abri à des SDF il y a longtemps, avant que les ordures ne s'étendent de toute part et qu'on l'oublie. Le plafond arrondi à plusieurs mètres de hauteur s'est solidifié grâce à l'enchevêtrement de morceaux de métal et de plastique, agencés par une main humaine et stabilisés avec le temps.

La lumière pénètre par de multiples ouvertures percées à travers les déchets tandis que résonne un bourdonnement diffus. La température est plus douce qu'à l'extérieur et les derniers rayons orangés du soleil embellissent cette cave improbable.

Le reste de l'expédition m'a rejoint et tous contemplent en silence le spectacle étrange et superbe. Au milieu de cette grotte aux murs anarchiques scintillants, des dizaines de plantes majestueuses se dressent devant nous. Un parfum puissant et doux, irréel, émane de gigantesques fleurs multicolores. Certaines arborent des formes de cloches géantes, de tubes, de rosaces exceptionnelles… Grasses, épaisses, tirant vers le bleu, le rouge, le jaune, des teintes mirifiques. Nous restons médusés devant tant de splendeurs. Je rejoins le commissaire Lepoutre et lui remémore l'affaire des géraniums haut de gamme.

— Lorsque vous m'avez raconté l'histoire de ce dealer devenu trafiquant de plantes, vous avez précisé qu'il s'était déjà débarrassé de la moitié d'entre elles quand vous l'avez arrêté. J'avais du mal à croire qu'on puisse détruire des fleurs valant plusieurs milliers d'euros. J'ai envoyé Antoine Dupuis parler à votre trafiquant en prison, il lui a confirmé qu'il avait déposé une partie des plantes à la décharge dans l'espoir de les revendre plus tard. Jimcaale et Gao Cheng les ont récupérées et cachées dans leur grotte. J'imagine que la lumière qui filtre et la pluie qui s'écoule au compte-gouttes ont permis de les garder en pleine forme dans leur serre improvisée.

Je démarre mon appel vidéo avec Solange. Ma paléontologue répond immédiatement, souriante, son collègue botaniste au visage sérieux à ses côtés. Je retourne l'écran de mon téléphone et lui présente notre découverte. Le botaniste jure, éclate de rire, applaudit, jure encore, incapable de maîtriser son excitation. Il annonce finalement dans un gloussement enfantin qu'il va prévenir ses collègues de Lille. Ils vont prendre soin de ces plantes rarissimes dont il énumère les noms savants avec un bonheur gourmand. Je remercie l'éminent spécialiste et Solange qui me propose une nouvelle séance de psychologie évolutionniste dès mon retour à Paris. Demain, sûrement.

Côme Lasselin secoue la tête avec véhémence, faisant trembler son col en jean. Il a retrouvé son air de flic concentré.

— Ça ne tient pas debout, Hugo. Le trafiquant a largué ses plantes il y a un moment déjà. Et Jim n'a commencé à parler du trésor que récemment. Pourquoi il aurait attendu si longtemps ? Sans compter que Gao Cheng n'était pas censé être au courant alors que c'est lui qui nous a mené à ces fleurs spectaculaires.

Les têtes acquiescent. Personne ne croit que Jimcaale ait pu révéler l'existence de ces plantes à Gao Cheng pendant leur coma commun, et c'est sans doute raisonnable. Je cherche une explication rationnelle. Peut-être qu'il n'a découvert la valeur de ces plantes que récemment ? On approuve ou on est dubitatif, sans que personne ne parvienne à détacher les yeux de cette splendeur.

— Vous devriez venir voir…

La voix de Lulu la stagiaire nous parvient de derrière les plantes exotiques. Nous nous faufilons prudemment entre les végétaux et le mur de ferraille, dans un étroit passage qui nous mène à Lulu. Elle pointe un doigt vers le fond de la grotte. Une bassine est posée sur le sol à côté d'une machette et d'un escabeau. La stagiaire lève ensuite le doigt pour nous inciter à regarder au-dessus de la bassine, sur la voûte irrégulière. Nos têtes se dressent d'un seul mouvement et des exclamations s'échappent de nos bouches sidérées.

Agglutinées au plafond biscornu, à près de quatre mètres du sol, des abeilles s'affairent autour de leur nid de la taille d'un très gros ballon de basket. Le bourdonnement dans la grotte ne provenait pas des geignements de la décharge mais de cette ruche sauvage.

Une pointe à la base du nid a été tranchée pour permettre à une partie du miel de s'écouler dans la bassine. Jimcaale a soigneusement organisé l'extraction sans perturber les occupantes. La bille vrombit dans un coin de mon esprit, je la perçois roulant à vive allure, pressée de révéler à mon cerveau trop lent sa découverte majeure. Je la chasse d'une pensée nette en même temps que je presse le petit plomb logé entre mes doigts.

Je l'ai devancée avant qu'elle ne fasse résonner son « ding » victorieux. J'ai pris définitivement le dessus sur cette difformité de mon esprit. Je sais ce qu'elle voulait me dévoiler. L'origine des marques rouges dans le cou de Jimcaale : les piqûres d'abeille.

Dominique Lagarrigue s'approche prudemment de la bassine tapissée de quelques centimètres du miel qui a continué de s'écouler lentement depuis le dernier passage de Jim. Il plonge un doigt expert qu'il porte à la bouche. Il ferme les yeux et se concentre sous nos regards impatients. Il remue les lèvres, émet des sons étranges avec la langue, grimace, renifle et conclut :

— Je reconnais le parfum unique du gâteau de Jim. Ce miel est exceptionnel, je n'ai jamais rien goûté de pareil.

Côme Lasselin pose une main amicale sur mon épaule.

— Le trésor de Jimcaale.

Il s'adresse ensuite au chef cuisinier.

— Jim rêvait de sortir la *Terra nullius* de la misère grâce à son trésor, vous pensez que ce miel peut valoir cher ?

— Son goût est incomparable, il doit tenir ses arômes des fleurs exotiques associées à quelques plantes des environs… Il est unique et son parfum est bouleversant.

Sandrine Debavelaere retrouve aussitôt son énergie de femme d'affaires avisée.

— Ce miel a une histoire, il suffit de la booster un peu pour que le monde entier en parle. La cuisine, inspecteur, c'est du marketing. Si demain, nous proposons aux candidats de cuisiner du cygne bien grilloché dans *Toque toc*, ce sera la fin de l'émission. Et pourtant, pendant des siècles, on a dégusté du rôti de cygne sans que ça ne choque personne. De la même façon, les Français adorent les œufs, le poulet, le coq au vin, le chapon… mais vous n'arriverez jamais à leur faire goûter à du poussin. Ce que j'essaie de vous expliquer, inspecteur, c'est que le miel du gamin, il vaut de l'argent, c'est certain. Mais laissez-moi l'enrubanner un peu, il vaudra de l'or. Je connais des Japonais capables de dépenser plusieurs milliers d'euros pour le plaisir de découvrir une seule cuillère d'un goût inédit… On peut organiser un tirage au sort, ou une vente aux enchères… Beaucoup de millionnaires se battront pour avoir la chance d'obtenir un pot de miel « *Terra nullius* ». Surtout si on annonce que l'argent de la vente servira à loger les habitants du camp…

La jeune femme marque une pause et regarde son chef dans les yeux.

— Je suis désolée. Je me suis trompée, Dominique. Jimcaale était vraiment un gamin hors du commun.

— Quand est-ce que je pourrai jouer avec Jimcaale ?

Gao Cheng a posé la question à son père, le visage animé d'une joie impatiente. Gao Li sourit tristement, hésite. Il n'a pas eu le courage d'annoncer à son fils qu'il ne verra plus jamais son meilleur ami.

— *Mingtian zaï shuo.*

Avant que j'aie eu le temps de lui demander, l'interprète, émue par le jeune garçon, me traduit les mots de Gao Li.

— On verra demain.

Jour 6

Le docteur Huc a emprunté une bande dessinée à la bibliothèque. L'histoire d'un super-héros devenu très puissant après qu'une araignée l'a mordu. Sur le plan médical, c'est douteux mais le personnage est intéressant. Depuis sa chaise en plastique installée près du visage de Jimcaale, il lui lit l'aventure de cet adolescent encombré par son nouveau pouvoir.

Le commissaire Lepoutre lui a envoyé un message la veille au soir. Il lui a expliqué comment le gamin avait prévu de sauver le monde avec une ruche et que sans doute les marques rouges dans son cou provenaient de piqûres d'abeilles. À leur manière, elles ont transformé Jimcaale en super-héros, elles aussi.

Le docteur Huc est arrivé dans son service avec une heure d'avance. Il voulait lire l'aventure de cet homme-araignée à Jimcaale. Il s'est fait envoûter, comme tout le monde, et il ne trouve pas que ce soit désagréable. Le médecin se cale sur les mouvements réguliers de sa cage thoracique pour rythmer sa lecture. Il ralentit au fil des dernières pages. Il se surprend à retarder, lui aussi, l'issue inévitable. Il n'oubliera jamais l'aura surnaturelle de ce garçon. Ses organes seront bientôt envoyés dans toute la France pour sauver la vie d'enfants en attente de greffes.

Il espère que Jimcaale transmettra un peu de sa force hors norme à ces gamins.

Le docteur Huc prévient ses collègues qu'il est paré à débrancher. Deux médecins et une infirmière viennent l'assister pour prélever les organes tandis que les ambulanciers se tiennent prêts à foncer les distribuer dans les coins de France où ils sont attendus.

Le chef de clinique prend une grande inspiration et lance la procédure sans quitter des yeux le regard paisible de Jimcaale. Une ultime expiration et la cage thoracique s'immobilise.

*

* *

— Saint-Omer est réputée pour son marais à la beauté époustouflante. Vous devriez y emmener votre maman.

J'ai suivi cette dernière recommandation du docteur Pouchain lancée sur le pas de la porte de sa clinique. Ma mère observe les paysages pendant que le guide dresse la liste des animaux qui habitent le marais. Notre petit bateau à moteur électrique navigue lentement sur l'eau transparente. Les touristes anglais qui nous accompagnent mitraillent de photos un grèbe huppé qui s'envole. Le grèbe huppé se nourrit essentiellement de petits poissons qu'il est capable de poursuivre pendant trois minutes sous l'eau sans remonter à la surface. Ma mère ne se joint pas à la clameur admirative. Elle tient fermement ma main dans la sienne. Elle a compris que c'était notre ultime promenade avant que je l'emmène dans l'antenne audomaroise de la clinique Pierre-Dambricourt. Elle n'a pas l'air triste. Elle profite.

La barque avance dans le labyrinthe aquatique, dévoilant ses bois tourbeux, ses maisons isolées, son moulin... Le docteur Pouchain avait raison, c'est joli. Est-ce qu'il avait raison aussi quand il a dit qu'en l'état actuel de la science, ma mère ne retrouverait jamais ses facultés pleines ? Le médecin a développé des méthodes qui soignent, aucune ne guérit.

— Je suis un accélérateur du ralentissement de la progression de la maladie.

Je n'ai pas réussi à savoir si cette formule visait à détendre l'atmosphère ou si c'est un slogan qu'il cherche à développer pour estampiller de sa marque les diverses antennes qu'il ouvre dans le département. Avec le vieillissement de la population, Alzheimer est une maladie d'avenir.

Les Anglais enthousiastes descendent de la barque en remerciant chaudement le guide. Ma mère lui adresse un sourire reconnaissant, elle n'a pas prononcé un mot de toute la promenade. Mon train est dans trois heures. Il est temps que je la mène à sa nouvelle vie. Je lui propose de parcourir les trois kilomètres à pied. Elle s'accroche à mon bras et nous marchons en silence à travers les ruelles élégantes et ensoleillées de Saint-Omer.

Aujourd'hui, elle sait que je suis son fils. J'aurais préféré pourtant qu'elle me prenne pour un autre, que je ne sois pas celui qui l'emmène dans sa dernière maison. Elle se serre contre moi et me caresse le bras comme une mère qui rassure son enfant à la culpabilité transparente.

J'avale un carré de chocolat devant le portail de la résidence proprette pour personnes âgées et séniles. La boule qui me comprime la gorge depuis le matin continue de grossir. Je me demande ce que je préfère entre la bille et cette masse oppressante qui s'accroche et m'écrase le larynx.

On nous accueille avec toute la bienveillance requise. Une infirmière souriante nous fait la visite. Certains résidents contemplent, absents, un invisible horizon. D'autres, affables et exagérément alertes, font semblant de n'être là que pour un temps. La plupart des témoins de leur passé ont disparu, ce qui revient à vivre sans souvenir d'avoir existé. Un nouveau carré de chocolat vient seconder le premier dans l'espoir impossible de dilater ma gorge oppressée.

Ma mère observe, intéressée, l'étendue de son nouveau chez-elle. Le jardin à la française, les briques rouges, la chambre avec vue sur un grand marronnier et un bureau près de la fenêtre. Elle contemple l'arbre immense qui embellit le jardin, un vent léger fait frémir les feuilles.

— C'est parfait.

C'est à moi qu'elle s'adresse. Elle ne plaint pas son sort, elle se soucie du mien. La boule grossit encore. L'infirmière propose de déballer les affaires de ma mère. Nous vidons sa valise et remplissons les placards. Je promets de revenir avec des photos de mon père et des livres, les piliers de son existence.

Parmi les habits pliés consciencieusement, je tombe sur une enveloppe estampillée « Pour Hugo ». Ma mère n'y prête aucune attention et poursuit ses rangements. Je sors la feuille de l'enveloppe et la déplie avec empressement.

C'est un dessin qui représente deux mains ouvertes côte à côte, paumes vers le haut. Sur chaque poignet, les mots « Quiet » et « Thane » sont barrés. Je reconnais l'écriture de ma mère. Un peu plus bas, elle a recopié cette locution qu'elle a corrigée à l'encre rouge : « Quyết Thắng ».

Je pianote ces nouveaux mots sur mon téléphone et parcours les nombreuses pages proposées qui contiennent cette expression. Je trouve finalement la définition que je cherchais : *« Quyết Thắng » est la devise de l'armée vietnamienne, elle signifie « déterminés à gagner ».* Rien à voir avec un baron silencieux.

Ma mère est retournée à la fenêtre, attirée par le marronnier réconfortant. Elle colle son front sur les carreaux et fredonne une chanson.

Narong Vacarme a modifié son tatouage pour dissimuler son passé de militaire vietnamien. Il a passé sa vie comme espion sans éveiller les soupçons, probablement parce que tout le monde ignore la devise de l'armée du Vietnam, jusqu'à ce qu'il croise la grande Ingrid Boloren. Une journaliste à la retraite atteinte de la maladie d'Alzheimer et qui a trouvé suspicieux qu'il cherche à cacher son passé militaire. Le monde est en train de perdre une immense enquêtrice qui ne laisse derrière elle qu'un fils à la bille aberrante.

J'embrasse ma mère sur le front, sans effusion, comme si j'allais revenir demain. Elle me caresse la joue et retourne à sa contemplation du jardin par la fenêtre.

Je traverse Saint-Omer pour rejoindre la gare, les mains dans les poches. Dans l'une, il y a mon carnet, mon téléphone et le dessin de ma mère. Dans l'autre, ma boîte de chocolat et ma lettre de démission. Un mot bref destiné au commissaire pour le prévenir de ne pas m'attendre lundi.

Je presse la bille de plomb entre mes doigts, je n'aurai plus besoin de faire appel à ses services déglingués. Elle est revenue, je l'ai vue, je l'ai vaincue. Raphaël avait raison, la bille était un cache-misère de mon instinct défectueux. Un instinct qui avait senti que pour résoudre le meurtre de la *Terra nullius*, il aurait besoin de l'appui d'un faussaire. Il m'a poussé à m'intéresser à Jimcaale autant qu'au trimoin parce qu'au fond, il sait que je ne vaux rien. Quand nous avons fouillé la tente de la vieille Sara, mon esprit ne pouvait s'empêcher de digresser, s'échappant de Magnétophone à Antoine Dupuis comme s'ils n'appartenaient qu'à un seul et même panier. Et c'était le cas. La gueule cassée du chien à collerette me ramenait à la bancalité du trimoin et de mon subconscient boiteux.

Je suis un mauvais flic qui fonctionne à la bille là où il devrait voir des puzzles, comme Raphaël. J'ai ma part de responsabilité dans sa mort. Si je n'avais pas erré mollement, attendant le retour de ma bille, et que je m'étais inspiré de son professionnalisme, il serait vivant aujourd'hui. En train de faire soigner sa femme dans un hôpital psychiatrique.

Dès que j'arrive à Paris, je passe au commissariat démissionner en coup de vent et je rejoins Solange dans la forêt amazonienne du cinquième arrondissement. Je lui raconterai comment je me suis débarrassé de ma bille, on sirotera des Snick sous les fougères géantes, je lui parlerai aussi de la *Terra nullius*, ce royaume des indigents niché dans une ville de la banlieue de Lille dont je ne connais toujours pas le nom. Et en ce qui concerne l'avenir, on verra. On verra demain.

Remerciements

Pour assurer des relectures de pointe, j'ai toujours pu compter sur mes exterminateurs de fautes implacables : Nathalie, Mélanie, Élisabeth et Vincent. Immense merci à vous, vous êtes mon équipe de broyeurs de coquilles préférée.

J'ai aussi passé beaucoup de temps dans ma *Terra nullius* du côté de l'Aveyron, chez mes amis haut de gamme Mylène et Benjamin qui m'ont laissé rédiger dans leur coin de verdure. Ils m'ont invité à venir écrire chez eux trente-neuf fois et étant donné l'accueil et l'ambiance des trois premières, je ne manquerai pas de répondre présent aux trente-six prochaines.

Un grand merci également à Katia pour ses éclairages minutieux sur le parcours administratif d'un migrant en France. Ce fut aussi instructif que bouleversant.

Impossible de ne pas penser à ma gigantesque famille et leur indéfectible présence enthousiaste à mes diverses élucubrations artistiques. J'aurais lâché il y a longtemps sans votre indéboulonnable soutien.

Enfin, je voudrais remercier chaleureusement l'équipe d'Hugo Thriller, avec une mention particulière à Célia Giglio qui sait la vraie valeur d'une bière en terrasse et à Bertrand Pirel, mon éditeur dont la confiance m'apaise, l'amitié me berce et le professionnalisme m'impressionne.

COLLECTION HUGO THRILLER

FABRICE BARBEAU
Itinéraire d'une mort annoncée

DARCEY BELL
L'ombre d'Emily (Disparue)

ROY BRAVERMAN
Hunter
Crow
Freeman
Manhattan Sunset

TOM CHATFIELD
Bienvenue à Gomorrhe

SANDRINE DESTOMBES
Les jumeaux de Piolenc
Le prieuré de Crest
Madame B
Le dernier procès de Victor Melki

SÉBASTIEN DIDIER
Ce qu'il nous reste de Julie

FRANCESCO DIMITRI
Le livre des choses cachées

C.J. FARRINGTON
Mort sur le Transsibérien

LAURIE ELIZABETH FLYNN
Nous étions les reines

LEE MATTHEW GOLDBERG
Mentor

ELLY GRIFFITHS
Le journal de Claire Cassidy
Mortelle dédicace

BEAR GRYLLS
Le tombeau d'acier
Les anges de feu

VICTOR GUILBERT
Douve
Terra nullius

VINCENT HAUUY
Le tricycle rouge
Le brasier
Dans la toile
Survivre

JENNIFER HILLIER
Wonderland

MARTIN HOLMEN
Corps-à-corps
Compte à rebours

COLLEEN HOOVER
Verity

OLIVIA KIERNAN
Irrespirable
Les liens du sang

MICKAËL KOUDERO
La faim et la soif

CHRISTINA KOVAC
La journaliste

AMY LLOYD
Innocente

ELLERY LLOYD
Suivie

T.M. LOGAN
Holiday

LAURENT LOISON
Cyanure

JOHN MARRS
Âmes sœurs
Les passagers

ROZ NAY
Notre petit secret
La sentinelle

B.A. PARIS
Derrière les portes
Défaillances
Dix petites poupées
Le dilemme
Le cercle de Finsbury

JACQUES PONS
Organigramme

HUGO TOSI
Affaires spéciales

ADRIAN J WALKER
The End of the World Running Club

DENIS ZOTT
Maudite

COLLECTION HUGO POCHE SUSPENSE

ALEXIS AUBENQUE
La fille de la plage
La fille de l'océan
Halloween Night : Le manoir

ROY BRAVERMAN
Pasakukoo

MARION CABROL
La lionne rouge

KATIA CAMPAGNE
American Witches

TOM CHATFIELD
Bienvenue à Gomorrhe

COLLECTIF
Storia 2021
Storia 2022

SANDRINE DESTOMBES
La faiseuse d'anges
L'Arlequin
Ainsi sera-t-il

SÉBASTIEN DIDIER
Je ne t'oublie pas
Les yeux bleus

LEE MATTHEW GOLDBERG
Mentor

LOÏC HENRY
Lame sur les lèvres

OLIVIA KIERNAN
Irrespirable
Les liens du sang

LUDOVIC LANCIEN
Le singe d'Harlow
Les oubliés de Dieu

T.M. LOGAN
Holiday

JOHN MARRS
Les passagers

ROZ NAY
Notre petit secret

FRANÇOIS RABES
Les racines des ombres

VINCENT RADUREAU
Le dernier match de River Williams
L'ombre d'un géant

DENIS ZOTT
La dame blanche